KLUB
NIEWIERNYCH
ŻON

TEJ SAMEJ AUTORKI:

Dobry adres
Wolves in Chic Clothing

CARRIE KARASYOV

KLUB
NIEWIERNYCH
ŻON

Z angielskiego przełożyła
Hanna Szajowska

REMI

Tytuł oryginału: The Infidelity Pact

Copyright © Carrie Karasyov 2007
All rights reserved

Polish edition copyright © Wydawnictwo Remi Katarzyna Portnicka 2009

Polish translation copyright © Hanna Szajowska 2009

Redakcja: Beata Słama

Zdjęcie na okładce: istockphoto

Projekt graficzny okładki: Katarzyna Portnicka, Wojciech Portnicki

Skład: Michał Nakonieczny

ISBN: 978-83-922897-5-3

Dystrybucja
Firma Księgarska Jacek Olesiejuk
Poznańska 91, 05-850 Ożarów Maz.
t./f. 022-535-0557, 022-721-3011/7007/7009
www.olesiejuk.pl

Sprzedaż wysyłkowa
www.olesiejuk.pl
www.empik.pl
www.merlin.pl
www.amazonka.pl

Wydawnictwo REMI Katarzyna Portnicka
Łukowska 8/98
04-113 Warszawa

www.wydawnictworemi.pl

2009. Wydanie I/ op. Miękka

Druk i oprawa: Rzeszowskie Zakłady Graficzne S.A.

Mojej drogiej przyjaciółce Lesbii,
bez której ta książka nie mogłaby zostać napisana

KLUB
NIEWIERNYCH
ŻON

·· Rozdział 1 ··

Brie się zapadał, wiatr wył, a dzwonek nie przestawał dzwonić. Była druga sobota stycznia i Eliza i Declan Gallahue wydali jedno ze swych niedużych, acz szykownych przyjęć, w niedużym, acz szykownym domu przy Via de la Paz. Zaczęła się druga godzina imprezy. Większość gości zdążyła już się pojawić, w rękach mieli drinki i talerze z kanapkami. Pokój jaśniał ciepłym blaskiem dwudziestopięciowatowych żarówek, które Eliza pracowicie umieściła we wszystkich lampach, usuwając uprzednio preferowane przez nią siedemdziesiątkipiątki. Na ten wieczór upchnęła je w szufladzie, idąc za radą ulubionej dekoratorki, której zdaniem przyćmione światło to najlepszy sposób na stworzenie odświętnej atmosfery. A poza tym wszyscy wyglądają w nim lepiej, prawda? Sztuczka najwyraźniej zadziałała. Goście wydawali się odprężeni, rozmowy utrzymywały się na poziomie łagodnej wrzawy i większość była już przy drugim drinku.

Eliza starała się stłumić niepokój, który zaczęła odczuwać, zanim jeszcze podjęła się roli gospodyni. Nie potrafiła się odprężyć i dobrze bawić, mimo że wszystko szło jak należy. Jednak z jakiegoś powodu wciąż była zbyt podenerwowana, by cieszyć się sukcesem. Próbowała przemówić sobie do rozumu. Dom wygląda dobrze – poprosiła gosposię, by tego ranka przyszła wcześniej i zajęła się licznymi

9

drobiazgami, takimi jak wypolerowanie srebrnych ramek do zdjęć i prasowanie lnianych koktajlowych serwetek z monogramem, które jako ślubny prezent wydawały się absurdalne, a w rzeczywistości bardzo się przydawały.

W szale ostatnich przygotowań Eliza przemknęła przez dom, wyskubując zabłąkane piórka z wytrzepanych poduszek, przestawiając fotele od George'a Smitha, tak żeby stały idealnie symetrycznie, zbierając liście, które opadły z roślin doniczkowych, i porządkując niewielką kolekcję emaliowanych puzderek Halcyon Days na małym stoliku. To drobiazgi, ale nikt nie mógłby zaprzeczyć, że dom jest nieskazitelny. Nikt nie sprząta tak jak Eliza Gallahue, gdy jest zdenerwowana.

Eliza wiedziała także, że dobrze wygląda. Po stresującym poranku zaklepała sobie wolne popołudnie i zamówiła układanie długich do ramion włosów w salonie Frederica Fekkai, potem szarpnęła się na sesję u wizażysty. (Tej jednej umiejętności Eliza nie zdołała opanować: robienia makijażu. Mąż zawsze jej z tego powodu dokuczał i błagał, żeby wzięła lekcje. Jej niezdarność przy korzystaniu z pędzelka do malowania powiek była prawie komiczna. Matka dość wcześnie powiedziała Elizie, że w drobnych precyzyjnych pracach jest beznadziejna, dziewczyna uznała więc, że nie ma sensu się starać). No i opłaciły się sesje z trenerem, bo nareszcie odzyskała po ciąży sylwetkę, o jakiej marzyła. Po raz pierwszy od mniej więcej czterech lat znów czuła się jak nastolatka, a zawdzięczała to największemu w życiu wysiłkowi: ograniczyła węglowodany, pożegnała desery, cztery godziny

10

w tygodniu spędzała na bieżni i niezliczoną ilość razy wykonała pozycję „leżącego psa". Efekty były widoczne. Zgubiła wałeczki tłuszczu wokół talii, co było poważnym osiągnięciem. Aby to uczcić, włożyła czarną, obcisłą, koktajlową sukienkę z rozcięciem z boku, oszczędzaną na specjalną okazję od czasu pięćdziesięcioprocentowej wyprzedaży u Michaela Korsa, i nowe buty od Jimmy'ego Choo, które kupiła sobie w ramach gwiazdkowego prezentu. Eliza zwykle wybierała bardzo prosty i bardzo kalifornijski styl – spodnie Gapa, urocze spódniczki i koszule z długim rękawem – ale od czasu do czasu lubiła wspiąć się na wyższy poziom.

Rozejrzała się po pokoju. Declan, jej ciemnowłosy, zielonooki mąż, który w ciągu dziesięciu lat ich znajomości w ogóle się nie postarzał, rozmawiał przyjaźnie z Ronem Freedmanem i Stanem Smithem. Obaj najwyraźniej nie mogli przeboleć faktu, że są o dobre trzydzieści centymetrów niżsi niż gospodarz. Declan mierzył ponad metr dziewięćdziesiąt. Eliza była zadowolona, chciała, by Declan poznał Stana. Jego żona Pam zasiadała w radzie szkoły Brightwood i oprócz tego, że była miła, któregoś dnia mogła się okazać przydatna. Eliza uważała za dość przerażający fakt, że wszystko sprowadza się do znajomości, nawet gdy chodzi o dzieci. Umieszczenie ich we właściwych szkołach, nie wspominając o przyjęciu rodziców do właściwych klubów i tak dalej, należało do zniechęcających zadań. Ale cóż, takie jest życie.

Eliza zatrudniła barmana i poprosiła gosposię Juanę, żeby podawała tego wieczoru przekąski, ale mimo to biegała, dolewając gościom alkohol, dyskretnie umieszczając podkładki pod mokrymi szklankami i sprawdzając, czy wystarczy sosu do krewetek. Sprzęt stereo rozbrzmiewał łagodnym głosem Franka Sinatry (ulubieńca Declana). Rozkoszne maluchy państwa Gallahue, trzyletni Donovan i roczna Bridget, pojawiły się na moment ubrane w piżamki, by powiedzieć gościom „cześć" i życzyć dobrej nocy. Z pozoru wydawało się, że to kolejne udane przyjęcie w Pacific Palisades. Z pozoru.

W tym momencie Eliza zauważyła Justina Colemana, który pochylał się nad talerzem z brie. Justin, wciąż jeszcze w prążkowanym garniturze od Armaniego i krawacie od Gucciego, które stanowiły jego ubiór służbowy, od wejścia emanował jednym z tych swoich nastrojów. Eliza od razu wiedziała, że on i Victoria przez całą drogę się kłócili. Nie trzeba było specjalnie bystrego obserwatora, żeby to zauważyć, bo kłócili się zawsze, ale ta konkretna sprzeczka martwiła Elizę. Tym razem stawka była za wysoka. Dla nich wszystkich.

Kiedy otworzyła drzwi, Justin cmoknął ją w policzek, błyskawicznie zlustrował pokój, by sprawdzić, czy znajdzie kogoś, kogo uzna za ważnego i komu warto powłazić w dupę. Gdy nikogo takiego nie zobaczył, twarz mu się wydłużyła z rozczarowania i ruszył prosto w stronę kanapy, gdzie usadowił się pomiędzy świeżo przetrzepanymi jedwabnymi poduszkami Elizy i zaczął pożerać ser. Eliza nie mogła powstrzymać odrazy na widok jego małych białych dłoni energicznie wydobywających kremowe wnętrze brie tak, by ominąć pokrytą pleśnią skórkę. Nie znosiła dupków, którzy tak jedli.

Po prostu go wyssij, czy trochę pleśni cię zabije?, pomyślała. Po każdej porcji, którą nabierał na krakersa i wrzucał do ust, wracał do nieszczęsnego brie i coraz głębiej drążył w stronę środka. Zewnętrzna biała skórka unosiła się i opadała jak przy masażu serca, aż w końcu opadła wyczerpana i cały ser się zapadł. Elegancko zaaranżowany półmisek wyglądał teraz jak resztki po konkursie w jedzeniu na czas. Eliza pomyślała z westchnieniem, że brie zawsze jest kłopotliwy. Dlaczego wciąż należy do kanonu koktajlowego menu?

– Jak się domyślasz, nie chciał przyjść – nerwowo powiedziała Victoria. Choć oszałamiająco piękna, o idealnie prostych długich blond włosach, przenikliwych niebieskich oczach i godnej pozazdroszczenia figurze była coraz bardziej zirytowana i zestresowana, co niespecjalnie służyło jej urodzie.

– Jestem naprawdę zaskoczona, że przyszedł – przyznała Eliza. – Jestem zaskoczona, że ktokolwiek się pokazał, biorąc pod uwagę sytuację.

Victoria i Eliza wymieniły porozumiewawcze spojrzenia, ale zanim zdążyły podjąć rozmowę, podeszła Pam Smith, chuda jak chart działaczka z sąsiedztwa.

– Elizo, dom jest rozkoszny! Masz taki doskonały gust – powiedziała szczerze. Eliza zarumieniła się z dumy. Następnie Pam odwróciła się i spojrzała na Victorię. – A co u ciebie? Strasznie długo nie widziałam ani ciebie, ani Justina.

– Tak, wiem, trochę to trwało – szorstko odparła Victoria, biorąc szampana z tacy, którą niósł barman. Gdy brała kieliszek, złote bransoletki zsunęły się z jej ramienia, a potem z brzękiem przesunęły w górę, gdy upijała łyk.

– Och tak, wiem, że jesteś zajęta dwójką tych rozkosznych chłopców – odrzekła Pam, zaskoczona chłodem Victorii. Eliza poczuła się zakłopotana i włączyła się do rozmowy, by rozluźnić atmosferę:

– Justin pracował ostatnio dniami i nocami, a Vic, jak zwykle, ani na chwilę nie usiądzie, jak nie akcja dobroczynna dla Świętego Piotra, to ostry trening z drużyną tenisową, więc moim zdaniem oboje są wykończeni.

– Tak, mój mąż jest ostatnimi czasy naprawdę bardzo zajęty, bo jest chłopcem na posyłki u każdego dupka, który chce zostać aktorem – stwierdziła Victoria, krzywiąc się, i machnęła ręką w stronę Justina. – Dlatego właśnie siedzi tam i z nikim nie rozmawia. Obowiązek wzywał go dziś na kolację w Koi i kiedy mu oznajmiłam, że nie będzie mógł pójść, dąsał się przez całą drogę.

Miała na myśli Tada Baxtera, jednego z popularnych aktorów i najpoważniejszego klienta Justina. Coleman miał być po prostu jego agentem, a został szoferem, alfonsem, dostawcą narkotyków i chłopcem do bicia. Victoria dostawała szału na myśl o tym, że jej mąż musi znosić fochy faceta, który niespełna dwa lata temu pracował w Taco Bell dla kierowców.

– Och, rozumiem – mruknęła Pam, niczego nie rozumiejąc, niepewna, co powiedzieć. Chociaż mieszkała w Los

14

Angeles, nie miała żadnego kontaktu z Hollywood. Nie interesowały jej grzeszne igraszki i głupie plotki świata rozrywki. I nieodmiennie wydawała się zaskoczona, gdy ludzie poruszali ten temat.

– Przepraszam. – Victoria wreszcie skupiła uwagę na Pam i zdała sobie sprawę, że mówiła niejasno, a w dodatku była niegrzeczna. – Po prostu praca ze sławami bywa naprawdę trudna. Uważają, że mają człowieka na własność.

– Wyobrażam sobie. – Pam pokiwała głową.

– A co tam słychać w świecie nielegalnych imigrantów? – Eliza rozpaczliwie chciała zmienić temat. – To znaczy... głupio to wyszło, ale co nowego w twojej pracy? Victorio, Pam należy do zarządu Human Rights Watch i bardzo aktywnie działa na rzecz zapobiegania bezprawnym aresztowaniom nieletnich Amerykanów latynoskiego pochodzenia.

– Fascynujące – stwierdziła Victoria bez cienia zainteresowania.

– Owszem, ale również tragiczne... – zaczęła Pam, po czym zagłębiła się w szczegół swojego niezwykle wspaniałomyślnego postępowania i filantropijnych działań podejmowanych dla sprawy. Eliza i Victoria w ogóle jej nie słuchały i automatycznie potakiwały w stosownych momentach, ze smutkiem kręciły głowami, gdy głos Pam nabrzmiewał emocjami, oraz wzdychały podczas dramatycznych pauz.

Eliza myślała o innych sprawach, niefortunnych wydarzeniach, które wywierały ogromny wpływ na jej życie. Prawda była taka, że wszystko wymknęło się spod kontroli i nie wiedziała, jak to naprawić. Szczególnie Victoria zaczynała robić wrażenie osoby, która straciła głowę. Eliza zawsze uznawała ją za tę pozbieraną, tę, która nigdy nie traci zimnej krwi i nie bywa powodem zamieszania. Dla Victorii ważne było, jak widzą ją inni, i podejmowała decyzje z taką pewnością siebie, by nikomu nie przyszło do głowy, że pozornie spokojna, w środku aż się gotuje. Kilka ostatnich miesięcy wszystko zmieniło. Victoria stała się lekkomyślna i nieprzewidywalna. A Justin, zawsze dureń pod każdym względem, od szpanerskich garniturów począwszy, na gładko sczesanych włosach i tym głupim porsche, którym jeździł, skończywszy, przygotowywał się do walki. Przestali zachowywać pozory, to znaczy nie obchodziło ich, kto wie, że się kłócą i tak dalej.

– Na dworze wiatr szaleje – powiedział Brad Adams, którego właśnie wpuściła Juana i który podszedł, żeby przywitać się z gospodynią. Szkolna gwiazda futbolu, dawniej atrakcyjny umięśniony przystojniak, wkroczył w wiek średni – no, prawie – i jedyną wyróżniającą go cechą pozostał psotny błysk w promiennych niebieskich oczach. Wyraziste rysy zaczęły się rozpływać i teraz te oczy niemal nikły w mięsistej twarzy. Jego przeciętne brudnoblond włosy mocno się przerzedziły. Brad najwyraźniej jednak zupełnie się tym nie przejmował – zachował dziecięcą niefrasobliwość i pogodę, dzięki którym ludzie zapominali o jego przeciętności. Eliza była jednocześnie poruszona i poczuła ulgę na jego widok. Rozejrzała się po pokoju, by sprawdzić, czy żona Brada, Leelee, zauważyła jego przybycie. Oczywiście, że zauważyła. Przez cały wieczór wyczekująco wpatrywała się w drzwi. Leelee, która czekając na męża, obgryzła sobie paznokcie niemal do krwi, sprawiała wrażenie jednocześnie zachwyconej i przestraszonej.

– Wiem, Santa Ana ma dzisiaj używanie – odparła Eliza, w rewanżu za powitalne cmoknięcie obdarowując go przelotnym pocałunkiem w policzek. Gdy Brad ruszył dalej, całując na powitanie Victorię oraz Pam, Eliza rzuciła Leelee spojrzenie, w którym było zaskoczenie i zmieszanie.

– Globalne ocieplenie, to wszystko nasza wina. – Pam mówiła smutnym głosem, jednocześnie bawiąc się drobnymi paciorkami różańca, który nosiła na szyi, i kręcąc głową. Wydawała się szczerze zatroskana kondycją świata i jej orzechowe oczy zaczęły zachodzić mgłą. Ostatecznie zmieniła temat. – Nawiasem mówiąc, widzę tam Johna Yorka. Muszę z nim porozmawiać o Ocean Watch. Chcemy, żeby ofiarował na cichą aukcję darmową rundkę po Riwierze – wyjaśniła Pam i przeprosiła swoje rozmówczynie.

Victoria i Eliza wymieniły pełne ciekawości spojrzenia, po czym zajęły się Bradem.

– I co słychać, Brad? – zapytała Victoria, siląc się na obojętny ton, ale zabrzmiało to jak rozmowa psychiatry z pacjentem, który właśnie próbował popełnić samobójstwo. Eliza rzuciła jej mordercze spojrzenie, ale Victoria udała, że tego nie widzi.

– Wszystko doskonale, moja droga. – Brada rozbawiła powaga Victorii. – Chociaż przez cały dzień tkwiłem w sali konferencyjnej w Irvine, i to bez komórki. Wczoraj podczas lunchu jakiś facet wylał mi na telefon białe wino i teraz jest zupełnie do niczego.

Eliza i Victoria spojrzały na siebie zaskoczone. To dlatego nie było z nim kontaktu, pomyślały jednocześnie.

– Fatalnie! – stwierdziła Eliza z nieco nadmiernym entuzjazmem.

– To okropne! – W głosie Victorii brzmiała radość.

Brad przyjrzał im się uważnie.

– Widziałyście może moją żonę?

– Jest tam. – Eliza wskazała Leelee, która udawała, że rozmawia z barmanem. – Ucieszy się, gdy cię zobaczy.

– Dzięki. – Brad ruszył w stronę Leelee, swojej żony od dziesięciu lat. Mogliby uchodzić za rodzeństwo. Oboje byli dość muskularni i jasnowłosi, mieli miłe różowe twarze, które zdążyły stracić sporo uroku. Wyglądali jak para, którą przed laty wybrano królem i królową balu w dużym podmiejskim liceum.

Eliza i Victoria odczekały chwilę, by mieć pewność, że nie są słyszane, po czym pokręciły głowami.

– Boże, Leelee będzie zachwycona, niepotrzebnie tak szalała – powiedziała Eliza.

– Naprawdę uważasz, że nie ma o niczym pojęcia? Może udaje? – zasugerowała Victoria.

– Musiałby być oscarowym aktorem. Nie ma o niczym pojęcia. – Eliza była pewna.

Odwróciły się, żeby zobaczyć powitanie małżeńskiej pary w drugim końcu błękitnego salonu w stylu prowansalskim. Leelee wydawała się niepewna, Brad prawdopodobnie wyjaśniał jej właśnie, dlaczego nie oddzwonił, a ona z ulgą uświadamiała sobie, że to jeszcze nie koniec.

Nagle Elizę ogarnęło uczucie ulgi i radości, niemal wdzięczności. Rozejrzała się po salonie, gdzie jej nowi i starzy przyjaciele czuli się tak swobodnie i dobrze się bawili. Dzieci spały, mąż wyraźnie zadowolony, a w dodatku piątek. Czy życie mogło lepiej się ułożyć? Może jednak wyjdą z tego wszystkiego bez szwanku.

Jej zadumę przerwał łagodny dźwięk dzwonka przy drzwiach. Eliza odesłała Victorię, żeby obejrzała stojące na komodzie nowo nabyte świeczniki Georga Jensena, które zdobyła na e-bayu, po czym ruszyła do drzwi. Gdy przekręciła gałkę, do pokoju wdarł się gwałtowny wiatr, niosąc ze sobą kilka poszarpanych liści. Na progu stała Helen, czwarta z grupy przyjaciółek, wliczając Elizę, Leelee i Victorię.

– Hej, zastanawiałam się, kiedy dotrzesz. Co tak długo? – zapytała Eliza, klękając, żeby pozbierać liście. Jakimś sposobem znalazły się w każdym możliwym kącie korytarza i musiała użyć całej nabytej dzięki jodze sprawności, by zebrać je wszystkie, nie pokazując gościom bielizny. Helen stała w drzwiach bez ruchu, milcząca. Eliza spojrzała na nią uważnie. Helen, Koreanka z pochodzenia, była atrakcyjną trzydziestolatką, jej szczera twarz wiernie oddawała wszystko, o czym w danej chwili myślała. Wydawała się przerażona. Eliza od razu wiedziała, że coś jest bardzo nie w porządku.

– Co jest? – spytała.

– Anson Larrabee nie żyje.

·· Rozdział 2 ··

Dom państwa Gallahue stał na szarym końcu ulicy. Znajdował się w części Palisades znanej jako „Bluffs", w najbardziej wysuniętej na zachód części miasta, z jakże pożądanym efektownym widokiem na ocean. Im bliżej wybrzeża, tym posiadłości były droższe, jeśli jednak człowiek poszedł za daleko, natykał się na opadające ostro w dół poszarpane klify nad drogą szybkiego ruchu Pacific Coast Highway. Fantastyczne, budzące grozę widoki. A z powodu bliskości wody było tam co najmniej wietrznie. Tej właśnie nocy, jak zauważyło kilku gości Elizy, wiatr wiał coraz silniej i grzechotał kuchennymi oknami.

Po pierwszym szoku na wieść o śmierci Ansona Eliza szybko wzięła się w garść i zabrała Helen, Victorię oraz Leelee na konferencję do spiżarni. Wiedziała, że niegrzecznie jest zostawiać gości, ale nie miała wyboru.

– No dobra, zacznij od początku i wszystko nam opowiedz – zażądała Victoria. Victoria, która zrobiła MBA w Stanfordzie, prowadziła ważny dział w studiu Foxa, lecz kilka miesięcy po urodzeniu bliźniaków, Austina i Huntera, zrezygnowała z pracy. Jednak odwożenie dzieci do szkoły i lekcje tenisa jakoś nigdy nie pozwoliły jej zapomnieć o posiadanym wykształceniu i często zdarzało jej się mówić władczym tonem. Eliza przypuszczała, że tak właśnie zwracała się do podwładnych, gdy była liczącym się członkiem kierownictwa studia.

Helen odgarnęła z twarzy falujące ciemne włosy i głęboko odetchnęła.

– Nie wiem, nie wiem... pojechałam po Ansona, tak jak uzgodniłyśmy – powiedziała, patrząc oskarżycielsko na przyjaciółki – a kiedy dotarłam na miejsce, stała tam cała masa policyjnych samochodów i karetka na światłach...

– Słyszałam syreny! – przerwała jej Leelee.

– Ciiii... daj jej dokończyć – upomniała ją Victoria.

– No i dojechałam do pierwszego gliniarza. Kierował ruchem i zapytałam, co się dzieje, a on stwierdził: „Nic, proszę pani", na co ja się uparłam: „Muszę wiedzieć, mój przyjaciel tam mieszka", a on powiedział: „Nie wolno mi o tym mówić". Był przejęty i wyglądał, jakby chciał mi powiedzieć „spadaj". I wtedy zobaczyłam... o Boże, zobaczyłam, że z jego domu wyjeżdżają te nosze na kółkach...

– Zupełnie jak w CSI – wtrąciła Leelee.

– Dokładnie. I zapytałam: „O Boże, czy to on?", a policjant na to znowu, że nie wolno mu o tym mówić, więc dostałam szału, bo jak dla niego to Anson i ja jesteśmy najlepszymi nierozłącznymi przyjaciółmi, więc zaczęłam się wściekać i wtedy wreszcie zjawił się drugi gliniarz i mówi: „Tak, to Anson", na co pytam: „Co się stało?", a on mówi: „Jeszcze nie jesteśmy pewni, wygląda na to, że spadł ze schodów". A ja zapytałam: „Czy to było przestępstwo?".

– Co powiedziałaś? – rzuciła ostro Victoria.

Helen zamilkła i wyglądała na zmartwioną.

– Zapytałam, czy to było przestępstwo – powtórzyła powoli, a na jej twarzy pojawił się strach.

– Po jaką cholerę podsunęłaś im taką myśl? – zapytała z wściekłością Victoria.

Helen wyglądała, jakby miała się rozpłakać.

– Nie wiem... chyba widziałam za dużo odcinków serialu *Prawo i porządek*.

Eliza otoczyła Helen ramieniem.

– Nie martw się, na pewno niczego temu policjantowi nie podsunęłaś. To glina, na litość boską. Cały czas ma do czynienia z przestępstwami.

– W Palisades? – sceptycznie mruknęła Leelee.

– I co powiedział? – chciała wiedzieć Victoria.

– Powiedział, że jeszcze nie jest pewien. Za wcześnie, żeby coś powiedzieć – odparła Helen.

– Więc to może być morderstwo – orzekła Leelee.

– Chyba tak. To może być morderstwo – potwierdziła Helen.

Pozostałe trzy przyjaciółki stały bez słowa, co zupełnie nie było w ich stylu. Eliza przyjrzała im się kolejno i głośno przełknęła ślinę. Leelee, elegancka mama, która zawsze miała do powiedzenia coś świńskiego i wkurzającego, żeby trochę rozładować sytuację, milczała. Victoria, dawniej niewzruszona i skoncentrowana przywódczyni, teraz tylko kręciła z niedowierzaniem głową. Helen, która lubiła spoglądać na wszystko z egzystencjalistycznie, sprawiała wrażenie wstrząśniętej do głębi. I sama Eliza, niezawodny głos rozsądku, czuła się oszołomiona.

– Eee, no dobra, nie mam pojęcia, co powiedzieć – odezwała się wreszcie.

– Ja też nie. Elizo, czy policjant powiedział, że nie ma pewności, czy to przestępstwo? – zapytała Leelee.

– Nie kłamałabym – rzuciła ostro Helen.

– To niemożliwe – stwierdziła Leelee.

W tym momencie do spiżarni weszła Juana. Stanęła zaskoczona, widząc je skulone w kącie.

– Przepraszam panią, potrzeba więcej serwetek – odezwała się przepraszająco.

– Oczywiście, Juano. – Eliza podeszła do szafki i wyjęła z szuflady stosik koktajlowych serwetek. Będą musiały wystarczyć papierowe, nie ma teraz głowy do szukania dodatkowych lnianych.

– Dziękuję pani. – Juana niepewnie obrzuciła je wszystkie zdziwionym spojrzeniem, po czym wróciła do salonu.

– Słuchajcie, dziewczyny, nie możemy się tym zajmować teraz, w środku imprezy. Ludzie zaczną coś podejrzewać – powiedziała Eliza.

– Podejrzewać? – zapytała Helen ze strachem. – Nie sądzisz chyba, że ktokolwiek uzna, że miałyśmy z tym coś wspólnego?

Zanim Eliza zdążyła cokolwiek powiedzieć, odezwała się Victoria:

– Eliza ma rację. Wracajmy, musimy udawać, że wszystko jest w porządku. Spotkamy się później.

– Boże, i to w chwili, kiedy myślałam, że to wszystko wreszcie się skończy... – W głosie Leelee słychać było napięcie.

– W pewnym sensie to już koniec – zauważyła poważnie Victoria.

– Ale nie taki, jak sądziłyśmy – zauważyła Helen.

– Ale taki, na jaki miałyśmy nadzieję. – Odwróciły się i spojrzały na Victorię, która powiedziała to głośno. Miała rację. Żadna z nich nie przyznałaby tego głośno, ale nie mogły sobie wymarzyć lepszego zakończenia. Co może być lepszego niż śmierć Ansona Larrabee'go, ich nemezis?

Przez resztę wieczoru odgrywały swoje role, mocno ściskając kieliszki z białym winem i modląc się, żeby goście wreszcie sobie poszli. Najwyższy czas, żeby zakończyć sprawę raz na zawsze. Pakt, który zawarły, zmienił się w coś nikczemnego, sprawił, że poszły drogą zdrady, niepostrzeżenie zaczął wpływać na ich życie, rujnując związki i doprowadzając do szaleństwa. Jeżeli Anson umarł z przyczyn naturalnych, mają szanse odzyskać spokój, ale jeśli został zamordowany, może to być początek końca dla nich wszystkich.

·· Rozdział 3 ··

Pewnego pochmurnego środowego wieczoru w czerwcu, mniej więcej osiem miesięcy przed śmiercią Ansona, Eliza, Victoria, Helen i Leelee spotkały się w Perłowym Smoku na Dziewczyńskim Wieczorze. Smutny fakt, że nie były już dziewczynami, nie uszedł ich uwagi, ale zgodnie uznały, że zmiana nazwy na Babski Wieczór pachniałaby konwencją wściekłych feministek, a Damskie Spotkanie wydawało się trącić pornografią. Poza tym czuły się jak dziewczyny, więc mimo nietrafionej nazwy nie zamierzały niczego zmieniać.

Perłowy Smok był w zasadzie restauracją serwującą sushi, ale miał też jedyny prawdziwy bar w Palisades. Oznaczało to, że w letnie wieczory roiło się tam od studentów w minispódniczkach (płci żeńskiej) i czapkach bejsbolowych (płci męskiej), kręcących się przy barze i próbujących kogoś poderwać. Eliza i reszta trzymały się z tyłu, starając się nie zwracać uwagi na gęste od feromonów powietrze, w czym pomagały im pikantne rolady z tuńczyka, krewetkowa tempura i pieczony dorsz. Cztery najlepsze przyjaciółki widywały się często, ale na ogół w przelocie, przy odbieraniu lub podwożeniu dzieci na lekcje, przy kawie w Starbucksie albo stojąc na głowie podczas zajęć jogi. Te właśnie wieczory dawały im szansę, żeby nadrobić towarzyskie zaległości bez toreb z pieluchami, domagających

25

się uwagi dzieci i mężów, których niespecjalnie interesowała zawartość kobiecych magazynów.

– Jesteśmy takie stare – lamentowała Leelee, zerkając na naśladowczynię Jessiki Simpson w niezwykle obcisłych dżinsach biodrówkach, która stała właśnie przy barowym stołku, prezentując całej restauracji koronkowe różowe stringi.

– Smutne – westchnęła Eliza, wydłubując fasolki ze strąka. – Mogłyby być naszymi dziećmi.

– Nieprawda! – zaprotestowała Victoria.

– W Oklahomie – upierała się Eliza.

– Gdybyśmy pozachodziły w ciążę jako nieletnie i robiły zakupy w sklepach dla młodocianych matek – lekceważąco stwierdziła Victoria. Victoria była konkretną osobą. Nie uznawała przesady i dramatyzowania.

– Przedwczoraj znalazłam u siebie pierwszy siwy włos – oznajmiła Helen, wyciągając oliwkę ze swojego martini i nadgryzając ją. – Mam trzydzieści trzy lata, przechodzę kryzys metafizyczny. Siwy włos oznacza dla mnie śmierć. Od tej pory mam już tylko z górki.

– Daj spokój! – prychnęła Eliza. – To wcale nie oznacza śmierci.

– Hej, wiecie, co mówią? Podobno seks z wiekiem staje się coraz lepszy – powiedziała Leelee z błyskiem w oku. Uwielbiała rozmowy o seksie, co wydawało się dziwne, biorąc pod uwagę, że zwykle ubierała się jak czterdziestopięciolatka, która właśnie skończyła partyjkę golfa i zabierała się do drugiego dżinu z tonikiem. Nie omieszkała jednak informować przyjaciółek, że pod pruderyjnym kaszmirowym sweterkiem nosił połyskliwą czarną bieliznę, naprawdę wyzywającą, a pod spódnicą pas do pończoch.

– Nie czuję się seksownie – westchnęła Helen. – Nawet nie potrafię myśleć w ten sposób. Wesley i ja wolimy raczej obejrzeć nowy odcinek *Zaginionych*, niż uprawiać seks, a teraz mamy prawdziwy kryzys, bo w telewizji nie ma niczego dobrego, same powtórki i *reality shows*. Nie mogę się doczekać, kiedy wprowadzą nową jesienną ramówkę.

– Może musicie dodać trochę pieprzu? Postaraj się o jakieś gadżety! – figlarnie podsunęła Leelee. Zakręciła kieliszkiem i upiła duży łyk wina. Sama miała sporą kolekcję erotycznych zabawek w pudle upchniętym w kącie szafy. Prawda była taka, że od wieków z nich nie korzystała. Ostatnimi czasy miewała jedynie okazję używać sztucznego penisa, a do tego nigdy w życiu by się nie przyznała.

– Jasne. Z Wesleyem? Nie zapominaj, że mój mąż uczył się w brytyjskiej szkole z internatem. Chyba przyprawiłabym go o atak serca, gdybym wyciągnęła kajdanki –stwierdziła Helen.

Eliza i Victoria roześmiały się, wzdrygając się jednocześnie na myśl o Wesleyu Fairbanksie IV, bladym mężu Helen, starszym od niej o dwadzieścia lat, przykutym kajdankami do zagłówka.

– A próbowałaś? – zainteresowała się Leelee.

– Zapytać Wesleya? Nie, właściwie już ze sobą nie rozmawiamy. – Helen sięgnęła po kawałek fasolowego strąka.

Bawiła się nim przez chwilę, ale nie włożyła do ust. – Mój mąż i ja jesteśmy jak statki mijające się w nocy... Przyjazne, ale dalekie. – Umilkła. Pomyślała o swoim życiu i poczuła, że popada w otępienie. Tak bardzo przywykła do ciszy i dystansu, że czasem musiała sobie przypominać, iż prawdopodobnie nie tak powinno to wyglądać. Inaczej wyobrażała sobie życie mężatki. Może powinna była wyjść za kogoś bliższego jej wiekiem? Może mieliby więcej wspólnych spraw? Podniosła wzrok i zobaczyła, że przyjaciółki wpatrują się w nią z troską. Nie chciała popsuć im nastroju.

– A co, wszystkie używacie zabawek?

– Nie – gwałtownie zaprzeczyła Eliza. – To znaczy, nie mam nic przeciwko temu. Próbowałam. – Eliza nie mówiła o swoim życiu seksualnym wprost. Dawniej tak, ale teraz, gdy była mężatką, chciała chronić męża. Całe to gadanie o świętości małżeństwa wywarło na nią wpływ. Wiedziała, że jeśli powiedziałaby o Declanie coś niepochlebnego – w związku z seksem lub nie – przyjaciółki by to zapamiętały i zawsze miałyby gdzieś w podświadomości (tak jak ona, kiedy słuchała ich zwierzeń). Nie chciała, żeby ktokolwiek wykorzystał później to przeciwko niej. Lepiej zrobić unik.

– Mężowi trzeba dogodzić albo postara się o to gdzie indziej – stwierdziła dobitnie Victoria. Victoria rozmawiała o seksie w typowo męski sposób. Twardo, z gniewem. Dziewczyny wiedziały, że Justin to właściwie dupek. Uznały, że pewnie dlatego Victoria jest taka obcesowa. Zupełnie, jakby definitywnie wymazywała znak równości między życiem seksualnym a uczuciowym i szykowała uderzenie wyprzedzające. Lubiła też mieć wszystko pod kontrolą.

– Czy to nie smutne, że my po prostu starzejemy się, tyjemy i stajemy się mniej pociągające, a mężczyźni, nawet jeśli starzeją się i tyją, nie tracą na atrakcyjności? – zapytała Eliza. – Mamy nadwagę po dziecku, siwe włosy i zmarszczki, a oczekuje się od nas, że urodzimy dzieci, będziemy się nimi zajmowały, pracowały jak szalone, wstrzykniemy sobie botoks, zrobimy karierę...

– No cóż, ty akurat robisz karierę – przerwała jej Leelee.

– To dlatego, że tylko ona jedna ma zawód, w który da się wpasować dzieci – odparowała Victoria. Z powodu rezygnacji z pracy wciąż jeszcze czuła gorycz porażki. Po co zmarnowała tyle czasu, zdobywając MBA, skoro nie ma okazji korzystać z tytułu? Pożałowała, że nie wybrała drogi zawodowej w rodzaju dziennikarstwa. Czegoś, co mogłaby robić jako wolny strzelec. Jeśli Eliza to potrafi, ona z pewnością także, ale jest za późno. Wybrała biznes, bo chciała robić coś poważnego i męskiego. Coś, gdzie liczą się fakty, gdzie mogła współzawodniczyć z najlepszymi. Przekonała się jednak z przykrością, że choćby była najbardziej inteligentna, w korporacyjnym świecie nie ma miejsca dla kobiet z dziećmi, a cała ta progresywna feministyczna propaganda, którą wciskają ci do znudzenia, to jedna wielka bzdura.

– Kochana, ja tam nie tęsknię za karierą, chociaż tak naprawdę nigdy jej nie zrobiłam. Po prostu miałam pracę.

– Leelee się roześmiała. – Niech Brad pracuje i przynosi pieniądze.

Pieniądze stanowiły dla Leelee przykry temat. Wyszła za Brada, kiedy miał ich więcej, ale potem wszystko się posypało i została skazana na życie, które – choć wciąż wygodne – nie było tym, czego oczekiwała.

– Declan nie sprawia wrażenie faceta, który zatruwa ci życie kwestią wagi, pracy i tak dalej. – Helen odwróciła się do Elizy.

– Nie, ale, daj spokój, presja istnieje. W tym mieście mieszkają najchudsze kobiety na świecie, nie ma mowy, żebym mogła się pokazać z wyglądem ciężarowca – odparła Eliza.

– O czym ty mówisz? Masz teraz niezłe ciałko, panienko – powiedziała Helen. Eliza zaprotestowała, ale w duchu zarumieniła się, słysząc te komplementy. Nareszcie ktoś zauważył ramiona, nad którymi tak pracowała!

– Czy to nie dziwne, że to właśnie jest nasze życie? – Victoria nagle spoważniała. – Bo tak naprawdę jesteśmy mamami z przedmieścia. Wiem, że Palisades to teoretycznie część Los Angeles, ale przecież każda z nas jeździ SUV-em z dziecięcym fotelikiem z tyłu, udzielamy się w grupach zabaw dla dzieci i w klubie. Jest drużyna tenisowa, całe to przyziemne gówno. A ja chodziłam do college'u Ivy League! W mojej klasie w Stanford Business School byłam trzecia! A teraz organizuję charytatywną sprzedaż domowych ciast dla Świętego Piotra. Co za gówno!

Przyjaciółki popatrzyły na siebie ze współczuciem.

– Szczera prawda – przyznała Eliza.

– A tak właściwie, to za czym najbardziej tęsknisz z czasów, kiedy byłaś młoda? Z jakiego powodu jesteś nieszczęśliwa? Chodzi o to, że za czymś tęsknisz, czy po prostu chcesz czegoś więcej? – dopytywała się Helen. Uwielbiała analizować, przyglądać się wszystkiemu z różnych punktów widzenia, szczególnie tych nadprzyrodzonych, duchowych i egzystencjalnych. Była mistrzynią zadawania sondujących pytań, z których powodu nikt się nie obrażał. Jej największą zaletą było to, że lubiła słuchać odpowiedzi. Ta dziewczyna słucha, pomyślała Eliza, gdy tylko ją poznała. To rzadkie w dzisiejszych czasach. Zabawne było jednak to, że wszystkie te pytania zadawała każdemu oprócz siebie i swojego męża.

– Och, ja ci odpowiem. – Leelee ustawiała równo na podkładce trzeci kieliszek chardonnay. – Chcę cofnąć czas. Zrobić wszystko jeszcze raz. I niektóre rzeczy zrobić inaczej.

Pijacka szczerość Leelee sprawiła, że wszystkie posmutniały. Bez alkoholu niechętnie mówiła o sprawach osobistych, a szczególnie o swoim rozczarowaniu Bradem, za którego wyszła prawdopodobnie o wiele za młodo. Jednak gdy piła, wymykały jej się iskierki gniewu, drobne błyski. Zawsze starała się pokryć to normalnym zachowaniem, ale żadna z jej przyjaciółek się na to nie nabierała.

– A co byś zrobiła jeszcze raz? – zainteresowała się Helen.

– Och, nie chodzi mi o Brada, czy coś... – powiedziała, chociaż wszystkie wiedziały, że pewnie właśnie o niego jej chodziło. – Raczej zrobiłabym więcej rzeczy przed ślubem.

Szłabym jak burza – dodała, próbując osłabić powagę poprzedniego stwierdzenia.

– Więc w twoim przypadku chodzi o seks? – chciała wiedzieć Victoria. Potrzebowała faktów.

– A jak myślisz? – zapytała Leelee. – Wspaniale jest być
mężatką, ale byłoby świetnie mieć carte blanche na seks
z innymi ludźmi.

Leelee, jak to się mówi, wypaliła z grubej rury, ale
żadna z nich nie pomyślała, że chodzi jej wyłącznie o seks.

– A wy? Jak uważacie? – Victoria odwróciła się do Elizy,
a potem do Helen.

– Moje życie seksualne właściwie nie istnieje – wyznała
Helen bez emocji. – Gdy byłam młodsza, był ze mnie niezły
numer, choć trudno w to uwierzyć. – Uwierzyły. – Zabawne,
bo ostatnio dużo myślałam o tym, jakie podniecające było
odkrywanie nowych pozycji czy badanie ciała nowego partnera. Uwielbiałam te pierwsze chwile, kiedy przesuwałam
palcami po męskim brzuchu, brzuchu kogoś, z kim jeszcze
nie spałam, badałam zarys jego mięśni i kształt sutków.
W seksie uwielbiam dotyk. Brakuje mi miłości. I chyba
różnorodności. W tworzeniu nowych związków między-
ludzkich jest coś podniecającego.

Wszystkie przez chwilę milczały.

– Nie wspominając o tym, że byłoby cudownie robić to
z kimś, komu na tobie zależy – dodała Helen. Wesleyowi
najwyraźniej zależało tylko na wspinaczce, paleniu trawy,
czytaniu scenariuszy i znalezieniu następnego filmu, który
mógłby reżyserować.

– A ty, Elizo? – Victoria, gdy nakręciła się na jakiś temat, miała w zwyczaju przyciskać rozmówcę, jakby był świadkiem, a ona oskarżycielem w sprawie mogącej zakończyć się wyrokiem śmierci.

– Moje życie seksualne jest w porządku. Nie mogę narzekać – zbyła ją Eliza.

Victoria nie zamierzała odpuścić.

– Jesteś w stu procentach zadowolona z tego, gdzie teraz jesteś? Patrzysz na tamtą dziewczynę – wskazała na skąpo ubraną dziewiętnastolatkę – i czujesz się wspaniale?

– Nie – westchnęła Eliza. Była zadania, że przy tych chudzielcach nikt nie może czuć się wspaniale. – To są dwa różne pytania. Jasne, to fatalne, że nie mam długich nóg, ale jestem szczęśliwa z tym, jak żyję.

– I niczego byś nie zmieniła? – zapytała z niedowierzaniem Victoria.

– Tego nie powiedziałam. – Eliza pochyliła się do przodu. – Dobrze, to nie ma nic wspólnego z moim mężem, którego uwielbiam.

– Jasne, jasne. – Leelee machnęła ręką.

– Ale tęsknię za byciem pożądaną. Głupio to brzmi, ale w ogóle nie pamiętam, kiedy ostatnio szłam ulicą albo weszłam do sklepu, a jakiś seksowny albo chociaż trochę seksowny facet spojrzał na mnie, jakby uważał, że jestem atrakcyjna. Nie chodzi mi nawet o spojrzenie pod tytułem „chcę iść z tobą do łóżka", nie seksowne, po prostu romantyczne. – Marzenia Elizy były uporządkowane. Czuła się szczęśliwa z mężem i dziećmi, ale może dla-

33

tego, że była pisarką, fantazjowała o przykuciu uwagi rycerzy w lśniących zbrojach. Na nic więcej sobie nie pozwalała.

– Rozumiem, o co ci chodzi – powiedziała Helen.

– Byłam ostatnio w Starbucksie i gapił się na mnie strasznie słodki facet. Pomyślałam: „O rany, wciąż jestem w kursie!". A kiedy wsiadłam do samochodu, zobaczyłam w lusterku, że mam wąsy z mleka.

– Kłopotliwa sytuacja – mruknęła Leelee.

– Strasznie.

– Nie miewam takich myśli. Jeśli ktoś mi się przygląda, zakładam, że dostałam miesiączki i mam czerwoną plamę na spodniach albo coś równie okropnego – oznajmiła Leelee.

– Mamy za dużą konkurencję, a one wszystkie są młodsze i mają lepszy metabolizm – stwierdziła Eliza.

– I implanty – dodała Leelee.

– I mózgi wielkości fistaszków – dorzuciła Victoria.

– O co wam chodzi? Przecież wszystkie wyglądamy nieźle – włączyła się Helen.

– To bez znaczenia. Młodzi nie szanują młodości, czy jak to tam szło – westchnęła Eliza, pociągając Margaritę.

– Więc chcesz, żeby ktoś cię pragnął? – Victoria zamierzała postawić sprawę jasno.

– Tak, Victorio. Chcę, żeby ktoś mnie pragnął – odpowiedziała Eliza z rezygnacją. – Właściwie wystarczyłoby mi jedno spojrzenie, takie zerknięcie w moim kierunku. Czasem to sobie wyobrażam. Na przykład, gdy wychodzę z salonu kosmetycznego w tych dziwacznych gumowych sandałach, które ci dają, żebyś nie popsuła sobie pedicuru, mam na sobie dres, a włosy pod opaską, bo nie wysuszyłam ich po myciu, i wyglądam fatalnie, chcę, żeby jakiś seksowny facet podszedł do mnie i powiedział „Cześć" albo przynajmniej spojrzał na mnie jakby mówił „Cześć". Ale tak naprawdę nudzi mnie seksualne pożądanie, chciałabym, żeby facet zajrzał do mojej głowy i zorientował się, jaką jestem wyjątkową i ciekawą osobą, kimś niepowtarzalnym, a nie po prostu jakąś mamą, która musi odebrać pranie i schudnąć pięć kilogramów.

Eliza zamilkła, przestraszona, że powiedziała więcej, niż chciała. Ale wszystko to była prawda. I one to czuły.

– Nie musisz chudnąć pięciu kilogramów – pocieszyła ją Helen. – Możesz przestać mówić o odchudzaniu? Zaczyna mnie to wkurzać!

– Powinnaś zobaczyć mój brzuch... – zaczęła Eliza.

– Nie wierzę ci. Więc się zamknij – poleciła Helen.

– To wynajmij trenera – ucięła Victoria. Irytowało ją, kiedy ludzie narzekali na coś, z czym nie radzili sobie z powodu lenistwa.

– Wiem, powinnam, a rozmowy o odchudzaniu są takie nudne. A ty, Victorio? – zapytała Eliza.

Victoria oparła się wygodnie.

– Brakuje mi atmosfery polowania. Wiecie, pogoni za facetem i zdobywania. Lubiłam rozgryzać, co lubi, a czego nie, rozkręcać cały romans, ale pozwolić mu myśleć, że to był jego pomysł. To była najlepsza zabawa.

Wiedziały, że zrobiła wszystko, co mogła, by zdobyć Justina – łącznie z rozbiciem jego pierwszego małżeństwa. Niedługo potem oboje stracili sobą zainteresowanie.

– Cóż, za płotem trawa zawsze wydaje się bardziej zielona – stwierdziła ze smutkiem Eliza.

Zmieniły temat. Przez pół godziny omawiały powód niedawnego zerwania pewnej sławnej pary, dokonując przy tym niemal matematycznej analizy. Oplotkowały ludzi, którzy kupili ten paskudny dom przy Embury Street i dokonały rozbioru osobowości wrednej blondyny z drużyny tenisowej. Rozmawiały o dzieciach i tegorocznych letnich zajęciach. Część dzieciaków wyrosła z zajęć „Mama i ja" w Happy Child, inne dorosły do gry w piłkę nożną. Zwykłe wieczorne pogaduszki.

A jednak. W samochodzie, w drodze do domu (zaledwie czterominutowa jazda, dłużej niż powrót do domu trwało dojście na parking), Victorii przyszła do głowy pewna myśl. Może być inaczej. Mogą spełnić swoje marzenia. Nie mają czasu do stracenia. Następnego dnia rano zadzwoniła do dziewczyn i ustaliła termin kolejnego wyjścia. Helen miała jogę, Leelee paplała coś o spotkaniu komitetu organizującego imprezę na rzecz walki z rakiem, a Eliza wspomniała o kolacji, którą planowała w Brentwood. Victoria nie była tak naprawdę zainteresowana przeglądem towarzyskich zobowiązań przyjaciółek, chciała tylko ustalić datę następnego spotkania. Ostatecznie najbliższym możliwym terminem okazał się kolejny piątek. Nienawidziła czekać – jej też zostało niewiele czasu – ale nic nie dało się zrobić. Zresztą pewnie dobrze jest mieć tydzień do namysłu, zanim zachęci się innych, żeby zmienili bieg swego życia.

· · Rozdział 4 · ·

Następnego wieczoru, gdy Victoria siedziała po stronie pasażera w idiotycznym sportowym samochodzie swojego męża, tylko układanie w głowie planu chroniło ją od popadnięcia w szaleństwo. Gdyby była emocjonalnie zaangażowana w rozmowę, którą właśnie prowadziła, czułaby wściekłość albo niesmak. Teraz, kiedy wymyśliła, jak się wyplątać, właściwie nic nie miało znaczenia. Nawet małostkowe uwagi Justina.

– Powinnaś była założyć niebieską suknię. Tę z dopasowaną górą. O wiele lepiej w niej wyglądasz – stwierdził Justin, oceniając ją ukradkowym spojrzeniem.

– Jasne – mruknęła Victoria, ledwie rozchylając usta. Kłopot stanowiła Eliza. Helen była dość otwarta, a Leelee zawsze ulegała presji, ale Eliza oznaczała wyzwanie. A miało to znaczenie, bo musiała mieć poparcie ich wszystkich albo z planu nici. Były ze sobą tak mocno związane, że gdyby jedna to zrobiła, a inne nie, zaczęłyby panikować.

– Jest chyba od Ralpha Laurena. Tak, Gwyneth Paltrow miała ją na premierze swojego ostatniego filmu – oznajmił, skręcając w prawo w Sunset i zmierzając do Bel Air.

– To strasznie gejowskie, że to wiesz – stwierdziła Victoria.

– A co? Obrażona? Nie chcesz dobrze wyglądać? – Justin podniósł głos i rozgrzewał się przed kłótnią. – To przyjęcie mojego klienta. Musisz wyglądać jak należy. Czy nie tego chciałaś?

– Nieważne – zbyła go Victoria. Wiedziała, że zachowuje się jak nadąsana nastolatka, ale było jej wszystko jedno.

– Aaa, więc to będzie taki wieczór. Świetnie, po prostu świetnie, Victorio – prychnął z irytacją.

– Nie wiem, co za „taki", ale jeśli próbujesz zacząć kłótnię, daruj sobie.

– Dlaczego raz, dla odmiany, nie możesz być normalna? Dlaczego muszę cię błagać, żebyś miała zadowoloną minę, kiedy wychodzimy? Inne żony są uśmiechnięte, plotkują, a ty stoisz spięta, popijając białe wino i demonstrując wszystkim dookoła, jak fatalnie się czujesz. Czy raz nie mogłabyś mnie wesprzeć? – syknął.

Victoria pomyślała, że wygląda jak szczekliwy piesek, który się rozzłościł. Jego małe, niemal niewidoczne usta wydawały się otwierać i zamykać jak pysk wkurzonego pieska.

– Służę ci wsparciem. Przecież idę, prawda? – Rozzłościła się. – W przeciwieństwie do ciebie, niech mi będzie wolno dodać. Nigdy nie pokazywałeś się na imprezach związanych z moją pracą, a teraz nie pokazujesz się na spotkaniach w szkole, imprezach chłopców i tak dalej. Chyba że jest tam jakiś ważniak, którego musisz olśnić. – Ostatnie słowo wymówiła z prawdziwą pogardą.

„Lubię olśniewać swoich klientów", tak brzmiał handlowy slogan Justina, kiedy próbował skusić młodego aktora

czy aktorkę, by skorzystali z jego usług. „Pozwól się olśnić".
To właśnie powiedział Victorii, gdy się jej oświadczył. Olśniewanie było sposobem Justina na przyklepanie sprawy. Teraz zerknął na żonę ze złością, a potem gwałtownie wcisnął pedał gazu. Ależ czasem potrafi być suką. Najczęściej. Zrzędziła przez cały cholerny tydzień. Niepotrzebne mu takie gówno. Może go pocałować w dupę. Kiedy się z nią żenił, myślał, że to dziewczyna z klasą, ale teraz nie był już tego taki pewien. Czy ktoś z manierami i klasą nie powinien być uprzejmy na przyjęciach?

– Potrafisz być taka czarująca, Victorio, kiedy chcesz. Nie mogłabyś się dziś postarać? – zapytał wreszcie.

– Zobaczymy.

– Wiesz co? Nie mów tak do mnie. Po prostu trzymaj się ode mnie z daleka – warknął.

– Z przyjemnością. – Na jej idealnie pokrytych błyszczykiem wargach wreszcie pojawił się nieznaczny uśmiech. To polecenie może wykonać.

Ogromny dom w hollywoodzkim stylu zajmował całą działkę, nie licząc wąskiego paska przeznaczonego na patio. Portierzy podbiegli do samochodu i pomogli im wysiąść z energią strażaków wyprowadzających ofiary z płonącego domu. Justin, widząc w mercedesie, który zajechał za nimi, ludzi, których zna, wyciągnął rękę do Victorii i gdy prowadził ją po schodach do frontowych drzwi, przywołał na twarz szeroki uśmiech. Pozory. Trzeba dbać o pozory.

Drzwi, jak było przyjęte na tego typu imprezach, otworzył nie gospodarz, ale osoba odpowiedzialna za catering, która zaproponowała im wodę mineralną lub białe wino, po czym posłała na wyprawę w stronę salonu, żeby zajęli się sami sobą. Te przyjęcia były nieformalne, goście czasami w ogóle nie widzieli gospodarza czy gospodyni. Większość zjawiała się z konkretnym planem i z góry wiedziała, z kim chce porozmawiać i z kim oraz kiedy wyjść, nie zostawiając miejsca na niespodzianki. Justin, ze swoim zmysłem obserwacji rozwiniętym lepiej niż u agenta służb specjalnych, od razu zlokalizował powód swojego przybycia – Hadley Whitaker – dwudziestotrzyletnią blondynkę, która nieoczekiwanie dostała główną rolę kobiecą w następnym filmie George'a Clooneya i w tej chwili nie miała agenta. Podszedł, by się przedstawić, zostawiając Victorię. Przywykła do tego i w gruncie rzeczy wolała krążyć samotnie.

Samotność nigdy jej nie onieśmielała i z rozbawieniem obserwowała panikę ogarniającą niektóre kobiety, gdy zostawały same. Wyglądały jak idiotki. Victoria wiedziała, że pewność siebie pozwala uniknąć współczucia. Ludzie w Los Angeles byli tak nieciekawi, że najczęściej rezygnowała z kontaktu z nimi, poza tym zabawnie było analizować ich z daleka. Bawiło ją, że chociaż ona i Justin byli w tym samym miejscu, gdyby później porównali wrażenia, okazałoby się, że on zauważył tylko gwiazdy oraz tych, którzy się liczą, podczas gdy ona potrafiła podać dokładny opis głównych pomieszczeń oraz poinformować męża o tym, kto z kim sypia, bo była wyczulona na język ciała i wymianę spojrzeń. Na szczęście Justin nie potrafił odbierać tego typu sygnałów. Był zajęty sobą tak bardzo, że jeśli przy kolacji rozmawiał z kimś, na kim chciał zrobić wrażenie, para obok mogłaby uprawiać seks, a on by tego nie zauważył.

Victoria westchnęła i poszła wzdłuż zachodniej strony pomieszczenia ku oknom, po drodze oglądając wystrój. Właściciele najwyraźniej kochali gotyk, uznała więc, że należą do fanów Tima Burtona. Nie szczędzili pięniędzy, gromadząc w jednym miejscu wszystko gotycki, co wpadło im w ręce. Porozstawiane w pokoju krzesła były ciężkie, mahoniowe z wymyślnymi, wijącymi się, rzeźbionymi wzorami, a duża dębowa sofa została obita bardzo pretensjonalnym adamaszkiem w kolorze wina. Wszystkie meble wykonano z tego ciężkiego ciemnego drewna, które powinno stwarzać wrażenie solidności, a jednak przede wszystkim wyglądały na bardzo niewygodne. Właściciele najwyraźniej postanowili trzymać się jednego stylu. Lamp mieli niewiele, zamiast tego w licznych brązowych kandelabrach migotały świece pomnożone przez cztery duże lustra w mahoniowych ramach, które odbijały roztańczone błyski. Victoria nie mogłaby tu mieszkać, ale jednocześnie zaczęła się zastanawiać, czy jest miejsce, w którym byłaby szczęśliwa.

Jej życie nie potoczyło się tak, jak tego chciała. Cóż, może nie do końca, miała przecież swoich chłopców i kochała ich, a przede wszystkim zachwycał ją fakt, że urodziła właśnie chłopców. Nie umiałaby sobie poradzić z dziewczynkami. Są zbyt kapryśne, zbyt płaczliwe, zbyt mocno trzymające się matczynej spódnicy. W dodatku pewnego dnia musiałaby zacząć sprawdzać, czy trzymają razem nogi, żeby nie zostałą babcią w wieku czterdziestu pięciu lat. Nie, dziewczynki nie są dla niej. Prawdę mówiąc, zawsze wolała chłopców, nigdy nie ciągnęło jej do gówna w stylu „Hello Kitty". Wszyscy twierdzili, że chłopców trudno wychowywać, kiedy są mali, z powodu ich nadmiernej aktywności, ale gdy podrosną, staje się to łatwiejsze, bo człowieka nie znienawidzą. Victoria miała wrażenie, że jej chłopcy już teraz nie są trudni. Austin jest urodzonym sportowcem, który w wieku dwóch lat potrafi rzucić piłką lepiej niż większość sześciolatków. Udało jej się umieścić go w grupie sportowej Peewee Hoopsters, mimo że wymagania mówiły o trzech latach, i świetnie sobie radzi. A Hunter zaczął czytać. Tak. Nikt jej nie wierzy, ale zaczął. Wiedziała, że jest genialny, kiedy w wieku siedmiu miesięcy wziął leżącą do góry nogami książkę i odwrócił ją, żeby obejrzeć. To się nazywa zaawansowany rozwój. Niektóre matki tego nie wiedzą, ale nie naczytały się tyle, co Victoria. Gdy tylko dowiedziała się, że jest w ciąży, zamówiła na Amazonie wszystkie liczące się książki o dzieciach i ślęczała nad nimi, jakby to były podręczniki chemii. Jeżeli miała zostać matką, to najlepszą, tak jak była najlepszym młodym kierownikiem w Foksie. Jej encyklopedyczna wiedza o macierzyństwie pozwalała na rozpoznanie każdej oznaki przyspieszonego rozwoju, która pojawiła się u chłopców. Niestety, tak naprawdę nie miała się komu pochwalić. Wszystkie te matki były takie przewrażliwione. Wychowywały ofermy. Tak się martwiły, że mały Jack nabije sobie guza, że nie uczyły go, jak zacisnąć pięści i oddać cios. Victoria nie wychowa mięczaków. O nie.

Pomijając Huntera i Austina, reszta jej życia przypominała leśnego grzyba, który kurczy się w słońcu. Wszystko się poplątało i zrobiło się niebezpiecznie, a ona stała się nerwowa. Do tej pory Victoria rzadko się denerwowała. Nie roztrząsała dokonanych wyborów, bo nie była impulsywna ani emocjonalna. A jeśli wynik okazywał się inny, niż zaplanowała, nie analizowała powodów, dla których dokonała takiego, a nie innego wyboru. Victoria była stanowcza i robiła to, co chciała. Jeśli poniewczasie zdała sobie sprawę, że nie cierpi wykonywanej pracy albo mężczyzna jej życia okazał się osłem, nie użalała się nad sobą. Coś z tym robiła.

Teraz jednak, idąc wzdłuż rzędu szklanych drzwi na tyłach salonu i patrząc na wzgórze usiane rozświetlonymi posesjami, martwiła się. Być może po raz pierwszy w życiu zaczęła kwestionować podjętą decyzję. Dlaczego wprowadziła tego mężczyznę do swojego świata? Sprawiał, że czuła się żałośnie, groził zniszczeniem wszystkiego, co zbudowała. Co najgorsze, sprawiał, że wątpiła w siebie i swój gust. Przez ostatnie miesiące czuła się coraz bardziej przygnębiona i mało brakowało, a poprosiłaby przyjaciółki o pomoc. A Victorii, dla której samowystarczalność stanowiła największy powód do dumy, sama taka myśl wydawała się wstrętna. Jest przecież dorosłą kobietą! Nie chce, by ktokolwiek jej współczuł czy dostrzegł pęknięcia w zbroi, którą nosi. Tak, Eliza, Helen i Leelee są przyjaciółkami, ale czy tak naprawdę można ufać przyjaciółkom? A jeśli zaufa, czy chce, by jej współczuły? Zadrżała na tę myśl. Jednak poprzedniego wieczoru, niemal dokładnie w chwili, gdy miała się zdrzemnąć, wpadła na błyskotliwy pomysł i teraz dotarło do niej, że nie musi nic przyjaciółkom mówić. Po prostu je wciągnie i wystartują wszystkie razem jak drużyna, na równych zasadach.

·· Rozdział 5 ··

Podczas gdy Victoria zabijała czas na przyjęciu w Bel Air, Helen na zajęciach jogi bikram z każdą kolejną kroplą potu pozbywała się jogurtów i płatków zjedzonych w ciągu dnia. Gdy wyginała się w coraz to innych pozycjach, czuła, że toksyny wypływają strumieniem z jej ciała i parują, znikając w powietrzu. Przyjemny sposób, żeby się oczyścić i pozbyć wszelkich negatywnych uczuć, które wchłonęła podczas dnia. Po zajęciach Helen została na macie jeszcze przez dodatkowych dziesięć minut, nie chcąc jeszcze rezygnować z relaksacji. W tym stanie czuła się najbardziej zadowolona. Gdyby tylko mogła pozostać na wpół uśpiona w stanie głębokiej medytacji, życie byłoby o wiele prostsze.

– Wszystko w porządku? – zapytała Lisa, instruktorka. Ta młoda blondynka o chłopięcym ciele potrafiła patrzeć głęboko i uważnie.

Helen otworzyła oczy.

– Tak.

– Przykro mi, że przeszkadzam, ale musimy zamykać. Chyba zasnęłaś.

– Naprawdę? – Helen usiadła. Sala była pusta, a Liza zdążyła już zdmuchnąć świece i zgasić kadzidło.

– Tak, zajęcia skończyły się jakieś dwadzieścia minut temu, ale widziałam, że naprawdę odleciałaś, i nie chciałam ci przeszkadzać – wyjaśniła Liza.

– Przepraszam. – Helen wstała i zwinęła matę.

– Nie ma sprawy. Uwielbiam, kiedy ludzie czują energię. Widziałam, że dzisiaj naprawdę odbierałaś wibracje.

– Tak, chyba tak.

Helen włożyła bluzę i z matą pod pachą poszła przodem, by otworzyć drzwi. Liza zgasiła światła. Wyszły na dwór i pożegnały się. Helen czuła, jak ciepłe lipcowe powietrze pieści jej ciało. Joga sprawiała, że miała wrażenie, iż jest mocniej związana ze wszystkim dookoła. Jednocześnie jednak oddalała ją od tego, co znajdowało się naprawdę blisko.

Skręciła lincolnem navigatorem w Sunset i pewnie poprowadziła samochód w stronę domu, który stał przy jednej z najlepszych ulic w najelegantszej dzielnicy Palisades, znanej jako Riviera. Kiedy poznała Wesleya, mieszkała w małym mieszkaniu w zapuszczonym budynku w Hollywood i nigdy nie przyszło jej do głowy, że pewnego dnia zostanie mieszkanką gigantycznej, białej, nowoczesnej budowli o szklanych ścianach, przez które widać pełną panoramę miasta i oceanu. Dom zaprojektował uczeń bardzo sławnego architekta, który, w przeciwieństwie do swego mentora, nigdy nie zyskał sławy. Być może z powodu jego nieumiejętności operowania proporcjami pomieszczenia ogólnodostępne były gigantyczne, a sypialnie małe jak szkatułka na biżuterię. Sam dom, jak większość rezydencji w Los Angeles, zajmował większą część posiadłości, agresywnie pożerając trawnik, obejmując go białymi ścianami o czysto dekoracyjnej funkcji, które kończyły się gwałtownie i ślepo. Od wschodniej strony znajdował się skrawek przestrzeni wystarczająco duży, by pomieścić basenik, w którym ani Helen, ani Wesley nie zamoczyli nawet palca, oraz japoński ogród, w którym nie zabrakło stawu z karpiami i posągu Buddy, starannie utrzymywanych przez trzech kubańskich ogrodników.

Gdy Helen zaparkowała na podjeździe obok jeepa Wranglera, wiedziała, że zastanie Andy'ego. Andy był od niedawna przyjacielem Wesleya, kimś, kogo Wesley poznał podczas jednej z wypraw i szybko poczuł z nim więź. Wspinaczka stała się dla Wesleya obsesją, czymś, co z comiesięcznej przygody zmieniło się w codzienność. Pierwszych kilka razy Helen poszła z mężem, ale szybko się zmęczyła. Jasne, przyjemnie było podziwiać piękne widoki i obcować z naturą, ale uważała, że to zupełnie bezcelowe. Wspinasz się do góry, a potem schodzisz na dół. Było w tym coś daremnego. Wesley jednak został prawdziwym entuzjastą wspinaczki – po części, jak sądziła Helen, by uniknąć konieczności robienia kariery. Z drugiej strony, ma tyle pieniędzy, że właściwie nie musi martwić się karierą. I może na tym polega problem.

Helen weszła do swojego salonu w stylu „Azja spotyka Palm Springs z lat pięćdziesiątych" i musiała stawić czoło mocnej woni tego, co czasem nosi nazwę „papierosów o dziwnym zapachu". Wesley siedział na dywanie, opierając się o szarą sofę. Helen spojrzała na niego od tyłu, zauważyła łysinę, zapinaną na guziki koszulę, spodnie postrzępione na dole oraz brak butów. Andy siedział naprzeciwko, również na podłodze. Mimo że wieczór był ciepły, w kominku płonął ogień.

– Hej, Helen – rzucił Andy, podnosząc się z marokańskiej poduszki i podchodząc, by obdarzyć gospodynię pocałunkiem. Zauważyła, że zawsze ją całuje. Jeśli wyszła z pokoju nawet na kilka minut, znajdował pretekst, by ponownie się z nią przywitać, obdarzając kolejnym całusem. Wesley wydawał się tego nie zauważać, a może go to nie obchodziło, więc nie robiła zamieszania, ale było to trochę dziwne. Nie dlatego, że Wesley mógłby podejrzewać jej zainteresowanie Andym, bo nie była nim zainteresowana. Zwykle podobali jej się szczupli mężczyźni o subtelnych rysach, przeważnie blondyni. Zabawne, biorąc pod uwagę, że Wesley nie pasował do tego opisu. Andy był jakieś dziesięć lat młodszy od Wesleya – wielki facet z niedużym brzuszkiem, który bez trudu mógłby zlikwidować, gdyby tyle nie jadł i nie pił. Miał przydługie, miękkie, brązowe włosy i krzaczaste brwi. Przypominał gigantycznego szczeniaka, który skacze i oblizuje cię z góry na dół, gdy stajesz w drzwiach.

– Hej, Andy – mruknęła Helen. Zerknęła na Wesleya, który rozchylał usta, by potężnie zaciągnąć się marihuaną, zobaczyła torby i zdała sobie sprawę, że Andy musi tu siedzieć od jakiegoś czasu. Andy, montażysta filmowy z zawodu, był nałogowym palaczem trawy. Nie handlował, ale kiedy Wesley proponował mu pieniądze za „miłego kolumbijskiego przyjaciela", nie protestował. A wyglądało na to, że ostatnio sporo czasu poświęcali paleniu.

– Jak joga? – zapytał Wesley, głęboko wciągając powietrze.

– Świetnie – odparła Helen. – Chyba pójdę pod prysznic.

– Chcesz trochę? – Andy wyciągnął jointa w jej stronę.

Zawahała się. Nie miała nic przeciwko zaciągnięciu się od czasu do czasu, ale naprawdę rozkoszowała się uczuciem, które wywoływały endorfiny wydzielające się dzięki jodze, i nie chciała psuć tego wrażenia.

– Nie, dzięki – odpowiedziała wreszcie.

Pod prysznicem Helen myślała o planach na przyszły tydzień. Chciała codziennie chodzić na jogę, jej przyjaciółka Amy zapowiedziała, że do miasta przyjeżdża naprawdę dobry nauczyciel fusion z Seattle i jesienią zorganizuje warsztaty. Zdecydowanie na to też się pisała. Chciała również pojechać do Manhattan Beach i sfotografować kominy, bo wyraźnie czuła, że ma dla nich miejsce w swoim nowym fotograficznym kolażu. Zbierała zdjęcia rzeczy tak brzydkich, że aż uroczych. Nauczyciel fotografii zasugerował jej taki projekt i naprawdę się wciągnęła. Jednak im głębiej w to wchodziła, tym lepiej zdawała sobie sprawę, że w Los Angeles wszystko jest tak brzydkie, że aż urocze. Przypominało to uważne oglądanie siniaka. Z początku się wzdrygasz, ale potem widzisz pod skórą fiolet, błękit i czerwień i odnajdujesz w tym piękno, ale tylko wtedy, gdy wpatrujesz się odpowiednio uważnie. Przy przelotnym spojrzeniu siniak jest wstrętny. Tak samo Los Angeles. Prawdę mówiąc, czasami od brzydoty tego miasta piekły ją oczy.

Poświęciła przelotną myśl swojej córce Lauren, po czym zajęły ją inne kwestie. Lauren, siedmiolatka, była ślicznym, słodkim i przedwcześnie rozwiniętym dzieckiem, ale od początku stało się jasne, że to córeczka tatusia. Helen nawet nie próbowała startować w tej konkurencji, wiedziała, że Wesley lepiej sprawdza się w roli rodzica. Helen nie miała dobrego przykładu, więc była gorzej przygotowana. Lepiej pozwolić Wesleyowi się nią zajmować.

– Przepraszam – powiedział Andy.

Helen odwróciła się gwałtowanie. Wyszła właśnie spod prysznica i się wycierała, nie słyszała, że drzwi się otworzyły. Natychmiast zakryła się ręcznikiem.

– W porządku. – Czekała, aż Andy wyjdzie, ale on tego nie robił. Stał, wpatrując się w nią poprzez parę, oczy lekko mu łzawiły, a wyraz twarzy był nieodgadniony.

– Jesteś piękna. Wiesz o tym? – zapytał obojętnym tonem. Nie oskarżycielsko, nie uwodzicielsko, po prostu stwierdzał fakt. Helen nie wiedziała, jak zareagować.

– Dziękuję – zdołała wykrztusić.

Powinna pewnie dostać szału i zażądać, żeby opuścił łazienkę. To dziwne: jej mąż siedzi w pokoju obok, a Andy próbuje ją poderwać? Z jakiegoś powodu ta myśl ją przytłoczyła. Nie chciała, żeby cokolwiek się wydarzyło. Nie czuła presji, strachu, tylko pragnienie, by odegrać tę scenę, ale zatrudnić w roli reżysera kogoś miłego.

– Już pójdę – oznajmił Andy, ale nawet nie drgnął.

– Dobrze – powiedziała Helen.

Odczekał jeszcze chwilę, przechylił głowę na bok, jakby zamierzał coś dodać, ale potem wycofał się i zamknął drzwi, zostawiając Helen samą. Odwróciła się i starła dłonią parę z lustra, by zobaczyć swoją twarz. Nie czuła się piękna. I tak naprawdę Andy jej nie pociągał, ale to, co powiedział, było podniecające. Coś w jej wnętrzu zaczęło trzepotać skrzydłami. Od dawna nie doświadczyła tego uczucia i nagle stwierdziła, że budzi się do życia.

Kiedy wreszcie się ubrała, postanowiła nie wracać do salonu. Zamiast tego czytała książkę i czekała, aż usłyszy odgłos zamykania frontowych drzwi i oddalający się samochód Andy'ego. Nim Wesley wszedł do sypialni, Helen zgasiła światło i zamknęła oczy.

· · Rozdział 6 · ·

Więc, na ile możemy cię skasować, Leelee? – Ashley Windham przechyliła głowę i spojrzała na Leelee jasnoniebieskimi oczami o długich rzęsach. Leelee zagapiła się na rękę Ashley, w której ta trzymała ciężkie złote pióro od Tiffany'ego, gotowa zrobić notatkę w różowym skórzanym notatniku od Kate Spade. Zamrugała. Chciała powiedzieć „trzy tysiące", jak Emila, „pięć tysięcy", jak Meredith lub choćby „tysiąc", jak Brook. Była jednak pod kreską. Wykluczone, by mogła kupić coś więcej niż dwa bilety na lunch, z którego dochód przeznaczono na badania nad rakiem jajników. Zdecydowanie nie.

– Wezmę dwa bilety – powiedziała ostatecznie. Trzysta pięćdziesiąt dolarów. To i tak dużo, chciała wrzasnąć Leelee, obserwując Ashley zapisującą kwotę okrągłymi cyframi. Trzysta pięćdziesiąt dolarów za talerz liści, mały kawałek grillowanej piersi kurczaka i kulkę sorbetu, którego nikt nie tknie, nawet Leelee, choćby miała ochotę. Wiedziała, że pieniądze idą na zbożny cel, ale naprawdę sama mogłaby z nich skorzystać. Zapłacić za komórkę albo rachunek z pralni chemicznej za cały miesiąc. Albo zapisać Charlotte na lekcje gotowania dla dzieci. Albo kupić jedną szpilkę od Jimmy'ego Choo, a nie podróbkę z Banana Republic. Strasznie demoralizujące.

– Doskonale, zajmijmy się w takim razie przedmiotami na cichą aukcję – powiedziała Ashley, odgarniając z twarzy kosmyk jasnoblond włosów. Leelee poczuła przypływ paniki. Cicha aukcja. Kolejne pieniądze do wydania. Tkwi w tym po uszy. Problem polega na tym, że wszyscy zakładają, iż Leelee ma znacznie więcej pieniędzy, niż ma, ponieważ pochodzi ze Swiftów. Leelee Swift Adams. Nigdy nie zapominała podać panieńskiego nazwiska. „Tak, Swift, jak toster". Jej pradziadek, Branson R. Swift, był założycielem Swift Industries, człowiekiem, który zrewolucjonizował sposób przygotowywania grzanek. Leelee należy do elity, jest córką amerykańskiej rewolucji. Dorastała w dużym domu w Bostonie. Wakacje spędzała w Martha's Vineyard, chodziła do drogiej szkoły z internatem, a w college'u na cały semestr wyjechała do Australii. Jej rodzina dbała o pozory, ale prawda była taka, że nie mieli ani żadnych powiązań z gigantycznym konglomeratem, którym stały się Swift Industries, ani pieniędzy wartych wspomnienia. Ojciec Leelee był rozpuszczonym dyletantem, którego co najmniej nieostrożne decyzje biznesowe i niechęć do pracy w określonych godzinach sprawiły, że rodzina została dosłownie bez grosza. Domy były obciążone kredytami, należności w klubie płacono z minimalnego funduszu darowanego matce Leelee przez życzliwą ciotkę, a zakupy ubrań ograniczano do minimum. Nie, nie istnieją żadne ekstra pieniądze, które można wydać na charytatywny lunch.

– Zanim się tym zajmiemy, mam wspaniałą wiadomość – entuzjastycznie oznajmiła Brook z akcentem z Karoliny Północnej. Brook zlustrowała twarze członkiń komitetu, upewniając się, że skupia uwagę wszystkich. – Mój fantastyczny mężuś nakłonił swojego drogiego przyjaciela i kumpla od motocykli, Jaya Leno, żeby zgodził się poprowadzić naszą aukcję na żywo. Wyobrażacie sobie? Czy to nie fantastyczne?

Fantastyczne. Wszystkie się zgodziły. Tak wspaniałe, że rozpętała się dziesięciominutowa sesja komplementów i pochwał Brooke, jej męża Tripa i jego drogiego przyjaciela Jaya Leno. A macie, członkinie komitetu na rzecz walki z rakiem piersi! Impreza poświęcona walce z rakiem jajników przerośnie wasze wszystkie imprezy! Następnie zaczęto rozważać, co powinno stać się przedmiotem aukcji na żywo. Ashley oznajmiła, że jej mąż zdoła prawdopodobnie zorganizować partię golfa z Michaelem Douglasem i Catheriną Zetą-Jones. „Są mu winni przysługę", jak to ujęła. Meredith dorzuciła lot do Nowego Jorku jej prywatnym odrzutowcem, pozostałe kobiety dołożyły biżuterię od Harry'ego Winstona, weekend w Czterech Porach Roku i bilety na sezon w Hollywood Bowl. A potem nadeszła kolej Leelee.

– Ojej, będę musiała pomyśleć – powiedziała. Zamierzała poprosić Burke'a Williamsa o darmowy talon na masaż, ale teraz wydawało się to strasznie nieciekawe.

– Może Brad zorganizuje coś z pracy? – podsunęła Ashley, unosząc idealnie wyskubane brwi.

– Może – łagodnie zgodziła się Leelee. – Na pewno go zapytam.

Ale nie zamierzała. Byłaby to strata czasu. Z góry znała odpowiedź: nie ma nic do zaproponowania. Nie ma żadnych koneksji, nie ma dostępu do niczego, choćby trącącego blichtrem, co mogłoby stanowić przedmiot zainteresowania na aukcji charytatywnej prowadzonej przez Króla Nocy.

– Hej, ty chyba przyjaźnisz z się Porterami? Może mogłabyś poprosić senatora Portera o bilety na konwencję demokratów? – odezwała się nagle Meredith.

Tak! Porterowie! Dlaczego o tym nie pomyślała?

– Oczywiście, mogłabym. Porterowie to dobrzy przyjaciele rodziny. Jack i ja jesteśmy jak... brat i siostra. Mejlujemy do siebie codziennie.

Jack Porter, syn senatora i pani Ward Porter (D, z Rhode Island). Mężczyzna, którego Leelee powinna była poślubić. Chciała tego jej matka, chciała tego jego matka i chciała Leelee. Jedyną osobą, która tego nie chciała, był Jack.

– Zapytam Jacka jeszcze dzisiaj – obiecała Leelee z uśmiechem i po raz pierwszy tego dnia dobrze poczuła się we własnej skórze.

Tego wieczoru Leelee z roztargnieniem nakarmiła swoje córki, Charlotte i Violet, kawałkami ekologicznego kurczaka, plackami ziemniaczanymi i fasolką mung, po czym posadziła je w salonie i włączyła im *Dorę Odkrywczynię*. Wytoczyła na korytarz ogromny samochód Barbie, chcąc mieć kuchnię tylko dla siebie i spokojnie posprzątać. Ustawiła głośniczki iPoda i włączyła składankę plażowych przebojów z lat osiemdziesiątych, po czym zaczęła zmywać, nucąc piosenki, które pomogły jej przebrnąć przez pełne lęku czasy dorastania. Mieli zmywarkę, ale czasami Leelee lubiła poświęcić trochę czasu, by wymoczyć ręce w ciepłej wodzie z mydlinami i umyć delikatne talerze od Tiffany'ego, ślubny prezent, na korzystanie z których nalegała nawet wtedy, gdy nie mieli gości. Prawda była taka, że przy budżecie, jakim dysponowali, nie mogli sobie pozwolić na gości, nie wspominając o braku miejsca. Dom mieli uroczy, ale maleńki (pośrednik określił go nawet jako „czarujący") i Brad nalegał, żeby zamiast na jadalnię, wolne miejsce przeznaczyć na kącik telewizyjny i pokój zabaw dla dzieci. Było to bardziej logiczne, oczywiście, ale mimo wszystko irytowało Leelee, bo musiała zrezygnować ze swoich planów.

Brad jak zwykle pracował do późna i Leelee właściwie nie miała już nic przeciwko temu. Oznaczało to, że może położyć dziewczynki do łóżek, poplotkować przez telefon, zjeść kolację w salonie i oglądać wszystkie reality show, których nie znosi jej mąż. Nawet za nim nie tęskniła, szczególnie ostatnio, kiedy wpadał w coraz bardziej ponure nastroje. Brad nie był już mężczyzną, którego poślubiła.

Poznała go na przyjęciu z okazji uzyskania dyplomu. Właśnie ukończyła nauki polityczne w Trinity, a Brad był przyjacielem starszego brata gospodyni. Nigdy nie zwróciłaby na niego uwagi, gdyby nie to, że Jack zjawił się na wręczeniu dyplomów i wyszeptał jej do ucha, że właśnie zwiał z domu ze swoją anorektyczną i głupią blond dziewczyną z towarzystwa, Tierney Harris, i zamierzają się pobrać. Serce Leelee pękło w tym momencie na milion kawałków. Ale był tam Brad. Stał przy beczce z piwem w białej koszuli i niebieskiej kamizelce, uśmiechając się do Leelee szczerym uśmiechem ukazującym olśniewająco białe zęby. Była zaintrygowana i gdy dowiedziała się, że rzucił pracę w Morgan Stanley, żeby założyć firmę internetową, poczuła jeszcze większe zaciekawienie. Firmę wyceniano na pięćset milionów dolarów. Tego wieczoru uprawiali seks w szafie na szczotki z takim zapałem, że efekty dźwiękowe zwabiły pod drzwi niewielką grupkę, która urządziła im owację, gdy w końcu stamtąd wyszli. Sześć miesięcy później wzięli ślub i urządzili wystawne przyjęcie w Martha'a Vineyard, na którym nie zabrakło fajerwerków i krótkiej wizyty zespołu Aerosmith. Gdy Brad przeniósł Leelee przez próg ich nowego, liczącego ponad sześćset metrów kwadratowych poddasza w Tribece, uważała się za najszczęśliwszą kobietę na Ziemi. I wtedy to się stało. Pękła internetowa bańka. Leelee właśnie wybierała prywatny odrzutowiec, kiedy zadzwonił do niej Brad i powiedział, żeby wracała do domu. A gdy wróciła, oznajmił, że wszystko stracił. Wszystko. Korzystał z pożyczek, funduszy i całej reszty, bo tak naprawdę nie był bogaty. Jak się dowiedziała, należał do tak zwanych papierowych milionerów, co oznaczało, że nie miał nic. Brad we łzach padł na podłogę znajdującego się w mieszkaniu nowego boiska do kosza i błagał Leelee o wybaczenie, ale ona nie potrafiła mu wybaczyć. Była wściekła. Gdyby nie ciąża, odeszłaby od niego. Zawsze przysięgała sobie, że nie stanie się taka jak jej rodzice. Nigdy nie chciała należeć do tych, których nie stać. Do tych, którzy silą się, by utrzymać się na powierzchni. Napatrzyła się na matkę odnoszącą się do ojca z obrzydzeniem. Przez lata nasłuchała się pogardliwych komentarzy i złośliwych uwag o ojcu, sąsiadach, ludziach z pieniędzmi albo tych, którzy w rzeczywistości czy wyobraźni w czymś jej matce uchybili. Przysięgła sobie, że taka nie będzie. Jednak gdy Brad przez półtora roku szukał pracy i znalazł ją wreszcie w Los Angeles, w miejscu, gdzie nie mieli koneksji ani przyjaciół, gdy musieli wprowadzić się do wynajętego domu przy Alphabet's Street, w dzielnicy Palisades, nie mogła się opanować.

Czuła się skrzywdzona. Miała wrażenie, że Brad przestał być mężczyzną, a on o tym wie i ona wie, że on wie. Jedyne, co mogła zrobić, to postarać się stworzyć dla nich życie, w którym nie będą wyglądali na desperatów. No i poprosiła matkę o przesłanie wszystkich antyków ze strychu w domu rodziców, a potem wykorzystała swój skromny budżet, żeby pomalować ściany na cytrusowe kolory farbą od Ralpha Laurena, a potem zainwestowała w porządne tapicerowane meble. I wreszcie dopilnowała, by wszyscy wiedzieli, że ten wynajęty dom to rozwiązanie tymczasowe, dopóki nie zdecydują, w której części miasta chcą zamieszkać, bo jako przybysze, nie mają pojęcia, gdzie skończą. Żeby zarobić trochę dodatkowych pieniędzy, Leelee sprzedawała ubranka dla dzieci, a Brad harował na jakiejś nisko płatnej posadzie w banku w dziale sprzedaży akcji czy czymś równie nudnym – nie rozumiała, na czym polega jego praca – i żyli, zachowując pozory. W mieście, gdzie wszyscy przyjaźnią się z gwiazdami filmowymi i mają posiadłości na Hawajach, jedynym, co wyróżniało Leelee w oczach jej przyjaciół, okazała się znajomość z Porterami. To był jej powód do chwały, a Jack Porter, zawsze pan i władca jej serca i wyobraźni, stał się dla niej wszystkim.

·· Rozdział 7 ··

– Eliza Ryan?

Eliza poczuła na ramieniu czyjąś rękę. Męski głos, który wymienił jej panieńskie nazwisko, wydawał się znajomy. Gdy się odwróciła, była zupełnie nieprzygotowana na widok Grega Matthewsa, swojego nauczyciela angielskiego z liceum. Nareszcie rozumiała, co znaczy powiedzenie „wyskoczył jak diabeł z pudełka". Poczuła się, jakby uderzył w nią gwałtowny wiatr i nie była pewna, czy zdoła utrzymać się na nogach.

– Pan Matthews? – padło z jej ust i nawet trochę się zająknęła, bo zawsze zbijały ją z tropu spotkania z byłymi kochankami.

– Greg – sprostował z uśmiechem. Minęło piętnaście lat, ale prawie się nie zmienił. Jedyna różnica była taka, że jego gęsta ciemna czupryna, włosy wciąż trochę za długie przy uszach i z tyłu, teraz połyskiwały siwizną. Oczy, te fantastyczne oczy, pozostały takie same. Duże, niebieskie, pełne humoru, oczy, które zauważa się przez długość pokoju i wyróżniają się na zbiorowej fotografii.

– Greg, jak się masz? Co tu robisz? Mieszkasz w Los Angeles? – dopytywała się Eliza. Greg Matthews. Zawsze zastanawiała się, co się z nim stało. I oto jest, w czwartkowy wieczór stoi przy toalecie w Brentwood, w słabo oświetlonej hałaśliwej restauracji przy Sunset Boulevard. Dobrze, że włożyła tę czarną spódnicę, w której widać jej nogi. Mało brakowało, a włożyłaby spodnie. Na szczęście zmieniła zdanie.

Greg się uśmiechnął. Wciąż miał łagodny uśmiech, który z wiekiem stał się jeszcze bardziej seksowny.

– Nie, nie mieszkam tu, przyjechałem na konferencję na uniwerku. Zatrzymałem się u przyjaciół – wyjaśnił, nie spuszczając z Elizy wroku. Zawsze potrafił to robić: wpatrywać się w oczy rozmówcy tak długo, aż wywoływał zakłopotanie, zupełnie, jakby penetrował duszę. – Zatrzymaliśmy się z żoną – poprawił się.

Może przesadzała z interpretacją, ale wydawał się nieco zakłopotany, a może zawstydzony, gdy wspomniał o żonie. I chociaż kilka metrów od niej, z ich przyjaciółmi, Marshallem i Stephanie, siedział Declan, Eliza poczuła ukłucie w sercu. Z żoną? Pan Matthews się ożenił?

– Konferencja? – wybąkała, dochodząc do siebie. – Jaka konferencja? – Zamilkła. Nie chciała sprawiać wrażenia przesadnie zainteresowanej jego życiem, ale była zainteresowana.

– Jestem teraz profesorem anglistyki w Williams w Massachussets – wyjaśnił.

– Wiem, gdzie jest Williams – zapewniła i natychmiast tego pożałowała. Zabrzmiało to tak dziecinnie. Ja, ja, ja, proszę pana! Ja znam odpowiedź!

Uśmiechnął się.

– Cóż, to konferencja dla nauczycieli, o Faulknerze.

– Wspaniale. Czy twoja żona też w niej uczestniczy?

Wyglądał jak profesor z Nowej Anglii, ale zawsze tak się ubierał. Eliza uważnie przyjrzała się tweedowej marynarce i zaczęła się zastanawiać, czy nie tę samą nosił lata temu. Nawet niebieska koszula w kratkę, wydawała się znajoma. Boże, jak uważnie analizowała jego stroje, wydawał się taki dorosły i niesamowity, gdy stał przed całą klasą i opowiadał o poezji.

– Nie, jest niepracującą mamą – odpowiedział. Eliza zastanowiła się, czy jest tym zakłopotany. Powiedział to jakoś pospiesznie.

– Ile macie dzieci? – Zaczerwieniła się. Dlaczego myśl o jego dzieciach wywołuje w niej dziwne odczucia?

– Dwóch chłopców, osiem i sześć lat. A co z tobą? Mieszkasz tu?

Opowiedziała o swoim życiu: że pisze do czasopism, ma dwójkę dzieci, mieszka w Los Angeles („pogoda nie do pobicia"), a potem oboje zamilkli.

– No dobrze, wchodzisz? – zapytała wreszcie, wskazując toaletę.

– Nie, nie, wracam do stolika.

– Ja muszę tu wstąpić. Ale podejdźcie do nas przed wyjściem, bardzo bym chciała poznać twoją żonę.

– Jasne. – Nadal wpatrywał się w Elizę. Muzyka wydała się jej głośniejsza, a światło słabsze. Eliza poczuła gwałtowną chęć, by cofnąć czas i wrócić do liceum, gdzie wolno było kochać się, w kim się chciało, i nie ponosić żadnej odpowiedzialności. Ale to było niemożliwe.

– I wyglądasz wspaniale, Elizo. Dokładnie tak samo – dodał, po czym odwrócił się i odszedł do żony.

Gdy Eliza dotarła do stolika, Declan był w środku jakiejś opowieści, więc cicho zajęła swoje miejsce i pozwoliła sobie na popadnięcie w zadumę. Była ciekawa pani Matthews. Nie mogła się doczekać, kiedy ją zobaczy. Blondynka? Prawdopodobnie. A co, jeśli młoda i fantastyczna? To by było straszne. Musi zobaczyć ją na własne oczy. Kim jest kobieta, która podbiła serce jej pierwszej prawdziwej miłości? Nawet nie pamiętała, co się stało, kiedy ostatni raz widziała Grega, ale koniec był okropny. Ówczesny chłopak Elizy, Daniel, dowiedział się, że ona i pan Matthews mają romans. Z zemsty za to, że został odtrącony, zagroził, że wszystko ujawni. Więc pan Matthews poświęcił się i odszedł ze szkoły, kończąc związek z Elizą. A teraz się tu zjawił.

Przypomniała sobie, kiedy po raz pierwszy zorientowała się, że coś do niej czuje. To było subtelne i takie podniecające! Dlaczego te pierwsze, początkowe chwile nie mogą trwać wiecznie? Tęskniła za motylami w brzuchu, ściśnięciem serca na widok wchodzącego mężczyzny. Wtedy tak było. W chłodny jesienny wieczór, pogodę typową dla podmiejskich dzielnic Chicago, wyszła z biblioteki w tym samym momencie, co pan Matthews. Jakimś sposobem wyczuła, że nie był to przypadek. Szli obok siebie, oboje z rękami w kieszeniach, starając się nie poślizgnąć na oblodzonym chodniku, kiedy przypomniał coś, co powiedziała podczas lekcji.

– Dlaczego lubisz T.S. Eliota? – zapytał nagle, przyglądając się jej kątem oka.

– T.S. Eliota? No... tak naprawdę nie podoba mi się wszystko, co napisał, ale sporo rzeczy tak. Moja ulubiona jest *Pieśń miłosna J. Alfreda Prufrocka*.

– Co ci się w niej podoba?

Eliza już miała odpowiedzieć byle co, jednak nagle zatrzymała się i zamyśliła. To nie był człowiek, któremu udzielało się standardowych odpowiedzi. On rozumiał.

– Podoba mi się jeden fragment, tylko ten ten fragment, w którym mówi: nie jestem prorokiem... *nie jestem prorokiem – niewiele to znaczy. Widziałem chwilę, która była moim przenajwyższym lotem i widziałem jak wieczny lokaj trzyma płaszcz mój z półchichotem, i, mówiąc krótko, bałem się, bałem.*

Pan Matthews przyjrzał się uważnie Elizie. Wiatr zwiał kosmyki jej długich do ramion włosów do lewego oka, więc odgarnęła je z roztargnieniem i założyła za ucho. Pan Matthews spojrzał w niebo, jakby się nad czymś zastanawiał, a potem wrócił spojrzeniem do Elizy.

– Co ci się w tym fragmencie podoba? – zapytał w końcu.

Eliza miała wrażenie, jakby w gruncie rzeczy zadawał jej zupełnie inne pytanie. Czuła, że ujawniła coś intymnego, coś, o czym nigdy nie rozmawiała z rodziną, przyjaciółmi, znajomymi czy nawet z Dannym. Z jakiegoś powodu czuła się jakby naga i bardziej odsłonięta, niż kiedy straciła dziewictwo, a jednocześnie radosna.

– To po prostu genialny sposób powiedzenia, że każdego z nas można zranić... Że życie jest ulotne... a śmierć straszna i wszyscy jesteśmy tacy mali – powiedziała, otulając szyję kołnierzem płaszcza. Nagle zrobiło jej się chłodno. – Podoba mi się, że gdy to czytam, czuję, że chcę czegoś innego i wyjątkowego, a nie życia na przeciętnych przedmieściach na Środkowym Zachodzie. W tym wierszu jest tyle ruchu: *kobiet przez pokój przechodzi wiele, rozmowa o Michale Aniele...* To znaczy... wiem, że ludzie dopatrują się w tych fragmentach ukrytego homoseksualizmu i robią wielkie halo z powodu brzoskwini, ale mnie się podoba, że wiersz się toczy i ludzie dokądś idą.

Eliza mówiła bezładnie, ale nie miała wrażenia, że głupio. Była wewnętrznie uczciwa i szczęśliwa, że wreszcie może swobodnie rozmawiać z panem Matthewsem. Sposób, w jaki zapytał ją, co myśli czy myślała, różnił się od stylu, w jakim zadawał pytania Danny. Było w tym coś znacznie dojrzalszego i bardziej inteligentnego.

Pan Matthews mocno zacisnął powieki, po czym otworzył oczy. Rzęsy miał nieskończenie długie.

– Masz rację, Elizo.

Jednak zanim zdążyli powiedzieć coś więcej, usłyszeli chrzęst liści i wypadł na nich duży, zdyszany, żółty labrador, za którym pojawił się starszy pan trzymający smycz.

– Elizo? – usłyszała.

– Elizo? – jeszcze raz zapytał pan Matthews i nagle znalazła się w Brentwood jako żona Declana, a pan Matthews stał przy ich stole, mając u boku bardzo chudą, mysią kobietę o brązowych włosach. Miała niemodne okulary i kiepską figurę. Dzięki bogu jest brzydka! Czy to paskudnie tak myśleć? Może, ale gdyby zjawił się z jakąś laską, cierpiałabym męki.

– To Linda – oznajmił. – Lindo, Eliza była moją uczennicą.

Przedstawiły się sobie i Eliza z przyjemnością odkryła, że Linda zbyt delikatnie uścisnęła jej dłoń. Kolejne, co przemawia przeciwko niej. Tylko dlaczego w ogóle Elizę to obchodziło? Uważnie przyglądała się, jak Greg pochyla się nad stołem, by uścisnąć rękę Declana. Nie wiedziała, czego się spodziewa, ale w pewnym sensie chciała, żeby Greg pociągnął go do siebie i wymierzył mu cios, po czym złapał ją i powiedział: „To moja kobieta!", a potem uniósł ją w dal. Oczywiście niczego takiego nie zrobił i w mgnieniu oka znowu zniknął z jej życia.

Declan wrócił do rozmowy z przyjaciółmi, a Eliza zorientowała się, że w ogóle nie dotarła do niego powaga tej chwili. Nigdy nie opowiedziała mu o swoim romansie i zawsze była w duchu przerażona tym, co zrobiła. Spała z nauczycielem! A miała być grzeczną dziewczynką! Wstrząśnięta, zorientowała się, że jest teraz starsza niż pan Matthews, gdy mieli romans. Boże, czas płynie tak szybko! Wyprowadził ją z równowagi widok byłego kochanka, bo nic specjalnego do niego nie czuła – myślała tylko o sobie i latach, które gdzieś zniknęły. Fakt, że znała odpowiedź na większość życiowych pytań, sprawił, że poczuła smutek. Wiedziała, za kogo wyjdzie za mąż, znała imiona swoich dzieci, wiedziała, gdzie będzie mieszkała. I to wszystko? Czy już nigdy nie doświadczy dreszczu miłości? A potem pomyślała o słowach z wiersza Eliota: *Widziałem chwilę, która była moim przenajwyższym lotem i widziałem jak wieczny lokaj trzyma płaszcz mój z półchichotem, i, mówiąc krótko, bałem się, bałem*. I rzeczywiście. Była przerażona.

·· Rozdział 8 ··

Drugie spotkanie z dziewczynami, które zorganizowała Victoria, odbyło się w Giorgio Baldi, tonącej w półmroku włoskiej restauracji tuż przy Pacific Coast Highway, bez widoku na ocean, ale za to pełnej sław. Jedzenie było pyszne, a możliwość zobaczenia gwiazd filmowych ekscytująca, co czyniło miejsce idealnym na wieczór bez mężów, którzy zawsze karcili żony za nadmierne zainteresowanie gwiazdami. Nie licząc Justina, bo ten gapił się na sławnych ludzi zdecydowanie bardziej niż Victoria, jej bowiem nie interesowali oni ani trochę. Ponieważ restauracja teoretycznie znajdowała się w Santa Monica, choć w praktyce tuż poniżej Palisades, postanowiły pojechać tam samochodem i Helen zabrała je wszystkie po drodze.

Wskazano im stolik w rogu z tyłu, gdzie Eliza i Leelee rozsiadły się na kanapie, a Helen i Victoria zajęły krzesła naprzeciwko. Pobieżna lustracja wnętrza ujawniła Pierce'a Brosnana siedzącego od frontu razem ze Spielbergami. Wszystkie ich zauważyły, ale wolały zachować dyskrecję i udawały coś wręcz przeciwnego. Każde inne zachowanie byłoby w złym guście. Są mieszkankami Los Angeles, nie muszą wpatrywać się w sławy. Do licha, ich dzieciaki chodzą do szkoły z dziećmi różnych sław i widują zdobywców Złotych Globów w sklepie spożywczym. Oczywiście bez względu na to, jak chłodno i bez emocji zachowywały się na zewnątrz, i tak czuły podniecenie. W dzisiejszych czasach sława jest narkotykiem wystarczającym, by wywołać podniecenie nawet w minimalnej dawce.

Wszystkie cztery wyglądały dzisiaj znakomicie, świeżo spod prysznica i trochę opalone, choć oczywiście zachowywały ostrożność, używając kremu z filtrem. Eliza ściągnęła włosy w koński ogon i do białej spódnicy, robionej szydełkiem, włożyła kaszmirowy sweter z krótkimi rękawami w kolorze morskiej piany. Helen miała na sobie przejrzysty szmaragdowy top z cekinami i białe dżinsy biodrówki oraz oszałamiające długie kolczyki z kolorowych kamieni. Leelee wybrała jedną ze swoich wszędobylskich tunik, tym razem od Tory Burch, w głębokich fioletach i czerni, a do tego czarne rybaczki. Victoria granatowy sweter i biodrówki. Gdy już złożyły zamówienie i przed każdą stanął kieliszek z winem, Victoria przystąpiła do rzeczy.

– Dobrze, moje panie, mam plan – zaczęła, z dezaprobatą przyglądając się, jak Leelee odłamuje kawałek chleba. Nigdy nie powiedziałaby tego głośno, ale uważała, że Leelee powinna uważać, ile je. Nie jest gruba, w każdym razie nie bardzo, ale stanowczo mogłaby pozbyć się kilku zbędnych kilogramów. Łatwo by je zrzuciła, gdyby tylko przyjęła ofertę Victorii, żeby chodzić z nią na kick-boxing w Venice.

– Jesteśmy gotowe. – Eliza zgarnęła okruszki z papierowego obrusa.

– Hej, ładne paznokcie. – Helen wzięła dłoń Elizy w swoją rękę. – „Mademoiselle"?

- Właściwie to „Mam dość" - z uśmiechem odpowiedziała Eliza, mając na myśli kolor lakieru. - Wreszcie udało mi się dotrzeć do salonu.

- O mój Boże, mnie też strasznie jest potrzebny manicure - stwierdziła Leelee, unosząc dłoń z obgryzionymi paznokciami. - Ale kto ma na to czas?

- Rujnuję paznokcie w chwili, gdy wychodzę od manicurzystki - westchnęła Helen.

- Dlatego właśnie nie maluję już na czerwono. „Mam dość" to naturalny kolor - wyjaśniła Eliza.

- Pamiętam, że kiedy pierwszy raz byłam w ciąży, robiłam manicure i pedicure co tydzień. Nie miałam nic innego do roboty. A teraz to kolejny obowiązek - narzekała Leelee. Zawsze opowiadała, jaka to jest zajęta, jaka przeciążona i w biegu, chociaż żadna z przyjaciółek nie potrafiła wykryć, co jest tak obciążające. Jasne, ma dwójkę dzieci, ale każda ma po dwójce (oprócz Helen). Leelee jednak najwyraźniej miała trudności z planowaniem - w każdym razie tylko to zdołały wymyślić.

Victoria przeczekała cierpliwie dyskusję o paznokciach. Wzięła butelkę i zaczęła dopełniać kieliszki, aż kelner podbiegł i wyjął jej wino z rąk, żeby dokończyć nalewanie. Panie przerwały rozmowę do czasu, aż odszedł, a potem przypomniały sobie, że Victoria zebrała je tu z jakiegoś powodu.

- Przepraszam, Vic, ale co masz nam do powiedzenia? - zapytała Eliza.

Victoria położyła palce na brzegu stołu i lekko nacisnęła. Bransoletki z brzękiem zjechały z jej muskularnego opalonego ramienia i zatrzymały się na zegarku od Cartiera.

– Zanim zacznę, muszę być pewna, że to, co powiem, zostanie przyjęte przez was z otwartymi umysłami i obiecacie mnie wysłuchać – oznajmiła z powagą.

Przyjaciółki spojrzały po sobie i pokiwały głowami. Victoria zauważyła, że Leelee zdusiła chichot i poczuła, że robi jej się gorąco. Najbardziej martwiła się, czy to właśnie Leelee nie pokrzyżuje jej planów. Eliza stanowiła przeszkodę, ale raz przekonana, zachowa powagę. Leelee jednak może być problemem. Kryje się za żartami, a może po prostu nie potrafi prowadzić poważniejszej rozmowy. Nie w tym rzecz, że Leelee zawsze dowcipkuje i zachowuje się niemądrze, po prostu jest powierzchowna. A przynajmniej nie pozwala sobie na nic poza płytkością.

– Powiesz nam w końcu, czy nie? – zniecierpliwiła się Helen.

– Dobrze, ale napijcie się jeszcze. – Victoria napełniła im kieliszki po brzeg.

– Prrr, ja prowadzę – powiedziała Helen.

– Ja pojadę – oznajmiła Victoria.

– Victorio, chcesz nas upić, a potem wykorzystać? – zażartowała Leelee.

– Coś w tym rodzaju.

– Chce z nami pójść do łóżka! – Helen wybuchnęła śmiechem.

– Wiedziałam – mruknęła Leelee.

– Dajcie spokój, musicie być poważne, dziewczyny – zbeształa ją Victoria.

Podszedł kelner z dużym talerzem smażonych grzybów shitake i serem pecorino z kawałkami trufli. Wszystkie zamilkły, żeby skosztować.

– O mój Boże, orgazmiczne – jęknęła Helen.

– Niesamowite – zgodziła się Eliza.

Victoria przyglądała się, jak „achają" i „ochają" nad jedzeniem i czekała, by znowu skupiły na niej uwagę. Wreszcie po kilku kęsach i jękach rozkoszy spojrzały na Victorię.

– Więc o co chodzi? – zapytała Leelee. – Wyrzuć to wreszcie z siebie.

– No dobrze. Ostatnio rozmawiałyśmy o tym, jakie jesteśmy nieszczęśliwe. Nie rób takiej miny, Elizo, jesteśmy.

– Nie jestem nieszczęśliwa – zaprotestowała Eliza.

– Słuchaj, nie chcę powiedzieć, że stoimy na skraju samobójstwa, ale każdą nas dręczy głęboki smutek. Stanowi ukryty nurt. Jesteśmy w cudzysłowie „szczęśliwe" w naszym codziennym życiu, mamy wspaniałe zdrowe dzieci, miłych mężów, cóż, przynajmniej wasi są mili, i jesteśmy w jakiś sposób uprzywilejowane. Możemy jeździć na przyjemne wakacje i chodzić do eleganckich restauracji, ale prawda jest taka, że jesteśmy nieszczęśliwe na innym poziomie, nazwijcie go egzystencjalnym, jeśli chcecie. - To ostatnie było przeznaczone dla Helen, bo to właśnie mogło ją zainteresować. – Jesteśmy bliższe śmierci. Zdajemy sobie z tego sprawę. Pamiętacie, jak dyskutowałyśmy o tym, że po urodzeniu dzieci wszystkie miałyśmy ataki paniki związane ze śmiercią? W nocy? I pocieszałyśmy się stwierdzeniem, że to hormony? Uspokajałyśmy się, ale ten strach był bardzo prawdziwy.

Przestały jeść i wpatrywały się w Victorię. Pamiętały te ataki. Wszystkie je miały. Była to kombinacja dopiero co rozpoczętego macierzyństwa, braku snu, wyczerpania i hormonów. Zresztą mniejsza o przyczynę, każda z nich spędziła kilka samotnych nocy, karmiąc noworodka czy noworodki, porażona tym, jak krótkie jest życie. Eliza stwierdziła, że potworna świadomość, iż jej nowo narodzone dziecko pewnego dnia umrze, dręczyła ją najbardziej. Victoria pamiętała, jak po urodzeniu bliźniaków obudziła się i zrozumiała, że w jej życiu skończyła się era frywolności i teraz jest przykuta do innych ludzkich istot. Leelee wciąż czuła się jak młoda dziewczyna i po urodzeniu każdej z córek ze zdumieniem uświadamiała sobie, że składając przysięgę małżeńską, powiedziała: „dopóki śmierć nas nie rozłączy". Dla Helen narodziny Lauren były traumatycznym przeżyciem. Dziewczynka urodziła się z pępowiną owiniętą wokół szyi, w pozycji pośladkowej, i przez kilka godzin ważyły się jej losy. Jakiś stażysta był na tyle głupi, by poradzić Helen, aby nie przywiązywała się do dziecka. Na szczęście Lauren przeżyła i jest teraz zdrową dziewczynką, ale słowa stażysty wciąż dźwięczały w uszach Helen i jakoś nie potrafiła czuć się związana ze swoim jedynym dzieckiem.

– No dobra, Victorio, mówisz strasznie przygnębiające rzeczy – stwierdziła Eliza.

- Nie chcę mówić przygnębiających rzeczy. Chcę powiedzieć, co następuje: tamtego wieczoru, gdy wszystkie narzekałyśmy, jakie to jesteśmy stare i siwe, pomyślałam, że przechodzimy kryzys wieku średniego. Nie patrz na mnie, jakbym zwariowała, Leelee – rzuciła ostro Victoria.

- Kryzys wieku średniego? Czy to nie dziedzina czterdziestoletnich facetów, którzy kupują maserati? – zapytała Leelee, biorąc z koszyka kawałek chleba i zanurzając go w oliwie.

- Nie. Bo jaka jest średnia długość życia? Czy przypadkiem nie siedemdziesiąt parę? Więc połowa i jesteś w tym wieku. Trzydziestka do trzydziestki piątki to jest wiek średni. Połowę mamy za sobą – z wyższością stwierdziła Victoria.

- No dobra, myślałam, że będziemy miały przyjemną wesołą kolację, a teraz potrzebna mi tylko brzytwa, żeby podciąć sobie żyły. Victorio! – jęknęła Eliza, upijając łyk wina.

Leelee poklepała ją po ręce.

- Napij się jeszcze, kochanie.

- Moim zdaniem to fascynujące – stwierdziła Helen, wciąż głęboko zamyślona, przetrawiając to, co usłyszała.

- To prawda, połowę życia mamy za sobą.

- Widzisz? – Victoria pokiwała głową. – Mam rację.

- Więc jaki jest ten twój wielki pomysł? Wpędzić nas w depresję? – zapytała Eliza.

- Nie, wcale nie.

Pojawił się kelner i zabrał pusty talerz po grzybach, po czym ustawił przed każdą z nich przystawkę. Eliza jadła fasolkę z homarem, Helen zieloną sałatę, Leelee langustynki, a Victoria carpaccio z wołowiny z wiórkami parmezanu.

– Następna butelka? – zapytał kelner, zabierając pustą.

– Proszę. – Victoria skinęła głową.

– Tak, naprawdę będzie nam potrzebna – westchnęła Eliza.

Gdy kelner odszedł, Victoria spojrzała na przyjaciółki. Nastrój się zmienił. Nie był już biesiadny, ale refleksyjny. Dobrze. Są gotowe.

– No więc, oto, co chcę wam powiedzieć – zaczęła.

– Ależ proszę – mruknęła Leelee.

– Tak naprawdę, mimo całego żałosnego pojękiwania na temat stanu naszych ciał i seksualności, wyglądamy dobrze. Jesteśmy jeszcze młode, sprawne – kiedy to mówiła, nie patrzyła na Leelee – oraz inteligentne i wyrafinowane. Owszem, mamy trochę cellulitu i siwych włosów, ale za dwadzieścia lat, patrząc wstecz, wymierzymy sobie kopniaka, że nie potrafiłyśmy docenić tego, co dobre, gdy trwało.

– No dobra, więc chcesz nas nastawić pozytywnie? – przerwała jej Helen. – To była tylko mowa przygotowawcza?

– Nie. Victoria obrzuciła je uważnym spojrzeniem i pochyliła się nad stołem.

– Myślę, że każda z nas powinna mieć romans.

Leelee zaczęła się śmiać, ale kiedy zorientowała się, że Victoria mówi poważnie, natychmiast przestała. Victoria nienawidziła, kiedy ktoś się z niej wyśmiewał. Eliza, zmieszana, ściągnęła brwi, tylko Helen przyjęła te rewelacje spokojnie.

– Żartujesz – stwierdziła Eliza.

– Wcale nie. – Victoria po raz pierwszy tego wieczoru skosztowała jedzenia. Rozkoszowała się smakiem surowego mięsa i patrzyła, jak przyjaciółki analizują jej propozycję.

– Za wiele rzeczy się tu nawarstwia. – Eliza wygładziła matę przed sobą. – Nie jestem pewna, czy za tobą nadążam. Twierdzisz, że wkrótce umrzemy, ale tak naprawdę jeszcze jesteśmy młode, a przynajmniej wyglądamy przyzwoicie, i powinnyśmy zacząć oszukiwać, bo jesteśmy stare?

– Przede wszystkim nienawidzę słowa „oszukiwać". Nie, serio, kto to wymyśla? Wolę określenie „wziąć sobie kochanka", to bardzo francuskie. Spójrzcie na Mitterranda.

– Nie jesteśmy Francuzkami – zauważyła Eliza.

Victoria wzniosła oczy do nieba. Eliza była zbyt dosłowna.

– To bez znaczenia. Chcę tylko wykazać, że małżeństwo oraz to, co nakazuje cywilizacja, religia i różne efemeryczne reguły społeczne, jest relatywne. Pewne rzeczy są aktualne, a potem wypadają, jak w modzie. Mniej więcej co sto lat pojawia się coś nowego. Pamiętacie, jak Henryk VIII zrewolucjonizował rozwody?

– Odcinając żonie głowę? – mruknęła z przekąsem Eliza.

– Pomyśl, zanim coś powiesz. – Victoria była zirytowana. – Mówię tylko, że to nieszczęśliwy zbieg okoliczności, że żyjemy w czasach, kiedy seks z kimś oprócz męża

73

wywołuje dezaprobatę. To nie jest naturalne, jeśli się nad tym zastanowić. Gdyby było, po poślubieniu naszych partnerów nigdy nie czułybyśmy niczego do innego mężczyzny.

– Pomyśl tylko, nikt nie chodziłby na filmy z Bradem Pittem – westchnęła Leelee.

– Kino by zbankrutowało – zgodziła się Helen.

– Natury ludzkiej nie da się ograniczyć regułami mody. Emocje można powściągać, ale tak naprawdę nie da się ich kontrolować. Zainteresowanie kimś to reakcja chemiczna. Stąd miłość od pierwszego wejrzenia... – tłumaczyła Victoria. Coś takiego istnieje, i chociaż sama nigdy tego nie doświadczyła, miała pewność, że ten przykład przemówi do jej słuchaczek.

– Jesteśmy zamężne, a nie martwe – przypomniała Helen.

– Dobrze powiedziane. – Victoria zwróciła się do Helen: – Nie jesteśmy martwe. Mamy emocje. Mamy potrzeby. A życie jest kurewsko krótkie, więc musimy te potrzeby zaspokajać. To wcale nie znaczy, że jesteśmy złe. Zasługujemy na coś dobrego.

– A czy nasi mężowie na to zasługują? – chciała wiedzieć Eliza.

– Nie muszą wiedzieć – wtrąciła Helen, zanim Victoria odpowiedziała.

– Tak, zasługują – orzekła Victoria. – W większości uważają, że jesteśmy zaklepane na zawsze. Myślą, że świetnie się stało, bo musiałyśmy opuścić szeregi pracujących kobiet, powstrzymać pracę mózgu i wychowywać ich bachorki.

Nie zrozumcie mnie źle, kocham moich chłopców, ale zastanawiam się, dlaczego to ja musiałam rzucić pracę i się nimi zajmować. Zarabiałabym prawdopodobnie więcej niż Justin. Cholera, w końcu chodziłam do lepszych szkół. Ale nie, to on wychodzi i baluje, pije wino, jada kolacje i zawiera umowy, a ja trwam na posterunku.

– Może powinnaś po prostu wrócić do pracy? – łagodnie zasugerowała Eliza.

– Daj spokój, wiesz, że to niemożliwe. Nie można mieć wszystkiego. Więc skoro nie mogę mieć wszystkiego, skoro tak naprawdę nie mam nic specjalnie dla siebie, co w tym złego, jeśli to zmienię? – rozemocjonowała się Victoria.

– Ja stanowczo nie chcę wracać do pracy – oznajmiła Leelee, próbując złagodzić napięcie.

– Może nie, ale czy nie popadamy w rutynę? Czy nie widzisz, że trwasz w zawieszeniu? Czy jest jeszcze coś, co naprawdę cię podnieca? – zapytała Victoria ze złością.

– W przyszłym tygodniu będzie gotowy mój nowy zagłówek – bez przekonania odparła Leelee.

– Widzisz? – Victoria wymierzyła w Leelee palec. – Widzisz, jakie to żałosne? Nowy cholerny zagłówek. Daj spokój! Czy życie do tego się ograniczyło? Nie kręci nas już nic więcej, niż tylko durny zagłówek Ballart Design? My to wiemy, nasi mężowie wiedzą, ale my możemy coś z tym zrobić. Możemy dodać trochę pieprzu i jeżeli się ruszymy, coś się będzie działo, poczujemy się z siebie zadowolone i gdy wrócimy w objęcia mężów, będzie o wiele lepiej.

– Tak, ale wtedy będzie nas dręczyć poczucie winy, wszyscy się dowiedzą, nasi mężowie będą mieli rogi...
– Eliza kręciła głową.

– Wyobrażacie sobie te złośliwe plotki w klubie? – dodała Leelee, kiwając głową.

– Oto mój plan – zaczęła Victoria stanowczo. Założyła włosy za ucho. Kiedy się już do czegoś zabierała, robiła to porządnie. Bywała najbardziej charyzmatyczną osobą w towarzystwie. Z tego powodu żony robiły się nerwowe, kiedy na przyjęciach sadzano ich mężów obok niej. Na damskich spotkaniach z kolei były zazdrosne, jeżeli same nie siedziały obok. – Jednym z największych problemów z pozamałżeńskim związkiem, i odmawiam używania słowa „oszustwo", Elizo, jest to, że ktoś zawsze się dowiaduje. A to dlatego, że nasz Don Juan w spódnicy, zwykle kobieta, bo, choć to zaskakujące, mężczyźni potrafią być bardziej dyskretni, musi komuś powiedzieć. Dzięki temu romans jest jeszcze bardziej podniecający i to dokładnie trzeci powód, który sprawia, że o nim opowiadamy. Inne to poczucie winy, taka już jest natura tej bestii. I tylko przyjaciółki potrafią złagodzić nasze lęki. Ale jeśli mamy romanse, by czuć się pożądane, co ostatnio stwierdziła Eliza, cóż, nie będziesz czuła się naprawdę pożądana, jeżeli nie opowiesz o tym swojej najlepszej przyjaciółce. Taka jest ludzka natura. Proponuję więc, abyśmy wszystkie miały romanse i opowiedziały o nich tylko sobie nawzajem.

– Klub niewiernych żon? – sceptycznie zapytała Eliza. Tylko ona jedna wydawała się zbita z tropu.

– To znaczy, że oszukujemy, ale według ustalonych zasad? – chciała wiedzieć Helen.

– Nie oszukujemy, mamy romanse. Dajemy sobie trochę szczęścia, mamy na to dokładnie rok. Związek albo związki, w zależności od tego, co która zechce, muszą być rozpoczęte i zakończone w ciągu roku. Nie sypiamy ze swoimi mężami...

– Dziękuję bardzo – prychnęła Eliza sarkastycznie.

– I staramy się unikać psycholi. Co najważniejsze, opowiadamy tylko sobie nawzajem.

– Ale...

– Pomyśl o tym jak o wizycie w spa. Robisz sobie paznokcie, woskowanie bikini, regulację brwi, farbowanie włosów... wszystko, żeby dobrze wyglądać. A tak naprawdę wystarczy ci porządne pieprzenie. Załatwisz to sobie, a twój mąż będzie szczęśliwy jak dziecko.

– Jesteś szalona... – stwierdziła Eliza.

– Ciii... Pomyślcie o tym przez minutę, dosłownie jedną minutę. Będę mierzyła czas. Skosztujcie przystawek. – Victoria wzięła do ust kęs carpaccio.

Helen już od jakiegoś czasu myślała o tym, żeby nawiązać romans. Prawdę mówiąc, Victoria o tym wiedziała, bo którejś nocy, kiedy wypiły za dużo na przyjęciu z okazji Święta Niepodległości w klubie na plaży, zeszły nad brzeg oceanu, zsunęły buty, zanurzyły stopy w wodzie i wyznały sobie nawzajem, jak strasznie są nieszczęśliwe. Helen nawet nie próbowała określić rozmiarów swojego nieszczęścia w związku z Wesleyem. Nie było między nimi nienawiści ani paskudnych kłótni (jak u Victorii i Justina), nie było tak oczywistych powodów, jak kłopoty finansowe czy niewierność. Była po prostu obojętność. Kiedy Helen wychodziła za Wesleya, wiedziała, w co się pakuje: był znacznie starszy i wycofany, konserwatywny, trochę sztywny, brytyjski lord z klasy wyższej. Rzadko bywał otwarty czy wylewny, myślała jednak, że potrafi poradzić sobie z jego osobowością i tym, co postrzegała jako braki, dokładnie dlatego, że stanowiła jego przeciwieństwo. Podczas gdy Wesley wolał nie poruszać drażliwych kwestii i, używając żartobliwego tonu, wycofywał się z rozmowy, kiedy stawała się kontrowersyjna lub zbyt gorąca, Helen pogrążała się w temacie. Czuła, że jej życiowa podróż, takiego określenia używała, jest osobistą wyprawą w poszukiwaniu informacji, zrozumienia i przede wszystkim bliskości. Ale im bardziej naciskała Wesleya, tym dalej się odsuwał. Wiedziała, że stresuje się karierą zawodową, a jednak nie chciał o tym mówić. Wiedziała, że jego rodzice, obecnie około siedemdziesiątki, nadal potwornie go irytują. Przypuszczała, że również z powodu ich negatywnej opinii na temat poślubienia właśnie jej, Koreanki z pochodzenia, ale o tym też nie chciał rozmawiać. Wiedziała, że musi mieć marzenia i cele, ale i o tym nie chciał dyskutować. Im bardziej naciskała, tym odleglejszy się stawał. Każda rozmowa była powierzchowna i okraszona humorem, by zneutralizować drażliwy temat. Jeżeli na coś gwałtownie reagowała, z miejsca robił, co się dało, by ją uspokoić. Może stanowiło to cechę jego brytyjskości, ale jakikolwiek był tego powód, żyli w swoim supernowoczesnym domu jak dalecy znajomi. Helen czuła, że odtwarza własne znienawidzone dzieciństwo.

Kiedy minuta minęła, Victoria uniosła palec

– Już!

– Większa z ciebie skandalistka, niż myślałam. – Leelee żartobliwie pogroziła Victorii palcem. Pytanie brzmiało jednak, czy sama potrafiłaby zachować się tak skandalicznie? Zdrada nigdy nie przyszła Leelee do głowy, ale w sumie, czemu nie? Tylko że w jej przypadku nie mógłby to być po prostu ktokolwiek. Musiałby to być Jack. Jack albo nikt.

– Konsekwencje byłyby zbyt przytłaczające. Ktoś by się dowiedział i skrzywdziłybyśmy masę ludzi – ostrzegła Eliza, patrząc na przyjaciółki, które, była pewna, muszą się z nią zgodzić. Nigdy by się na to nie zdobyła. Zabawnie pomyśleć o czymś takim przez sekundę, ale tylko tyle. Tak, myślała o zdradzie, gdy zobaczyła Grega Matthewsa, ale to była tylko myśl. Można zabawiać się rozważaniem różnych możliwości – bo w sumie liczą się czyny.

– Nie wiem. Jeżeli poważnie ustalimy, że nie mówimy nikomu innemu... – Helen przesuwała palcem po brzegu kieliszka. – To znaczy, może będziemy dzięki temu szczęśliwe i na dłuższą metę nikt nie ucierpi.

– Będziemy musiały dokonywać strategicznych wyborów – odezwała się Leelee, a w jej głosie słychać było podniecenie. – To nie może być byle kto.

– Ktokolwiek, kogo zechcecie – dodała Victoria. – Nie powinnyśmy ustalać innych zasad poza milczeniem.

– I może to być więcej niż jedna osoba – zaznaczyła Helen. – Bo wiecie, może w ten sposób nie nawiążemy prawdziwych relacji. Takich, które zrujnują nam małżeństwa.

– Mówicie poważnie, dziewczyny? – zapytała Eliza. Nie mogła uwierzyć, że przyjaciółki naprawdę rozważają zdradę.

– To się w życiu nie uda. Po pierwsze, czy nie obiecałyśmy kochać, szanować i się troszczyć? Każda z nas wzięła ślub.

– Ilość rozwodów przekracza pięćdziesiąt procent – przypomniała Victoria.

– Dobra, słuchajcie... jasne, w teorii to świetny pomysł, wszystkie się podładujemy i wyjdziemy z tego bez szwanku. Ale to się nigdy nie uda. Ktoś będzie płakał – ostrzegła Eliza.

– Być może tylko my, jeżeli nie zaryzykujemy. Chcesz się czuć na wpół martwa? – zapytała Victoria.

– Nie czuję się na wpół martwa – zaprotestowała Eliza.

– Słuchaj, Elizo, pamiętasz, jak podkochiwałaś się w tym aktorze, z którym robiłaś wywiad, Taylorze Trasku? – Helen pochyliła się nad stołem.

Taylor Trask. Eliza rumieniła się na dźwięk jego nazwiska. Kiedy widziała jego twarz na okładce któregoś z tabloidów, z najwyższym trudem zmuszała się, by odwrócić spojrzenie. Po prostu nie mogła ryzykować.

– A gdybyś mogła się z nim spotkać? – ciągnęła Helen. – Powiedziałaś, że coś was łączyło.

– Och, to było lata temu. – Eliza machnęła lekceważąco ręką. – Na pewno zapomniał, kim jestem. I może to sobie wyobraziłam. Pewnie niczego nie było.

Ale wiedziała, że sobie tego nie wyobraziła. Tyler nadal zapraszał ją na premiery swoich filmów i nawet zostawił jedną czy dwie wiadomości, kiedy był w Stanach. Teraz miał dziecko ze swoją dziewczyną i Eliza sądziła, że o niej zapomni, ale przysłał kartkę zupełnie niedawno, na Gwiazdkę. Przedstawiała San Fernando w pełnej chwale, co stanowiło nawiązanie do żartobliwej rozmowy, którą odbyli na temat dalszych części Los Angeles. Napisał tylko: *Szkoda, że cię tu nie ma.*

– Wiesz, że to nieprawda – powiedziała Helen.

– Właśnie, pamiętasz kartkę? – zapytała Leelee.

Eliza nie powinna była opowiadać im o pocztówce.

– Wszystko jedno. No dobrze, powiedzmy, że zaszaleję z Tylerem i będę miała burzliwy romans. A co potem? Czy naprawdę chcę porzucić męża dla jakiejś gwiazdy filmowej z narzeczoną w każdym porcie?

– Nie chodzi o porzucanie mężów – sprostowała Victoria. – Chodzi o jeden rok. Chodzi o podjęcie kroków koniecznych, żebyśmy poczuły się jak mające szansę, atrakcyjne kobiety. A fakt, że jesteśmy w tym wszystkie razem, że zawiązujemy ten pakt, pozwalający na bliskie relacje z mężczyznami innymi niż nasi partnerzy, oznacza, że będziemy się troszczyły o siebie nawzajem. Jeżeli któraś wpadnie za głęboko, będzie potrzebowała rady albo pomocy, czy czegokolwiek, będziemy sobie pomagały. – Victoria lubiła być precyzyjna. – Napijcie się jeszcze wina – poleciła następnie przyjaciółkom, ruchem ręki wskazując kieliszki. – I dajcie sobie chwilę, by pomarzyć. Pomyślcie o życiu innym niż to, które teraz prowadzicie. Takim nieprzewidywalnym, w którym nie brakuje podniecenia i czujecie, że to, czy dobrze wyglądacie ma znaczenie, gdzie liczy się, że nad sobą pracowałyście. – To ostatnie dodała ze względu na Elizę.

Przez kilka minut wszystkie milczały, pogrążone we własnych fantazjach.

Alkohol wykorzystany przez Victorię wywarł pożądany efekt. Zadziałał tonująco, pozwalając, by pragnienia i lęki istniały obok siebie. W mrocznej romantycznej restauracji (przezornie wybranej przez Victorię) sprawił, że wszystkie kobiety, nawet niechętna Eliza, rozmarzyły się. W nieco zamroczonych umysłach miały teraz wizję siebie z innymi mężczyznami. Jak miło czuła się Helen, gdy nowy przystojny nauczyciel garncarstwa w centrum sztuki oplótł ją ramionami, żeby pokazać, jak się robi urnę. Czuła się jak Demi Moore w *Uwierz w ducha*. Chciała, żeby pokrył gliną całe jej ciało, chciała paść z nim na ziemię i kochać się z nim w najbardziej zmysłowy sposób, wraz z nim oblepić się gliną czerpaną z ziemi... Eliza myślała o Tylerze. Właśnie on potrafiłby ożywić emocje, które od tak dawna w sobie dusiła... Leelee myślała o mężczyźnie swoich marzeń, tym, który okrutnie ją zdradził i, dzięki alkoholowi wspomagającemu wyobraźnię, marzyła o innej wersji swojego życia.

Victoria wiedziała, co robi.

Kelner zabrał przystawki, a wszystkie przyjaciółki spojrzały na Elizę.

– Myślę, że to nasza jedyna szansa, Elizo – odezwała się Helen.

– Więc wchodzisz w to? – spytała Victoria.

– Oczywiście. Muszę powrócić do świata żywych – westchnęła Helen.

– A ty, Leelee? – chciała wiedzieć Victoria.

Leelee zerknęła na nie zawstydzona.

– Jasne – zachichotała. Przynajmniej na dziś. W ten sposób będzie mogła marzyć o Jacku z żywszą niż zwykle nadzieją.

– A co z tobą, Elizo?

– Przepraszam dziewczyny, ale nie.

– Elizo, któregoś dnia zrozumiesz, że życie jest bardzo krótkie. Mamy tylko ulotne chwile, które łączą się w całość, a potem znikamy. Powinnaś cieszyć się życiem. Jeżeli chcesz czuć się pożądana, powinnaś czuć się pożądana. Może potrzebna jest ci emocjonalna burza, a nie fizyczny romans. Może po prostu powinnaś nawiązać kontakt z innym mężczyzną – tłumaczyła Helen. Często łączyła w wypowiedziach życie i śmierć, bo wcześnie odebrała lekcję, że są nierozerwalnie ze sobą związane.

– Nie każcie Elizie teraz decydować. Porozmawiajmy o tym jutro, gdy będzie miała za sobą dzień rozwożenia dzieci i robienia zakupów – zaproponowała Victoria. Zanim Eliza zdążyła odpowiedzieć, przerwał im Anson Larrabee, znajomy mieszkający w Palisades. Dokładnie tego typu człowiek stanowiłby dla dziewczyn wielkie zagrożenie, gdyby słyszał ostatnich trzydzieści minut ich rozmowy.

Anson był wyrazistą postacią w każdym znaczeniu tego słowa. Mierzył metr dziewięćdziesiąt, miał gigantyczny brzuch i szopę blond włosów, wciąż gęstą, mimo czterdziestu siedmiu lat na karku. Jego głos był potężny i dudniący, do tego z południowym sepleniem. Był królem lokalnych plotek, który ze złośliwym piórem w roli berła sprawował władzę nad towarzyską rubryką „Palisades Press". Lubił uczestniczyć w damskich spotkaniach, by wywiedzieć się, co piszczy w sąsiedzkiej trawie. Jego orientacja seksualna budziła wątpliwości, jednak pokazywał się na mieście ze świeżymi rozwódkami, które woził mercedesem kabrioletem, określał mianem „przyjaciółek" i obsypywał prezentami, dopóki nie rzuciły go dla kogoś innego, bez urazy. Aktualnie umawiał się z Imeldą Rosenberg, byłą właścicielką restauracji, która właśnie opuściła męża wysoko postawionego w kierownictwie Paramountu. Prawdę powiedziawszy, to on zostawił ją. Kiedy się dowiedział, że sypia z zawodowym tenisistą, wyrzucił wszystkie jej ciuchy przez frontowe okno wychodzące wprost na Alma Real, gdzie wszyscy mogli to zobaczyć. Taki pomniejszy skandal.

– Wygląda na to, że świetnie się bawicie – stwierdził Anson z akcentem z Alabamy. – Założę się, że połowa pań z Palisades ma czerwone uszy, założę się, że urządziłyście stary poczciwy zlot czarownic.

Jeżeli miało to wypaść zabawnie, nie wypadło. Eliza i Victoria wymieniły znaczące spojrzenia, Leelee obdarzyła Ansona lodowatym uśmiechem. Żadna z nich go nie lubiła. Gdyby był po prostu nieszkodliwym dowcipnisiem, mogłyby mu darować, ale wszystkie padły już ofiarą jego ostrego języka, więc szybko i słusznie stwierdziły, że najlepiej będzie trzymać się od niego z daleka.

– Ansonie, wiesz, że nie obgadujemy innych. – Helen roześmiała się chłodno. – Zostawiamy to tobie.

Anson uśmiechem skwitował stwierdzenie, które prawdopodobnie uznał za komplement.

– Cóż, jeżeli wymyślicie coś interesującego do mojej kolumny, dajcie mi znać. Termin upływa jutro. Na razie jedyne, co mam to, że zjedliśmy z Imeldą kolację obok Tylera Traska i wypił nie jedną, nie dwie, ale trzy butelki wina. Pewnie potrzebuje tak dużo alkoholu, żeby przetrwać kolację ze swoją dziewczyną... Słyszałem, że jest potwornie nudna. Rozkoszna figura, ale pusta głowa.

Dziewczyny odwróciły się i spojrzały na Elizę. Tyler Trask? Sympatia Elizy? Jedzący kolację w tej samej restauracji? To z pewnością znak.

– Tyler jest tu teraz? – zapytała Leelee, przechylając głowę, żeby rozejrzeć się po sali.

– Właśnie wyszedł. Pewnie wymierza teraz ciosy paparazzim. Dlaczego ci aktorzy nie potrafią zachowywać się jak dżentelmeni? Uważają, że nie są seksowni, jeśli nie przyłożą komuś w nos?

– Myślałam, że Tyler mieszka w Australii – powiedziała Helen. Zwróciła się do Ansona, ale wpatrywała się w Elizę, która udawała nonszalancję, maczając kawałek chleba w pomidorowym sosie.

– Jest w mieście, kręci film. Nie czytacie „Variety"? – zdziwił się Anson. Zanim zdążyły odpowiedzieć, Imelda opuściła łazienkę i wzięła Ansona pod ramię. Stanowili dziwną parę. Ona była ładna, ale przesadzona w każdym szczególe tak, że wydawała się nieproporcjonalna. Oczy miała przesadnie umalowane, policzki przesadnie uróżowione, włosy z pasemkami wyglądającymi jak sierść szopa pracza, utapirowane w przesadnym stylu Sarah Fawcett, rzucały cień na jej twarz. Zawsze wybierała obcisłe i jaskrawe stroje. Tego wieczoru włożyła wąskie, obcisłe, czarne skórzane spodnie i ostentacyjny top w lamparcie cętki. Anson z kolei nosił tradycyjne pastele, tym razem jasnoróżową koszulę i spodnie w kolorze zielonego jabłuszka, podtrzymywane paskiem w kolorze mięty wielkości stosownej dla wieloryba. Nazywał swój styl „szykiem z Palm Beach", ale najwyraźniej nie był tam od lat siedemdziesiątych.

Panie się przywitały, po czym Imelda rzuciła Ansonowi znaczące spojrzenie i ruszyła do wyjścia.

– Pa, pa, dziewczynki – rzucił, odchodząc.

Odczekały chwilę, by mieć stuprocentową pewność, że nie może ich już słyszeć, po czym zdumione zwróciły spojrzenia na Elizę.

– I cóż powiesz na taki przypadek, że mężczyzna twoich marzeń był dziś w tej właśnie restauracji, w chwili, gdy mówiłaś o tym, iż chcesz mieć z nim romans? – z podnieceniem zapytała Leelee.

– Nie mówiłam o tym, że chcę mieć z nim romans – poprawiła ją Eliza.

– Kosmiczny zbieg okoliczności, kochanie. Bogowie dają ci znać, że wszystko jest w porządku. Musisz wierzyć w znaki – stwierdziła Helen z rozmarzeniem.

– Dajcie spokój, dziewczyny – syknęła Eliza.

– Poważnie, Elizo, wiesz, że nie jestem tak uduchowiona, jak Helen – odezwała się Victoria – ale to dziwne. To nie może być zwykły przypadek. To podpowiedź losu.

Eliza obrzuciła je wszystkie sceptycznym spojrzeniem, ale w duchu aż drżała z podniecenia. Chociaż nie przesiąkła stylem New Age, jak Helen, jednak uznała to wydarzenie za coś w rodzaju znaku. I wiedziała, że choćby nie wiem jak kochała męża, Tyler Trask jest jedynym mężczyzną na Ziemi, który mógłby skraść jej serce. Ale to jest niebezpieczne, on jest niebezpieczny. Czy warto ryzykować?

– Nie wyrażam zgody, ale nie mam nic przeciw temu, żeby znów się z nim zobaczyć – westchnęła w końcu. – Teraz, gdy wyglądam mniej więcej przyzwoicie, byłoby miło, gdyby ktoś to docenił. Ale niczego nie obiecuję, a wy musicie pomóc mi go wyśledzić.

Dziewczyny pisnęły z podniecenia.

– Nie pożałujesz – zapewniła Victoria.

– Ja w każdym razie nie mam już miejsca na żale – poinformowała Leelee.

– Dziewczyny, chcę postawić sprawę jasno: nie zgadzam się, po prostu mówię, że zobaczę się z Tylerem, co nic nie znaczy. I tylko pod warunkiem, że pomożecie mi to zorganizować – podkreśliła Eliza.

– Wiemy, wiemy, ale jeszcze pójdziesz po rozum do głowy. – Victoria była bardzo pewna siebie. Zrobi wszystko, co w jej mocy, żeby Eliza się zgodziła. To właśnie pomocy Elizy potrzebuje najbardziej.

– Nie zapominaj, żyje się tylko raz. Musimy traktować każdy dzień, jakby był ostatnim – powiedziała Helen. Nachyliła się nad stołem i położyła dłoń na blacie. Eliza, Victoria i Leelee przykryły ją swoimi i wymieniły mocny uścisk.

·· Rozdział 9 ··

W dniu, w którym Victoria poznała Wayne'a, pogoda była pochmurna i wszystko, co wydarzyło się wcześniej, wprawiło ją w paskudny nastrój. Nie mogła znaleźć miejsca do parkowania przed zajęciami kick-boxingu, więc spóźniła się, a co za tym idzie, została skazana na najgorszy worek w sali. Potem wysiedziała się na nieskończenie długim lunchu Komitetu Doradczego Lilly Pulitzer, gdzie wybrane spośród zaproszonych kobiet analizowały każdy strój z zaprezentowanej na dużym wieszaku wiosennej kolekcji, uwzględniając najdrobniejsze szczegóły i oceniając, czy ich przyjaciółki będą to nosiły. Nigdy wcześniej nie widziała, żeby ktoś tak drobiazgowo omawiał damski golf i nie mogła uwierzyć, że dorosłe kobiety, które pokończyły college – niektóre miały nawet tytuł magistra! – potrafią przez czterdzieści minut debatować nad rozmiarem niebieskich żółwi na różowych rybaczkach. Czterdzieści minut! Czy nie mają nic innego do roboty? Nie potrafiła pojąć, jakim cudem trafiła do tego podmiejskiego piekła. Chodziła do Harvardu. Miała MBA ze Stanforda. Była najmłodszym w historii Century Fox kierownikiem, a teraz rozmawia o wyszywanych żółwiach? Szaleństwo. Od razu mnie pochowajcie, pomyślała.

Później było tylko gorzej. Z powodu niekończącego się lunchu z Hadesu rodem jako ostatnia odebrała bliźniaki ze szkoły, a potem zostawiła je z Margueritą, hiszpańską nianią, która nie mówiła po angielsku, żeby zdążyć na umówioną wizytę u fryzjera. Kiedy z piskiem hamulców zajechała pod salon Freda Segala, musiała odsiedzieć w cholernej poczekalni czterdzieści minut, mając za towarzystwo „Vogue'a" sprzed dwóch miesięcy, bo jakaś gwiazda z WB Network spóźniła się na farbowanie odrostów. Gdy siedziała tam, gotując się ze złości, nimfetka za nimfetką, wszystkie w odsłaniających brzuch ciuchach w stylu Britney Spears, mijały ją, nie zaszczycając nawet spojrzeniem. Dla nich była po prostu kolejną panią w średnim wieku, żoną kogoś z kierownictwa studia. Okej, żoną agenta, ale jak dla nich równie dobrze mogło to być kierownictwo studia, bo guzik je to obchodzi! I cóż te kobiety sobie wyobrażają, ubierając się w ten sposób? Oczywiście, to Kalifornia, ale nie skończył się jeszcze kwiecień – zostawcie te ciuchy na plażę!

Kiedy dotarła do domu, wreszcie uczesana i mocno trzymając w garści strój na wieczór (zdołała ubłagać faceta z pralni chemicznej, żeby otworzył po czasie i pozwolił jej odebrać nową obcisłą suknię od Chloe), jej mąż z piekła rodem zadzwonił, żeby poinformować, iż daruje sobie premierę. Zamiast tego idzie na kolację z Tadem Baxterem, bo jest oficjalną dziwką Tada. Całe to bieganie, fryzjer – zgodziła się nawet, żeby kosmetyczka przećwiczyła na niej nakładanie makijażu, by załatwić to za darmo – durna godzina zmarnowana na manicure, pedicure, woskowanie wąsików, i po co?

Victoria miała już zwinąć się w precel, zrzuciwszy ciuchy, po czym zostać przed telewizorem z miską popcornu z mikrofalówki i obejrzeć ostatni odcinek *Chirurgów*, który nagrała, ale się powstrzymała. Nie zamierza więcej tego robić. Dlaczego, do cholery, ma czekać, aż Justin wróci do domu, gdy już skończy robić klientowi laskę (tak naprawdę to nie, ale z tego, co wiedziała, jednak tak), kiedy właśnie poświęciła cały dzień i miliony godzin, żeby wyglądać popisowo? Zamierza pójść na tę premierę.

Było za późno, żeby ściągnąć do towarzystwa którąś z dziewczyn, ale przy swoim nowym nastawieniu miała to gdzieś. Wejdzie na ten czerwony dywan sama, sama obejrzy film – nowy z Drew Barrymore i Vincetem Vaughnem, podobno uroczy, tak naprawdę nie mogła się doczekać, żeby go zobaczyć – a potem sama pójdzie na przyjęcie. Prawdę powiedziawszy, samotne wyjście nie było specjalnym aktem odwagi, bo ilekroć Victoria szła z Justinem, i tak zawsze gdzieś ją porzucał i leciał lizać dupę swoim aktualnym i potencjalnym klientom. Ona w nieunikniony sposób kończyła z innymi porzuconymi żonami i razem ubolewały, jak rzadko widują swoich mężów i jacy są okropni, kiedy już się pojawią. Zwykle tylko słuchała, nie narzekała, po prostu brała w tym udział i trzymała karty przy orderach. Ostatnio jednak przestała się przejmować i otwarcie rugała Justina. Zbyt często zachowywał się publicznie jak dupek, żeby starała się udawać szczęśliwą, obowiązkową żonę.

Ostatecznie była zadowolona, że poszła, bo film okazał się zabawny i poprawił jej nastrój. Tak jak się spodziewała, siedziała z innymi żonami, których mężowie uważnie rozglądali się po sali w poszukiwaniu klientów lub potencjalnych klientów, i miała wielką torbę popcornu tylko dla siebie. Miło było nie dzielić jej z Justinem, który zwykle sam pożerał całość, oblizując tłuste palce i znowu je zanurzając, całe zaślinione, w torbie. Boże, był odrażający.

Premiera odbywała się w Westwood. Z niewiadomych przyczyn często się to zdarzało, ale Vic nie narzekała, z Palisades znacznie łatwiej było się dostać tam niż na przykład do Hollywood.

Victoria z determinacją przemknęła przez miasto czarnym mercedesem SUV-em z identycznymi dziecięcymi fotelikami z tyłu, słuchając na cały regulator Eminema. Miała do niego słabość. Uwielbiała sprzeczność między postawą „żadnych jeńców", a jego obsesją na punkcie córki i uczuciem do Kim. To jedno lubiła u silnych facetów: silne kobiety potrafiły rzucić ich na kolana. Mogli być twardzi jak cholera, a jednocześnie pozwalali się dręczyć i dawali sobą manipulować, jeśli kobieta wiedziała, jak to robić. W sumie mogła to być dowolna kobieta, musiała tylko mieć w ręku klucz do danego faceta. Kim z pewnością go ma. Victoria żałowała, że sama nie dysponuje tym kluczem, bo Eminem jest taki seksowny, widziała *Ósmą milę* jakieś dziesięć razy. Gdy się nad tym zastanowić, nigdy nie miała wrażenia, że tak naprawdę ma klucz do Justina. Kiedyś tak, kiedy ścigała go, jednocześnie ignorując, ale kiedy go zdobyła... Nie była pewna, jak do tego doszło, ale nie potrafiła już skupić na sobie jego uwagi. Zapewne są do siebie zbyt podobni, oboje w gorącej wodzie kąpani i chyba nie łączyła ich prawdziwa miłość. Był seks i namiętność, a teraz została tylko udręka. Żałosne.

Victoria pewnym krokiem, z wysoko uniesioną głową wkroczyła na przyjęcie i miała wrażenie, że jej nowa postawa pod tytułem „skopię ci tyłek" zagwarantowała jej więcej uwagi niż dawne wcielenie pewnej siebie żony. Klub pękał w szwach – ludzie wędrowali z miejsca na miejsce, trzymając drinki, wszystkie miejsca w barze wewnątrz i w ogrodzie były zajęte. Ilekroć ktoś stawał w drzwiach do ogrodu, wszystkie głowy odwracały się, by sprawdzić, czy Drew, Vince lub inna gwiazda wpadła na chwilę się pokazać. Kiedy ludzie orientowali się, że to tylko kolejny członek kierownictwa studia, zwracali się ponownie do osób, z którymi rozmawiali, by znów pozorować udział w dyskusji. Victoria poszła do baru i cierpliwie odczekała, aż barman obsłuży dwudziestu facetów i trzydzieści nimfetek, którzy się przed nią wepchnęli, a kiedy miała wreszcie w ręku Dirty Martini, ruszyła, by odszukać przyjaciół. W pośpiechu niemal wpadła na mężczyznę stojącego przed nią, alkohol w kieliszku przechylił się niebezpiecznie i zaklęła głośno, po czym podniosła wzrok i zobaczyła Wayne'a Mercera, „super-agenta" (w jego własnym mniemaniu) z Artist Creative Management. Mężczyznę, którego jej mąż nienawidził naj-bardziej na świecie.

– Przepraszam, potrąciłem? – zapytał, niepotrzebnie obejmując ją w talii. Miała wrażenie, że zanurkowała w morze wody kolońskiej Calvina Kleina.

Wayne wyglądał jak każdy inny agent. Miał ciemne włosy, licówki na zębach, garnitur od Zegny, wszystko tro-chę oślizłe, trochę zbyt gładkie. Nie miała pojęcia, który z nich to zaczął, ale Wayne i Justin stale toczyli bitwy o klientów. Prawdopodobnie wojnę wypowiedział Wayne, który ukradł Justinowi Dominique Swain, a potem Justin z kolei podebrał mu Leelee Sobieski. (Trudno powiedzieć, który z nich wygrał w tej przepychance, biorąc pod uwagę kariery rzeczonych pań). Victoria w każdym razie wie-działa, że nazwisko Wayne'a Mercera stanowi w jej domu obelgę i jeśli kiedykolwiek spotka go na przyjęciu, ma obo-wiązek zwiewać, gdzie pieprze rośnie.

– Prawie, ale nic się nie stało – odpowiedziała Victoria, trzepocząc rzęsami i kładąc mu rękę na ramieniu, a na-stępnie lekko je gładząc.

Wayne spojrzał na nią i się uśmiechnął.

– Wayne Mercer – przedstawił się, wciąż obejmując ją w talii.

– Victoria Rand. – Zachowała panieńskie nazwisko, bo Coleman było dla niej zbyt pospolite, ale przez ułamek sekundy tego pożałowała. Zabawnie byłoby zobaczyć, jak Wayne kojarzy fakty.

– Chyba skądś się znamy. Jesteś ze studia? Z Drew? Z Vince'em? – dopytywał się, nie puszczając jej talii i omiatając spojrzeniem całe ciało. Była zadowolona, że włożyła tę suknię z rozcięciem z boku, pokazującą jej zgrabne umięśnione nogi i miękko otulającą ciało. I że zdołała odebrać ją z pralni, zrobiła sobie włosy i makijaż, i że rano trenowała.

– Jestem sama ze sobą. – Zakręciła oliwką w drinku i upiła łyk, po czym kusząco oblizała wargi. Nie mogła uwierzyć, że naprawdę to robi, ale co tam, do cholery. Przy takich tępakach trzeba wykładać wszystkie karty.

Wayne był wyraźnie zainteresowany.

– Ha! Ha! – Zaśmiał się. – Dobry tekst.

Wiedziała, że się pali, by odpowiedzieć na jej pytanie, z kim przyszedł. Wiedziała też, że z Vince'em, bo reprezentował swoją agencję i tak naprawdę nie przyszedł z aktorem, ale z pewnością tak by to przedstawił. Wiedziała, że chce się pochwalić, a w tym mieście można było zdobyć punkty, tylko zestawiając własne nazwisko z nazwiskiem gwiazdy. Nie zamierzała dać mu tej satysfakcji. Rozmowa zbyt szybko zeszłaby na sprawy zawodowe i wyszłyby na jaw tożsamość jej męża i ostatecznie szybko by się skończyła. Chciała mieć trochę zabawy, więc milczała.

Wayne uniósł brwi, jakby był zaintrygowany, że nie zadała mu tego pytania, i najwyraźniej chciał coś powiedzieć. Powstrzymał się jednak, najwyraźniej zmienił zdanie, i nachylił się do Victorii.

– Proponuję, żebyś wzięła drinka i weszła ze mną do środka. Usiądziemy w jednej z tych lóż i zjemy prawdziwą kolację, a do tego odbędziemy prawdziwą rozmowę? – To ostatnie wymówił z dumą, jakby Victoria nigdy wcześniej nie odbyła prawdziwej rozmowy.

Przechyliła głowę i uważnie przyjrzała się swojej zdobyczy. Tak, jest oślizły, jak to agent, ale ma też gęste rzęsy i ładne niebieskie oczy, a skórę gładką i na oko delikatną. Widać, że coś trenuje. Nic specjalnego, ale hej, jest za to wrogiem jej męża. To wystarczy.

– Brzmi wspaniale – odparła z uśmiechem.

·· Rozdział 10 ··

Po kolacji w Giorgio Baldi Victoria była najwyraźniej jedyną z grupy, która uznała, że pakt został zawarty. W tygodniu zachęcała przyjaciółki, żeby zaczęły pozamałżeńskie działania. Leelee chętnie zgodziła się na zdradę, ale tylko dlatego, że uznała to wszystko za wesołą rozmowę, która do niczego nie doprowadzi. Nie była, tak jak Eliza, zdegustowana niemoralnością przedsięwzięcia, ale nie miała pewności, czy potrafi się na to zdobyć. Helen była za i tylko dlatego nie rzuciła się do działania, bo zawsze długo się do wszystkiego zabierała. Zanim wykonała jakikolwiek ruch, musiała przeanalizować, rozważyć, zastanowić się, powahać, dokonać wyboru i rozstrzygnąć wątpliwości. Eliza pozostała nieprzekonana. Ma cudownego męża, który ją docenia, dlaczego miałaby to psuć?

Jednak w ciągu kilku kolejnych dni sytuacja zaczęła się zmieniać. Fantazje powoli przesłaniały rzeczywistość i zaczęły być bardziej atrakcyjne. W sumie, cóż to za rzeczywistość? Zakupy? Trening? Odwożenie dzieciaków?

W poniedziałek rano Eliza przygotowywała się do wyjścia. Właśnie podziwiała swoje odbicie w lustrze i nagle przypomniała sobie Święto Dziękczynienia dawno temu, kiedy chodziła jeszcze do gimnazjum, gdy zdała sobie sprawę z metamorfozy, którą przeszło jej ciało, z tego, że stała się dorosłą kobietą. Nawet niewiele przytyła w czasie ciąży, ale nigdy wcześniej nie czuła się taka sprawna. Oponka, która usadowiła się wokół jej talii jak koło ratunkowe, znikła. I naprawdę ma mięśnie brzucha!

Declan wyszedł z łazienki i uśmiechnął się do niej.

– Znowu się podziwiasz?

– Nie... no cóż, tak. To rewelacja, że ten trener się zwrócił!

– Też tak uważam. W końcu osiemdziesiąt dolców za sesję. – Declan zaczął zapinać koszulę i założył krawat.

– Było warto – dodała Eliza, zakładając buty.

– Może sam powinienem potrenować – westchnął Declan. – Ale kto ma na to czas?

Eliza spojrzała na męża i zagapiła się na jego wystający brzuch. Był dużym mężczyzną, więc tak naprawdę nigdy nie wyglądał grubo, ale miał wyraźny brzuszek, a ramiona zupełnie nieumięśnione.

– Powinieneś poćwiczyć. Powinieneś znaleźć czas – stwierdziła.

– Daj spokój, wtedy w ogóle bym cię nie widywał. – Wkładał spodnie. – Poza tym, nie jest dla ciebie ważne, jak wyglądam. Mamy siebie.

– Chcesz powiedzieć, że dla ciebie nie jest ważne, jak ja wyglądam? – zdziwiła się Eliza.

– Jest i wyglądasz świetnie, ale, no... wiesz... jesteś po trzydziestce, jesteś mamą i biorąc to wszystko pod uwagę, wyglądasz wspaniale.

Eliza od razu się wkurzyła.

– Chcesz powiedzieć, że nikt inny nie uznałby mnie za seksowną?

– A co cię obchodzi, co myślą inni? Jesteś mężatką. – Declan wkładał marynarkę.

– Więc po co zarzynałam się na siłowni? Jeżeli ciebie nie obchodzi, jak wyglądam, a nikt inny nie zwraca na mnie uwagi, to jaki w tym sens?! – Eliza podniosła głos.

– No cóż, po pierwsze lepiej dla ciebie, że jesteś sprawna, a po drugie, znasz panie ze swojego towarzystwa, obgadują wszystkich za plecami. Broń Boże, żeby ktoś miał dodatkowe dziesięć kilo. Zastanów się, co Victoria opowiada o Leelee.

Eliza klapnęła na łóżko.

– Fatalnie się przez ciebie czuję. Byłam w takim dobrym nastroju, a przez ciebie czuję się stara i brzydka.

Declan podszedł i otoczył ją ramieniem.

– Nie o to mi chodziło, kochanie. Dla mnie jesteś cudowna i zawsze będziesz.

– Jasne.

– O co chodzi? Chcesz, żeby pragnęli cię inni mężczyźni? Czy to nie dziwne, biorąc pod uwagę, że jesteśmy małżeństwem?

– Nie. Nie chcesz, żeby inni mężczyźni uważali mnie za atrakcyjną? – zdziwiła się Eliza.

– Chcę, ale nie chcę, żebyś ćwiczyła dla innych facetów. Jakieś to wszystko pokręcone.

– Nieważne.

Declan wstał.

– Słuchaj, kochanie, wyglądasz świetnie, ale mieszkamy w Los Angeles. Co krok masz Angelinę Jolie, nie próbuj się z nią porównywać.

– Jasne – mruknęła Eliza.

Declan zszedł na dół, a ona, gotując się ze złości, usiadła na brzegu łóżka. Wzięła do ręki jedną z ozdobnych kwiecistych poduszek i zaczęła skubać jej brzeg. Dlaczego jej mąż zawsze musi być taki pragmatyczny? Dlaczego nie może choć raz podtrzymać jej głupich marzeń o tym, że jest teraz najseksowniejszą mamą w okolicy? Napociła się i naharowała, żeby mieć takie ciało. Byłoby miło spotkać się z odrobiną uznania. Tyler Trask by ją docenił. Podobała mu się nawet, kiedy ważyła sześć kilogramów więcej!

Położyła się i wróciła myślą do pierwszego spotkania z Tylerem. Wtedy wszystko było inaczej. Mieszkali z Declanem w Nowym Jorku, a ona wciąż jeszcze pracowała na pełny etat dla „Pogawędki". Właśnie urodziła Donovana i nie mogła się doczekać powrotu do świata żywych, kiedy zadzwonił naczelny i zaczął błagać, żeby zrobiła wywiad z „niepoprawnym Tylerem Traskiem". „Wyświadczyłabyś mi wielką przysługę", mówił. Eliza pomyślała, że to on wyświadcza jej przysługę. Dziecko było wspaniałe, ale czuła się trochę przytłoczona, wstając co chwilę w nocy i borykając się z burzą hormonów oraz całą resztą towarzyszącą macierzyństwu. Powrót do pracy był jak haust powietrza, gdy się prawie utonęło. I rzeczywiście, spotkanie z Tylerem pomogło jej nie pójść na dno. Zamknęła oczy i próbowała sobie przypomnieć, jakie to było uczucie i dlaczego wydało się takie przyjemne.

Ustaliła, że spotka się z nim w jego pokoju hotelowym w Lark. Zjawiła się wcześniej, zdenerwowana, i starała się to ukryć. To przecież zwykły człowiek, myślała. Czym tu się denerwować? Hollywoodzkim aktorom pozwala się na zbyt wiele. Była pewna, że okaże się taki sam, jak reszta. Gdy weszła, rozmawiał przez telefon i to jego agent prasowy wpuścił ją do środka, po czym zaproponował wodę w butelce. Uprzejmie rozmawiając z agentem, kątem oka obserwowała Tylera. W rzeczywistości był bardziej przystojny, co było niezwykłe, ponieważ aktorzy zwykle okazywali się poza ekranem mniej atrakcyjni – generalnie niżsi, niż wydawało się na filmach, albo o delikatnych uduchowionych rysach, albo wręcz brutalnych, przy czym tylko od przodu, bo z boku ich głowy wyglądały na płaskie. Aktorki wręcz przeciwnie: znacznie bardziej atrakcyjne na żywo i wszystkie wychudzone. Tyler stanowił anomalię. Miał metr osiemdziesiąt wzrostu, był potężnie zbudowany i o męskich mocnych rysach. Stuprocentowy mężczyzna.

Podał jej wodę. Uśmiechnął się. Poprosił agenta, żeby wyszedł, co ten niechętnie uczynił. Rozmawiali o drobiazgach, najnowszych rolach, gdzie kupuje ubrania, potem o poważnych sprawach, takich jak jego okropna reputacja w związku z bijatykami i popijawami, czego bardzo żałował, ale odmawiał zostania abstynentem, o tym, że jego matka umarła na raka i o naturze sławy. Zapadł zmrok, potem zaczęło padać i Eliza zadzwoniła do opiekunki, by uprzedzić, że się spóźni. Tyler powiedział jej, że wygląda wspaniale, jak na osobę, która niedawno urodziła dziecko. Zamówili jedzenie do pokoju. A potem wywiad dziwnie się potoczył.

Tyler leżał na sofie, zsunął buty, a nogi oparł na poręczy. Wrzucał sobie do ust orzeszki. Eliza z kolei siedziała po turecku na podłodze, kręcąc czerwonym winem w kieliszku.

– Jak myślisz, dlaczego ludzie mają obsesję na punkcie sław? – zapytała. – To znaczy, jak sądzisz, dlaczego chcą mieć twój autograf albo zdjęcie z tobą?

– Och, doskonale to rozumiem. Tak naprawdę ludzie nie ekscytują się na mój widok, moim zdaniem bardziej podnieca ich to, że ja widzę ich. Rozumiesz? Jeżeli ktoś sławny, ktoś, kogo wszyscy znają, widzi ciebie, przeciętniaka, to w jakiś sposób przydaje ci to znaczenia. To szaleństwo, ale ludzie uważają, że jeśli ich zobaczę, zapalę z nimi papierosa albo wypiję piwo, zaistnieją.

Eliza zastanawiała się nad tym przez chwilę. Pewnie to prawda. Tyle osób chce być rozpoznanymi, zauważonymi.

– Masz rację. I na pewno wszyscy chcą, żeby spłynęło na nich trochę twojego blasku.

Tyler usiadł i się uśmiechnął.

– Nic mi nie wiadomo o blasku... Czuję raczej żar pożądania. Chcesz piwo?

– Nie, dzięki. – Przyglądała się, jak podchodzi do minibaru. Była prawie piąta, upiła się i ma dziecko, do którego musi wrócić.

– Powinnam iść...

Tyler odwrócił się zaskoczony.

– Dlaczego? Myślałem, że dopiero zaczynamy.

Długo się w nią wpatrywał i odczuła intensywność jego spojrzenia. Widziała to na ekranie, ale w rzeczywistości ta moc okazała się przemożna, szczególnie, gdy cała skupiła się na niej.

– Opiekunka... – wybąkała niepewnie.

Spojrzał na nią i zorientował się, że jest rozdarta.

– Nawet nie zapytałaś mnie o następną rolę. – Pomaszerował z powrotem do sofy, usiadł i napił się piwa.

Eliza odwróciła się, by siedzieć do niego przodem.

– No właśnie, kogo zagrasz?

– Pana Darcy'ego. Kręcą kolejną wersję *Dumy i uprzedzenia*.

Eliza jęknęła.

– O nie! Komu to potrzebne? Bez obrazy, ale wersja BBC z Colinem Firthem jest niesamowita! Dlaczego się zgodziłeś?

– Spokojnie, to będzie w londyńskim teatrze. I czemu nie? Zawsze chciałem zagrać uroczą postać. Wszyscy kochają pana Darcy'ego. A właściwie dlaczego nie miałbym go zagrać?

– Po pierwsze, wcale nie jest rozkoszny. Chociaż kobiety rzeczywiście uwielbiają Darcy'ego, nie zaprzeczam, ja też należę do klubu... – stwierdziła z uśmiechem.

– Właśnie skończyłem czytać książkę i moim zdaniem to dość paskudny typ. Do końca. Myślałem, że kobiety wolą facetów bogatych i subtelnych. Jak Bingley. Jest słodki, wrażliwy, troskliwy i hojny. A tego właśnie chcą kobiety, przynajmniej zdaniem kobiecych czasopism.

– Nie, nie. Kobiety pragną dwóch rzeczy: chcą, żeby facet był z początku łajdakiem, ale potem się dla nich zmienił. Nie ma nic bardziej seksowego niż facet, który się dla ciebie zmienia.

Tyler skinął głową.

– Zatem w porządku.

– Z Darcym jest tak – zaczęła Eliza, przez którą przemawiało wino – jak ze sławnymi ludźmi, o których rozmawialiśmy. Elizabeth Bennett, Jane Austen wyraźnie to mówi, nie jest najładniejszą dziewczyną w mieście, ale jest najmądrzejsza. Gdy się ją pozna, staje się najbardziej godna pożądania i z pewnością najbliższa czytelnikom, bo tak każda kobieta widzi siebie: jako zupełnie wyjątkową przy bliższym poznaniu. Dlatego kochamy Darcy'ego. Może mieć każdą dziewczynę, której zapragnie, w Londynie lub Hertfordshire, ale wybiera tę, która ma poczucie humoru i cokolwiek w głowie...

Eliza zamilkła i poczuła się zawstydzona. Spojrzała na Tylera, który siedział na sofie, przyglądając jej się przenikliwie. W pokoju było teraz ciemno, a za oknem znów zaczął padać deszcz.

– Zupełnie jak ty – stwierdził. Zanim zdążyła odpowiedzieć, wstał i podszedł do niej. Ujął jej twarz w dłonie, pochylił się i ją pocałował. Eliza była oszołomiona. Z początku nie zareagowała, ale potem oddała pocałunek, jednak po chwili się odsunęła.

– Tylerze... – Pochyliła głowę, żeby przerwać kontakt wzrokowy.

– Wiem, że też to czujesz. – Przesuwał dłońmi wzdłuż jej ramion.

– Jestem mężatką – przypomniała słabo, ale zabrzmiało to bardzo głupio. Poczuła się dziecinnie. Czy jestem dziecinna, bo nie chcę zdradzać?, zapytała siebie. Tak.

– To jedyny powód? – Tyler ujął ją pod brodę, by musiała na niego spojrzeć.

Zapatrzyła się w jego oczy. Czuła się jak w filmie. Gdyby tylko była aktorką i mogła się z nim całować, a potem wrócić do domu do Declana i oznajmić: „Całowałam się dzisiaj w pracy z Tylerem Traskiem". Ale to było prawdziwe życie.

– To byłoby po prostu... coś złego – wyszeptała. Czuła na twarzy jego oddech, czuła dłonie wciąż gładzące jej ramiona. Tak łatwo byłoby paść w te objęcia, poczuć ciężar męskiej piersi. Wydawał się taki duży i silny, podobało jej się, że czuje się przy nim mała i słaba. Dawało jej to poczucie bezpieczeństwa i bycia ochranianą. Tylko, że nie była już bezpieczna.

– To nic złego. – Tyler wpatrywał się w Elizę. – Jesteś tylko człowiekiem. Nie musisz być grzeczną dziewczynką, Elizo. Musisz po prostu iść za głosem serca.

To zwrot „grzeczna dziewczynka" sprawił, że Eliza wróciła do rzeczywistości. Odsunęła się.

– Muszę iść. – Podeszła do krzesła, wzięła torbę i płaszcz. Tyler przyglądał jej się w milczeniu.

– Przepraszam – powiedziała miękko. Była zakłopotana, ale postanowiła wyjść. Dziwnie się czuła, bo Tyler nic nie mówił, tylko przyglądał się jej z ciekawością. Gdy dotarła do drzwi, odwróciła się, by spojrzeć mu w twarz. – W innym życiu... – powiedziała. Zabrzmiało to głupio, ale taka była prawda. Gdyby wszystko ułożyło się inaczej, należałaby do niego.

– Wiem, że jeszcze cię zobaczę, Elizo. W tym życiu. Wiem, że to przeznaczenie. Będę czekał na twój telefon – powiedział z taką mocą, że i Eliza nabrała przekonania o nieuchronności ponownego spotkania. Nachylił się i cmoknął ją w policzek, a potem otworzyła drzwi i odeszła.

Nagle Eliza znów leżała w swoim łóżku w Palisades, do tego spóźniona z odwożeniem Donovana do zerówki. I jaki jest sens bycia grzeczną dziewczynką? Dlaczego trochę nie pożyć?

· · ROZDZIAŁ 11 · ·

O dziesiątej Helen wreszcie wstała, włożyła wojskowe spodnie i krótki czarny T-shirt od Jamesa Perse'a i zrobiła sobie dzbanek ziołowej herbaty. Ujęła kubek w obie dłonie, pozwalając, by para owionęła jej twarz, i otworzyła siatkowe drzwi. Kiedy już rozsiadła się na ulubionym krześle na tarasie z idealnym widokiem na ocean, upiła łyk Red Ginger i zaczęła się zastanawiać, co będzie robiła tego dnia. Nagle zadzwonił telefon. Nie zamierzała odbierać, ale Wesley zawsze ją za to upominał. „A jeśli coś się stało Lauren?", mawiał. Nie chciała się kłócić, więc niechętnie weszła do domu i podniosła słuchawkę.

– O, cześć Helen, tu Margaret – odezwała się jej teściowa. Mimo zaawansowanego wieku, jej wyrazisty brytyjski głos był nieodmiennie energiczny i rześki, choć pozbawiony przyjacielskiej nuty.

– Halo, Margaret. Jeszcze nie śpisz? Która to godzina w Anglii? – zapytała Helen, patrząc na zegarek.

– Och, nie jesteśmy w Anglii, tylko wciąż w Nowym Jorku – powiedziała Margaret.

– W Nowym Jorku? Nie wiedziałam, że mieliście być w Nowym Jorku. Przyjeżdżacie do Los Angeles? – Helen miała nadzieję na przeczącą odpowiedź.

– Nie, dlatego widzieliśmy się tu Wesleyem podczas weekendu. Bardzo miło... Cóż, w każdym razie przykro nam, że nie zobaczymy się z tobą i Lauren, ale robimy dzisiaj małe zakupy i potrzebny mi jest jej rozmiar. Chcę kupić Lauren jakieś stosowne sukienki. Wesley pokazał mi jej zdjęcia i wydaje się pospolita jak hipiska. Znalazłam sklep o nazwie Bon Point, po prostu uroczy...

Teściowa coś plotła, ale Helen się wyłączyła. Wesley pojechał odwiedzić rodziców w Nowym Jorku? Wiedziała, że tam pojechał, ale myślała, że na spotkanie ze scenarzystą w sprawie jakiegoś filmu. W ogóle nie wspomniał o tym, że są tam jego rodzice. Dlaczego jej nie powiedział? Dlaczego nie chciał, żeby z nim pojechała? Uwielbiała Nowy Jork, zabawnie byłoby zabrać Lauren, nie była tam od wieków. Mogliby pójść do Serendipity i może obejrzeć jakiś show na Broadwayu... Dlaczego Wesley jej nie zaprosił? W tym momencie Helen dopadły wszystkie najgłębsze i najczarniejsze lęki. Czy Wesley pojechał z kimś innym? Czy się jej wstydzi? Dlaczego nic sobie nie mówią? Szybko zakończyła rozmowę z Margaret i poszła do gabinetu męża. Siedział na pikowanej skórzanej sofie, czytając scenariusz.

Oparła się o framugę i przyjrzała Wesleyowi. Przez lata jego rysy zgrubiały, a skórę na czole poprzecinały kolejne zmarszczki. W połączeniu z utratą włosów nadało mu to bardziej dystyngowany wygląd. Wyglądał jak ktoś, komu się powiodło. Elegancki brytyjski akcent, oksfordzka pewność siebie i gładkie, niemal teatralne maniery. A jednak... nie powiodło mu się. Powiodło się jego pradziadkom.

– Dlaczego mi nie powiedziałeś, że w Nowym Jorku widziałeś się z rodzicami? – zapytała Helen, krzyżując ręce na piersi.

Wesley zaskoczony podniósł wzrok.

– Nie powiedziałem? Przepraszam, kochanie.

– Dlaczego nie chciałeś, żebym z tobą pojechała? – W jej głosie brzmiała uraza.

– Nie sądziłem, że byś chciała. Nie lubisz moich rodziców. – Głos miał spokojny, raczej pełen zdziwienia niż urazy.

– Lubię twoich rodziców – stwierdziła słabo, choć tak naprawdę ich nie lubiła. – Jestem po prostu zaskoczona, że mnie nie zaprosiłeś.

– Przepraszam, kochanie, następnym razem zaproszę.

Helen wpatrywała się w męża, który również mierzył ją wzrokiem. Nie czuła gniewu, tylko... pustkę. Chodziło raczej o pozory, jakby powinna była się przejmować, że jej nie zaprosił. Czuła też, że to nie w porządku, że nawet nie wspomniał o spotkaniu. Ale, z drugiej strony, właściwie już nie rozmawiali, w dodatku przypomniała sobie, że kiedy mówił o wyjeździe do Nowego Jorku, odebrała telefon od nauczyciela garncarstwa, więc może by powiedział, gdyby dała mu szansę.

– Wychodzę – oznajmiła.

– Baw się dobrze – rzucił, na powrót zajęty scenariuszem.

Helen wyszła. Idąc na patio, czuła mrowienie bosych stóp od chłodu betonowej podłogi. Czy kiedykolwiek mieli z Wesleyem o czym rozmawiać? Nie mogła sobie przypomnieć. Oboje pielęgnowali powściągliwość, która kryła wrzącą pod powierzchnią wrogość. W każdym razie taka apatia była czymś normalnym i bez niej dziwnie by się czuła. Jedyne, o co się kłócili, to Lauren, ale w tej kwestii Helen zdała się na niego lata temu. Miał rację, był lepszym rodzicem. Nigdy tego nie powiedział, ale tak czuła. Zresztą, cóż ona wie o rodzicielstwie? Została adoptowana z koreańskiego sierocińca, porzucona przez rodziców. Ci, z którymi łączyły ją więzy krwi, pozbyli jej się tylko po to, by została „uratowana" i przewieziona do Orange County przez religijnych fanatyków, z którymi nigdy nie nawiązała bliskiej relacji. Dobrze, Wesleyu, zapisz punkt dla swojej drużyny. Poczuła ukłucie gniewu. Winiła Wesleya o każdą nieprzyjemność i niedogodność w swoim życiu. Wiedziała, że to błąd, ale był obok, pod ręką, więc kogo miała winić? Dlaczego się pobrali? Musiało być coś, co skłoniło ją do jego poślubienia. Był starszy i mądrzejszy, i sprawiał, że czuła się bezpiecznie. Nagle zadrżała. Czy tylko dlatego? Nie, niemożliwe. A jednak jedyne wspomnienie, w którym naprawdę kochała Wesleya i wiedziała z całą pewnością, że jest właściwą dla niej osobą, dotyczyło tamtej nocy. O Boże, nienawidziła myśli o tamtej nocy.

Odchyliła głowę na oparcie krzesła i zamknęła oczy, próbując skupić się na czymś innym, ale jej umysł wciąż wracał do tego decydującego dla niej i Wesleya momentu. Była wtedy młoda. Właśnie ukończyła komunikację na Uniwersytecie Bostońskim i wyjechała na Zachód, do Los Angeles, spróbować szczęścia w świecie filmu. Nie udało jej się dostać na szkolenie w administracji lotniczej, więc przyjęła posadę asystentki do spraw rozwoju w niedużej firmie produkcyjnej, będącej własnością Dirka Hastingsa, znanego reżysera, którego ostatnie filmy akcji zarobiły w sumie ponad miliard dolarów. Teoretycznie była to wymarzona praca, spotykała się z pisarzami i młodymi reżyserami, słuchała, jak zachwalają swoje propozycje, a wieczorami czytała scenariusze, starając się znaleźć następny hit, który pociągnie dalej karierę szefa. Problem polegał na tym, że Dirk miał już w kolejce pięć następnych filmów i zerowe lub prawie zerowe chęci, by produkować film początkującego reżysera (chociaż w każdym wywiadzie twierdził, że chce

„wspomagać talenty"). Tak więc w sumie całe to zajęcie okazało się grą pozorów. Dirk miał fantastyczne biuro na poddaszu przy Sunset, ale jako jedna z trzech pracujących tam osób Helen czuła się śmiertelnie znudzona. To były czasy, pomyślała. Wszystko stało otworem, żadnych zobowiązań. Wieczory spędzała z przyjaciółmi z uniwersytetu, chodząc na branżowe przyjęcia, gdzie zapraszano ich szefów, którzy z kolei wysyłali ich w zastępstwie, albo na parszywych imprezach, gdzie kobiety dostawały drinki za darmo i mogły się najeść przekąsek z jalapeno oraz skrzydełek kurczaka za dwa dolary, żeby w ten sposób zaoszczędzić na kolacji. Wielka beztroska. Aż do tamtej nocy. Tamtej fatalnej nocy. Helen była w barze w Melrose z przyjaciółką – nie pamiętała już nawet jej imienia – i pozwalały, by hałaśliwa grupa Australijczyków stawiała im drinki, kiedy poczuła klepnięcie w ramię. Odwróciła się i zobaczyła starszego mężczyznę, dobrze ubranego, łysiejącego, ale o młodych oczach.

– Cześć, Helen – odezwał się z brytyjskim akcentem.

Nie miała pojęcia, kto to taki.

– Hej, jak leci?

Uśmiechnął się.

– W porządku. – Nie spuszczał z niej wzroku i nadal się uśmiechał. – Wesley Fairbanks, spotkaliśmy się w zeszłym tygodniu, rozmawialiśmy o możliwości reżyserowania *Fajerwerków*.

– Oczywiście! –Helen wciąż nie mogła go sobie przypomnieć, był taki nijaki. Czy naprawdę się z nim spotkała? Chyba zapamiętałaby ten akcent?

- No, to na razie - rzucił.

- Zaczekaj. - Kiepsko się z tym czuła. - Napij się z nami! Był miły. Przegadali cały wieczór. Nie pociągał jej, ale była pod wrażeniem jego elokwencji i inteligencji. Wydawał się zupełnie inny niż wszyscy, których spotkała w Hollywood: bezpretensjonalny, trochę zakłopotany, że musi szukać pracy, do tego wycofany i dobrze wychowany. Owszem, miło spędzali czas, ale czuła, że z powodu różnicy wieku dzieli ich przepaść. Kilka razy podczas rozmowy poczuła się młoda i głupia. Zupełnie nie przyszło jej do głowy, że mógłby mieć wobec niej jakieś romantyczne plany i była zaskoczona, kiedy zaprosił ją na randkę.

- Och! Dobrze. - Nie chciała być przykra, ale tak naprawdę nie była zainteresowana. Był stary! Umawiała się tylko z młodymi facetami, naprawdę seksownymi, którzy wyglądali jak Brad Pitt.

- U Mortona? Piątek o dziewiątej? - zapytał.

Zawsze chciała pójść do Mortona. To brzmiało tak dorośle. Koniec z zajadaniem darmowych przekąsek w czasie happy hour. Cholera, tak, pójdzie z tym facetem na dobry posiłek.

- Jasne, ale o dziesiątej - dodała. Nie chciała spuszczać w kiblu całego wieczoru, więc pomyślała, że może wcześniej wybierze się na drinka do Trader Vic's.

- W porządku, załatwione - odparł pogodnie.

Zapisała spotkanie w kalendarzu i nie myślała o nim przez resztę tygodnia.

W piątek Dirk niespodziewanie zjawił się w biurze, rzadko mu się to zdarzało. Był wysoki i chudy, miał potargane ciemne włosy i donośny głos, który słychać w dowolnie dużym pomieszczeniu. Helen czuła się trochę onieśmielona, podobno był paskudny dla kobiet związanych z firmą, nawet dla sławnych aktorek, zawsze mówił im, jakie są grube i dzwonił do agentów, żeby narzekać, jak to z powodu tuszy rujnują mu film, gdy tymczasem wyglądały niemal anorektycznie. Cierpiał na coś w rodzaju zaburzenia. Słyszała, że nienawidzi kobiet i bez trudu mogła w to uwierzyć, ale był błyskotliwy i to ją pociągało. Błyskotliwy i trudny, trochę zwariowany, ale namiętny, więc oczywiście każda kobieta, z którą miał kontakt, trochę się w nim podkochiwała. Helen nie stanowiła tu wyjątku. Dirk nigdy jej nie dostrzegał, mimo skromnych rozmiarów biura i wspólnego uczestnictwa w kilku spotkaniach. Była święcie przekonana, że gdyby wpadła na niego w innej sytuacji, za cholerę by nie wiedział, z kim ma do czynienia. A jednak w ten właśnie piątek Dirk przyszedł do biura, gadając coś o złych ludziach ze studia, i na krótko zatrzymał się przy jej biurku.

– Jak uważasz, Helen? Powinienem powiedzieć ludziom z Paramountu, żeby poszli się pieprzyć?

Helen była tak zaskoczona, że zna jej imię, że nawet nie zastanowiła się nad odpowiedzią.

– Tak – powiedziała, kiwając głową.

– Tak właśnie myślałem! Pieprzyć mojego agenta! Pieprzyć mojego prawnika! Wszyscy chcą tylko moich pieprzonych pieniędzy! – wrzasnął, z hukiem wpadając do własnego biura. Sekundę później wystawił głowę przez drzwi.

– Dziś wieczorem jesz ze mną kolację. Pewnie lubisz sushi, prawda? Takie, jakie robiła twoja mama?

– Jestem Koreanką, nie Japonką, a moja matka jest niebieskooką blondynką z Orange County, która potrafi tylko włożyć gotowe danie do mikrofalówki – odparowała Helen.

– Ale tak, lubię sushi.

Był skonsternowany.

– Świetnie. Wyjdziemy, gdy tylko skończymy.

Helen zabrakło słów. Nie była pewna, czy powinna czuć się obrażona, czy niezrażona, więc postanowiła go zignorować.

Pod koniec dnia, kiedy wszyscy już wyszli, a Dirk nadal nie wystawił nosa z biura, Helen pomyślała, że może źle usłyszała. Czy zaprosił ją na kolację? Widziała go przez szklane drzwi, jak z nogami na biurku rozmawia przez telefon, wciąż sięgając do torebki z chipsami. Zegar przesunął się poza godzinę wyjścia, a Helen się ociągała. Wreszcie postanowiła zapukać do biura, żeby sprawdzić, czy jest gotowy. Podniósł wzrok i skinął, żeby weszła, nie przerywając rozmowy.

– Pieprzyć tego dupka. Pieprzyć! – rzucił do słuchawki.

Helen stała w drzwiach, oparta o nie plecami, i czekała. Rozmawiał przez prawie dziesięć minut, a kiedy zaczęła zbierać się do wyjścia, uniósł palec, żeby zaczekała. Wreszcie skończył rozmowę.

– Czego chcesz? – zapytał szorstko.

– Eee, zaprosiłeś mnie na kolację – odparła słabo.

– Naprawdę? – Zmierzył ją spojrzeniem. Była przerażona.

– Dobra.

Otworzył górną szufladę i wyciągnął torebeczkę białego proszku oraz lusterko i zaczął przygotowywać kreski zwiniętym banknotem dwudziestodolarowym. Łapczywie wciągnął pierwszą, potem drugą, po czym spojrzał na Helen.

– Chcesz?

Nie miała pewności. Kiedyś próbowała koki i nie była zachwycona, wolała trawę albo grzyby, ale co tam. Pochyliła się i wciągnęła kreskę.

– Chodźmy. – Schował wszystkie przybory do szuflady i zamknął ją z trzaskiem.

Poszli do nijakiej japońskiej restauracyjki w centrum handlowym, gdzie kelnerki poustawiały przed nimi sashimi, nawet nie pytając, co zamawiają. Właściwie nie rozmawiali i Helen zaczęła się zastanawiać, co tu właściwie robi. Występuje w charakterze ozdobnika? A może po prostu nie chciał być sam? Czy zorientował się, że popełnił błąd, ale nie wiedział, jak się z tego wyplątać?

Po kolacji Dirk zaprosił ją do siebie do domu. Właściwie nie chciała iść, ale trochę się go bała. Był taki niestabilny – wyglądał na typa, który urządzi scenę, jeśli spotka go odmowa. Więc się zgodziła. Ponieważ oboje przyjechali do pracy samochodami, musiała pojechać za nim swoją małą hondą. Prowadził nieduże opływowe porsche i najwyraźniej był maniakiem szybkości. Zupełnie nie przejmował się tym, że Helen próbuje za nim nadążyć i nie ma pojęcia, gdzie on mieszka. Po prostu odjechał, wyżej i jeszcze wyżej pomiędzy hollywoodzkie wzgórza, śmigając po zakrętach ulic tak wąskich, że mógł nimi jechać tylko jeden samochód.

Jego dom był brzydką nowoczesną budowlą balansującą na krawędzi wąwozu, bez podwórza od frontu czy z tyłu, z ogromnymi metalowymi bramami o złowieszczym wyglądzie. Oczywiście Dirk nie zaczekał, aż Helen wysiądzie, tylko pomaszerował prosto do środka i zostawił ją na pastwę dwóch śliniących się i szczekających pitbulli, które najwyraźniej nie były zachwycone jej widokiem. Kiedy Helen weszła do salonu, było tam ciemno, ale dostrzegła gigantyczny telewizor i całą ścianę zastawioną sprzętem stereo, z ogromnymi głośnikami i półkami pełnymi płyt kompaktowych. Były tam czarne skórzane sofy i puszysty dywan, z sufitu zwieszała się dyskotekowa kula.

– Dirk? – zapytała.

– Tutaj! – usłyszała jego głos z oddalonego pokoju. Przeszła przez salon i skręciła w ciemny hol. Skręciła ponownie i najwyraźniej znalazła się w sypialni, bo Dirk siedział na ogromnym łóżku z czarną pościelą, wciągając kolejne porcje kokainy.

– Siadaj – rzucił, nie podnosząc wzroku.

Helen coraz mniej podobała się cała ta przygoda. Pochlebiło jej zaproszenie na kolację, ale teraz Dirk wydał jej się odrażający. Dupek, który ma problem z narkotykami. Nie mają ze sobą nic wspólnego.

Podniósł wzrok i zaproponował jej kokainę.

– Nie, dzięki – odparła.

Wzruszył ramionami i odłożył resztę na brzeg łóżka. Zanim się zorientowała, pociągnął ją do siebie, włożył ręce pod bluzkę i zaczął ugniatać jej piersi.

– Eee, Dirk...

– Cii... – nakazał. Odchylił się do tyłu i zsunął spodnie, a potem szarpnął Helen za ramię tak, że opadła na kolana.

– Zrób mi laskę – rozkazał.

Jednocześnie odpychał ją i pociągał. Nigdy wcześniej nie była z nikim tak apodyktycznym i, szczerze mówiąc, uznała, że jest to w jakiś dziwny sposób seksowne. Zrobiła, co jej kazał. Kiedy doszedł, opadł na łóżko. Otarła usta i wstała. Czyżby nie miał zamiaru się zrewanżować?

– Hej, koleś, zamierzasz zrobić mi dobrze, czy nie? – zapytała wprost.

Dirk zamknął oczy i skrzyżował ramiona za głową.

– Nie, raczej nie.

Helen poczuła, że krew napływa jej do twarzy.

– To niefajnie – stwierdziła.

Dirk otworzył oczy i spojrzał na nią zaskoczony, a potem się pochylił i wciągnął dwie kolejne kreski kokainy, nie mówiąc ani słowa.

– Pójdę już – powiedziała wreszcie.

– Nie idź, chcę, żebyś obejrzała ze mną ten francuski film – powiedział, biorąc do ręki pilota i włączając duży wiszący na ścianie telewizor. Potem jednak wstał i zaczął chodzić po pokoju. – A może powinniśmy pójść potańczyć? Chcesz iść tańczyć?

– Nie, dzięki. – Widziała, że narkotyk zaczyna na niego działać. Wszedł teraz w tę fazę rozgorączkowania, którą tak często widywała w Hollywood.

– W takim razie posłuchajmy muzyki. – Poszedł do salonu. Ruszyła za nim, a on strasznie głośno puścił jakieś techno.

– Zaraz, chcę żebyś tego posłuchała. – Zaczął maniakalnie grzebać wśród płyt.

– Będę już leciała. – Ruszyła do wyjścia. Psy wstały z legowisk i zaczęły szczekać, a w momencie, gdy miała wyjść, Dirk oparł dłoń o drzwi i głośno je zatrzasnął.

– Nie wychodzisz – stwierdził spokojnie. Wpatrywał się w nią tak intensywnie, że się przestraszyła.

– Dirk...

W tym momencie zmienił mu się nastrój i surowy ton znikł.

– Zostań, proszę – jęknął. – Tylko na jedną piosenkę.

Nie ruszyła się z miejsca, stała jak wryta i obserwowała go. Przeglądał płyty, rozrzucał gdzie popadnie, a potem poderwał się gwałtownie i podszedł do baru. Otworzył szufladę, wyciągnął kokainę i zaliczył kolejną kreskę.

– To takie dobre... – westchnął i odchylił głowę do tyłu.

Nagle padł na plecy. Psy zaczęły szczekać, podbiegły i polizały go po twarzy, ale się nie poruszył.

– Dirk? – zapytała Helen.

Nie reagował. Zaczekała chwilę, a potem zawołała jeszcze raz:

116

– Dirk!

Psy nadal lizały go po twarzy, a Helen podeszła, żeby uważnie mu się przyjrzeć. Miał pianę na ustach.

– Dirk! – wrzasnęła histerycznie, szukając jego serca. Nie biło. – O Boże!

Walnęła go w pierś. Nic się nie stało. Nie umiała udzielać pierwszej pomocy, ale próbowała zrobić mu sztuczne oddychanie usta-usta, tak jak widziała to w telewizji. Żadnej reakcji. Wydawał się... martwy.

Nie wiedziała, co robić. Dzwonić pod 911? I co? Zostanie wplątana w skandal z narkotykami i seksem? Zadzwonić do przyjaciela? Ale do kogo? Pobiegła po torbę i wyciągnęła notes, otworzyła i z przerażeniem stwierdziła, że powinna być dziś na randce z tym facetem, Wesleyem, u Mortona. O cholera! Spojrzała na zegarek, była dziesiąta trzynaście. Pewnie już czeka. Z jakiegoś powodu nagle nabrała przekonania, że musi się skontaktować z Wesleyem, jest starszy, wydaje się dojrzały, będzie wiedział, co robić. Zadzwoniła do Mortona i wyjaśniła recepcjoniście, że musi mówić z Wesleyem Fairbanksem. Czekała, aż podejdzie do telefonu.

– Musisz tu po mnie przyjechać – powiedziała i Wesley się zgodził. Przeszukała portfel Dirka, żeby znaleźć na prawie jazdy dokładny adres, i podała go Wesleyowi. Rozłączyła się, prosząc, żeby się pospieszył.

Helen miała wrażenie, że minęła cała wieczność. Krążyła nerwowo po pokoju. Psy najpierw szczekały, ale w końcu się uspokoiły i położyły na swoich miejscach.

Dziwnie było widzieć Dirka martwego. Bała się być z nim w jednym pokoju, więc usiadła w sypialni. Nagle rozległ się dzwonek i psy znów zaczęły szczekać. Helen poszła otworzyć i wszedł Wesley. Wyglądał wspaniale w tweedowej marynarce, założył nawet krawat. Wskazała Dirka.

– Mój szef...

Wesley, trzeba mu to przyznać, zachował spokój, jakby codziennie widywał trupy. Sprawdził puls i potwierdził, że Dirk nie żyje.

– Co chcesz zrobić? – zapytał spokojnie.

– Chcę się stąd wynieść w cholerę. Chciałabym tu w ogóle nie przychodzić – wyznała. Wiedziała, że powinna zadzwonić na policję albo po karetkę, ale w czym mogą pomóc? Facet jest martwy.

– Dobrze – mruknął Wesley, jakby oddalenie się z miejsca zbrodni czy zgonu było zupełnie normalnym zachowaniem. – Powiedz, czego dotykałaś.

Helen przyglądała się, jak Wesley ściera jej wyimaginowane odciski palców, czyści ściany, o które mogła się otrzeć, wymazuje jej ślady. Była poruszona, jak opanowany i silny się wydawał. Nie zadał jej żadnego kłopotliwego pytania w rodzaju, czy uprawiali seks – po prostu zajął się sprzątaniem bałaganu.

– Wyglądasz, jakbyś miał w tym wyprawę – Helen zdobyła się na żart, żeby przełamać lody. Wesley spojrzał na nią, ale nic nie powiedział. Wrócił do sprzątania. Kiedy uznali, że wszystko załatwione, nakazał delikatnie, lecz stanowczo:

– Nie wolno ci nikomu powiedzieć, że tu byłaś. Jeśli o ciebie chodzi, to się nigdy nie wydarzyło.

– Obiecuję. – Helen skinęła głową.

Zerknęła na martwego Dirka, czując falę obrzydzenia. Co za dureń, zasługiwał, żeby umrzeć. Fakt, że nie żyje nie oznacza, że był dobrym człowiekiem. Dobrzy ludzie umierają, ale źli też. Można mieć tylko nadzieję, że źli wcześniej niż dobrzy.

Wesley wstał i objął Helen.

– Nic ci nie będzie. Zadbałem o to – zapewnił.

Spojrzała na mężczyznę, który ją uratował. Właśnie w tym momencie zrozumiała, że za niego wyjdzie. Uratował ją. To przeznaczenie. Powinni być razem.

W poniedziałek Helen wróciła do pracy. Kiedy przełożony powiedział jej, że Dirka znaleziono martwego, bo w weekend przedawkował narkotyki, odstawiła Meryl Streep i odegrała zaszokowaną oraz załamaną. Udało jej się nawet wydusić parę łez dla zwieńczenia przedstawienia. Nikt niczego nie podejrzewał.

Zdarzyło się to lata temu. Pobrali się, urodziła im się córka i... i co? Nic nie przychodziło jej do głowy. Wesley po nią przyjechał, zajął się wszystkim, a ona za niego wyszła. Klasyczny przypadek dziewicy w potrzebie. A może wcale nie był jej rycerzem w lśniącej zbroi? A jeśli mężczyzna, z którym powinna być, wciąż gdzieś tam czeka? Jeśli właśnie on ma sprawić, że poczuje się spełniona?

·· ROZDZIAŁ 12 ··

Leelee niecierpliwie czekała, aż Brad wróci do domu. Dziś ważny dzień, bo miał spotkać się z szefem i zapytać o awans, którym tenże szef wymachiwał mu przed nosem od tygodni. Awans oznaczałby więcej pieniędzy, a to mogło oznaczać nowy dom. Leelee w tajemnicy spotkała się już z agentem i ukradkiem obejrzała kilka domów. Wiedziała, że Brad by się rozzłościł i poczuł, że go naciska, ale naprawdę chciała się wydostać z tej szkatułki na biżuterię, którą nazywali domem.

Kolejnym efektem awansu była możliwość powrotu dawnego Brada. Obciążony pracą, stał się ponury, drażliwy i wycofany. Miewali dobre momenty, ale nie mogła przezwyciężyć uczucia, że jest nim rozczarowana, a on to wyczuwał. Miała obsesję na punkcie tego, na co nie może sobie pozwolić i faktu, że jest po trzydziestce, a jej przyjaciółki w tym samym wieku są w dużo lepszej sytuacji. Chciała, żeby nie miało to znaczenia, ale miało! Brad ją zawiódł. A teraz wszystko na tym ucierpiało. Praktycznie nie mieli życia seksualnego. Z początku ona nie była zainteresowana, a potem on nie potrafił się podniecić. Wiedziała, że to dlatego, iż nie czuje się mężczyzną i wiedziała, że nic na to nie poradzi. Do diabła z nim. To ona robi wszystko, żeby sprostać sytuacji. Naprawdę ładnie urządziła dom, zapisała ich do właściwych klubów i zadbała o to, żeby dzieci chodziły do właściwych szkół oraz spotykały się z właściwymi ludźmi. On miał tylko utrzymać rodzinę. Ale zawiódł. Gdyby jeszcze potrafił znieść to z uśmiechem! Ale życie z osobą w takiej depresji stało się udręką.

Jack nigdy by jej tego nie zrobił, pomyślała Leelee. Coraz częściej porównywała swoje życie z jego życiem. Gdyby była żoną Jacka, wszystko ułożyłoby się wspaniale, ale on wybrał Tierney, płytką głupią dziewczynę, która lubiła co wieczór wyjść na miasto. Może tego żałuje? Może naprawdę powinna pójść za radą Victorii i zapolować na Jacka?

Brad wszedł do domu i postawił teczkę w kącie w chwili, gdy Leelee zerwała się z sofy, gdzie czytała dziewczynkom *Eloise w Moskwie*.

– I co? – zapytała niecierpliwie. Zauważyła, że włożył porządny garnitur i złote spinki do mankietów z monogramem, które podarowała mu w prezencie ślubnym.

Brad pokręcił głową i wszedł do kuchni.

– Co chcesz przez to powiedzieć? – zapytała. Krew odpłynęła jej z twarzy.

– Powiedział „nie" – uciął Brad, otwierając lodówkę.

– Tylko tyle? Czy pytałeś...

– Powiedział, że muszę ściągnąć więcej klientów i tak dalej. Po prostu wymyślał przeszkody.

– Myślisz, że chce cię wywalić? – Leelee drżał głos.

– Nie chcę o tym rozmawiać – warknął. Podszedł do kuchenki i podniósł pokrywkę. Widząc makaron soba z tofu i kiełkami fasoli, zmarszczył z niesmakiem nos i odłożył przykrywkę na miejsce.

– Brad... – zaczęła.

– Nie chcę o tym rozmawiać – powtórzył.

– Ale musimy...

– Nie. Będzie dokładnie tak samo: jak to dotyka ciebie, jak to ty nie możesz prowadzić życia, jakie pragniesz prowadzić, i tak dalej, i tak dalej. A co ze mną? Dla mnie to druzgocąca wiadomość.

Leelee wpatrywała się w męża. Jego oczy lśniły. Wrócił do lodówki i znowu otworzył drzwi, jakby podczas tych dziesięciu sekund, które minęły, odkąd ostatnio tam zaglądał, w środku mogło pojawić się coś nowego.

– Przykro mi, że tak czujesz – powiedziała. – Po prostu chcę tego, co najlepsze dla nas i dla naszych dziewczynek.

– Cóż, nie udało się. Nic na to nie poradzę! – Zatrzasnął drzwi lodówki.

Miała ochotę wrzeszczeć, ale zamiast tego spokojnie poszła na górę do łazienki i zamknęła drzwi. Rozebrała się, starannie złożyła ubranie i umieściłą je na koszu na bieliznę, zdjęła matę kąpielową z boku wanny i ułożyła ją na podłodze, po czym weszła pod prysznic. Pozwalając, by gorąca woda spływała po jej ciele, pomyślała o Jacku.

Nietrudno było kochać Jacka Portera. Charyzmatyczny i błyskotliwy jak jego ojciec, był jeszcze przystojniejszy i pełen tej beztroskiej pewności siebie, która wiąże się z uprzywilejowaną pozycją i urodą. Był odważny, ale nie niebezpieczny, złośliwy, ale nie w niestosowny sposób. Miał nienaganne maniery i był pewnym siebie mówcą. Jego jedyną wadą było to, że czasem zachowywał się z przesadną grzecznością – nie w ten śliski niesmaczny sposób, ale trochę zbyt arogancko i zarozumiale. Leelee to jednak nie przeszkadzało. Ciągłe pochwały boskiego Jacka Portera padające z ust jej matki w połączeniu z blaskiem, którym emanował, zawsze czyniły go w oczach Leelee najbardziej mityczną, magiczną i fantastyczną postacią. Bez wątpienia do niego należało jej serce. W duchu nie miała żadnych wątpliwości, że będą razem. Pewnego razu w Martha's Vineyard prawie do tego doszło.

Był sierpień, lato po trzecim roku gimnazjum i czwartej, ostatniej, klasie Jacka. Pamiętała, co się wydarzyło, jakby to było wczoraj. Leelee ubierała się w sypialni na imprezę na plaży, kiedy przez okno wpadł wiatr. Zorientowała się, że będzie musiała włożyć coś cieplejszego niż zwykła, bezkształtna, biała bluzka w serek, którą lubiła. Ponieważ wszystkie jesienne i zimowe ciuchy miała na Brooklynie, przegrzebała szufladę matki, żeby coś pożyczyć, i znalazła tylko obcisły czarny sweter z golfem, który opinał jej obfity biust. Wciąż jeszcze była nieco przewrażliwiona na punkcie swoich piersi, rozzłoszczona, że pojawiły się tak nagle i okazały się takie duże. Biust przeszkadzał w grze w hokeja na trawie, spowalniał bieganie i sprawił, że stała się obiektem niechcianej uwagi starszych mężczyzn. Czuła prawdziwe obrzydzenie, kiedy faceci w wieku jej taty patrzyli na nią pożądliwie. Aby tego uniknąć, zawsze wkładała workowate koszulki, ale niestety, tym razem nie miała wyboru.

Gdy zeszła na dół, Jack już czekał i rozmawiał z jej ojcem. Chociaż zasadniczo był tylko kierowcą, w wyobraźni Leelee zawsze występował jako jej chłopak. Śmiał się teraz z czegoś, co powiedział ojciec, jednocześnie odwrócił się i obserwował Leelee wchodzącą do pokoju.

– Hej, Swifty – rzucił. Zawsze nazywał ją Swifty, takie pieszczotliwe przezwisko. Jack wszystkim nadawał przezwiska. Po prostu. Ona z kolei nazywała go Porty. Powitał ją ciepło, ale potem coś w jego ciemnych oczach się zmieniło i przyjrzał jej się zaskoczony.

– Co? – zapytała Leelee, podchodząc do taty i Jacka.

– Nic – mruknął Jack.

– Ładnie wyglądasz, kochanie – powiedział ojciec.
– Dokąd idziecie, dzieciaki?

– Urządzamy przyjęcie na plaży. Zamierzam upić pańską córeczkę – oznajmił Jack, klepiąc tatę Leelee po plecach. Ojciec roześmiał się i życzył im udanego wieczoru. Tylko Jack Porter może sobie na coś takiego pozwolić, pomyślała Leelee.

Wsiadła do samochodu i od razu zaczęła przestawiać stacje.

– Nie możesz słuchać tych okropnych grunge'owych zespołów, Jack! – gderała. Uwielbiała traktować go po macierzyńsku i często upominała za to czy tamto. Takie wybrali role: Jack był nieznośnym dzieckiem, a ona matką. Uważała, że to oznaka ich bliskości, gdy Jack przyznawał się do różnych występków, a ona go upominała i zachowywała się też dość zaborczo, gdy jakaś inna dziewczyna próbowała przyjąć tę rolę.

Kręcąc gałkami radia, nagle zorientowała się, że Jack nie ruszył z podjazdu i się w nią wpatruje. Podniosła na niego wzrok.

– Co? – zapytała. Przyglądał jej się dziwnie. Nigdy wcześniej nie widziała u niego takiego spojrzenia. Jakby o czymś decydował albo coś go zaskoczyło.

– Wyglądasz inaczej – stwierdził wreszcie.

Leelee natychmiast się zaczerwieniła. Niestety, przy jej jasnej piegowatej skórze nie dało się tego ukryć.

– To znaczy? – zapytała obronnym tonem.

– Nie jestem jeszcze pewien. Obcięłaś włosy?

Leelee uniosła dłoń do swoich blond włosów i przesunęła kosmyki między palcami.

– Nie.

Jack trochę zmrużył oczy, jakby się namyślał.

– Jest coś... jakoś nie mogę na to wpaść.

Po raz pierwszy Leelee poczuła, że Jack patrzy na nią jak na dziewczynę, a nie najlepszą przyjaciółkę rodziny, którą była przez tyle lat. Czekała na tę chwilę, ale nie była na to zupełnie przygotowana.

– A to dobrze czy źle? – wydusiła wreszcie.

– Dobrze, dobrze – mruknął, wciąż jeszcze wpatrując się w nią intensywnie. Jack potrafił pożerać człowieka wzrokiem. – Pomyślę o tym, Swifty. Dam ci znać – obiecał, zapalając silnik i wycofując auto z podjazdu.

Dotarli do plaży Katana i wyładowali przy ognisku, które rozpalili już przyjaciele Jacka, beczkę piwa. Leelee poszła prosto w stronę swojej przyjaciółki Hilary. Jak wszystkie przyjaciółki, wiedziała o miłości do Jacka i całkowitym oddaniu Leelee oraz o jej planach, żeby wyjść za niego za mąż. Chociaż nigdy nie wydarzyło się między nimi nic romantycznego, Leelee rościła sobie do niego wyłączne prawo i byłaby wstrząśnięta, gdyby któraś z przyjaciółek próbowała wykonać ruch w stronę jej mężczyzny. Kiedy opowiedziała Hilary o rozmowie w samochodzie, ta zlustrowała Leelee z góry na dół.

– To dlatego, że wreszcie pokazujesz cycki – stwierdziła, upijając łyk piwa z niebieskiego plastikowego kubka.

Leelee natychmiast się zgrabiła i usiadła na piasku, po czym pociągnęła w dół Hilary.

– O czym ty mówisz? – wyszeptała zawstydzona. Boże, czuła się teraz taka skrępowana w tym swetrze!

– No wiesz, zawsze nosisz te luźne podkoszulki i nikt nie wie, że masz tam pod spodem niezły cyc.

– Łatwo ci mówić! Jesteś płaska jak deska! – rzuciła ostro Leelee. Była przerażona. Czy Jack zauważył jej piersi?

– Hej, nie bądź taka agresywna, ofiaro. To dobrze! Nie wiem, dlaczego ukrywasz te śliczności.

Leelee spojrzała poprzez ogień i przyjrzała się Jackowi obsługującemu beczkę z piwem. Nachylał się, napełniając dwa plastikowe kubki, a gdy podniósł wzrok, zauważył patrzącą na niego Leelee. Poprzez płomienie zobaczyła, że jego twarz pojaśniała i obdarzył ją szerokim uśmiechem. Serce Leelee stopniało.

– Naprawdę? Myślisz, że to dlatego? – zapytała.

– Tak, fantastycznie dzisiaj wyglądasz. Naprawdę powinnaś nosić bardziej obcisłe ciuchy. Trzeba się chwalić tym, co się ma – poradziła Hilary.

– Dobrze. – Leelee napiła się piwa. Dziwne uczucie, prawie pornograficzne, nagle pokazywać piersi, ale jeżeli musi to robić, żeby Jack ją zauważył, to będzie. I Hilary ma rację, powinna się chwalić tym, co ma. Wiedziała, że nie ma zgrabnych nóg, przypominała matkę, po której odziedziczyła krępe muskularne kończyny. Niestety z nogami nic się nie da zrobić, choćby człowiek ćwiczył nie wiadomo ile, a Leelee bardzo dużo ćwiczyła, będąc gwiazdą drużyn hokeja na trawie, hokeja na lodzie i lacrosse. Lepiej ukryć nogi pod spodniami i długimi spódnicami i pokazywać nowo odkryte piersi, które mogą być jej przepustką do miłości.

Reszta wieczoru upłynęła w surrealistycznej atmosferze. Hilary dowiedziała się od jednego z najlepszych przyjaciół Jacka, że Leelee wpadła mu w oko i nawet rozważa, czy z nią poromansować. Leelee nie mogła w to uwierzyć. Nadeszła chwila, na którą tak czekała. To było takie dziwne, bo spędzili razem niemal każdy dzień tego lata. Była tak zdenerwowana oczekiwaniem i pełna euforii, że wreszcie się stanie, że piła więcej niż zwykle, mnóstwo. Dopełniała kubek co pół godziny i wlewała w siebie zimne jak lód piwo (smakowało jak kocie szczyny), jakby to była woda. Początek wieczoru spędziła z dala od Jacka, ale pod koniec obejmował ją ramieniem, gładził po plecach i zachowywał się bardzo flirciarsko.

Niektóre pary zniknęły na wydmach, inne całowały się w samochodach na parkingu. Leelee zastanawiała się, czy Jack zaproponuje, żeby zrobili to samo, i jak to zrobi? Czy chwyci ją za rękę i poprowadzi w ciemność? Większość gwiazd zakryła gęsta warstwa mgły, jedyne światło pochodziło z ogniska. Wyobraziła sobie, jak leży na wydmie albo pod pustą wieżyczką ratownika, bezpieczna w ramionach Jacka. To było zbyt słodkie, by mogła o tym myśleć.

– Wyobrażasz sobie, że ty i Jack zejdziecie się wreszcie dzisiaj wieczorem? Fantastycznie! – stwierdziła Hilary.

– Wiem, wiem. – Leelee trzymała nabitą na szpikulec piankę nad płomieniem. Zaczynała się rumienić. Odpowiednio przypieczoną, można włożyć między dwa grahamowe ciasteczka z kawałkiem czekoladowego batonika Hershay i zrobić najpyszniejszą kanapkę. – Po prostu czuję się taka spokojna teraz, kiedy wiem, że wszystko to się stanie. Zwykle twardo trzymam się Jacka, ale dzisiaj, kiedy wszystko postanowione, mogę się odprężyć i pozwolić, żeby gadał, z kim chce, i dobrze się bawić.

– Tworzycie świetną parę. – Hilary wstała. – Jeszcze jedno piwo?

– Jasne. Czemu nie? – Miała co uczcić.

Wreszcie, gdy niemal wszyscy już poszli, Jack podszedł do niej od tyłu i położył jej dłonie na ramionach. Hilary, z którą rozmawiała, posłała przyjaciółce szeroki, będący oznaką wsparcia uśmiech, a Leelee oparła się o pierś Jacka.

– Zbieramy się? – zapytał.

– Jasne – odparła. – Na razie! – pożegnała Hilary.

– Bądźcie grzeczni! – Hilary pogroziła im macierzyńsko palcem.

Jack wziął Leelee za rękę i zaczął prowadzić na parking przez wydmę.

– Będziemy! – rzucił przez ramię.

– Obiecuję! – ze śmiechem potwierdziła Leelee.

Jack szedł szybko i dopiero, gdy zaczęła dreptać obok niego przez piasek, zdała sobie sprawę, jak bardzo jest pijana. O rany, kręciło się jej w głowie. Gdyby tylko mogła coś zjeść, żeby trochę otrzeźwieć. Ale jakie to ma znaczenie? Wreszcie pocałuje Jacka! Przytrzymał dla niej drzwi i natychmiast włączyła radio.

– Uwielbiam tę piosenkę! – wykrzyknęła, kiedy rozległy się dźwięki *Mr Blue* Yasa i zaczęła podśpiewywać. Spojrzała na Jacka, który uśmiechnął się lekko.

– Leelee. – Nazwał ją Leelee, nie Swifty, to było poważne.

– O mój Boże! Zapomniałam o butach. – Przerwała mu i klepnęła się w czoło. – Są przy ognisku!

– Chcesz, żebym po nie poszedł? – zapytał.

Tak! To nowe sandały od Jacka Rogera... Ale nie, bo musiałby wyjść, nie była pewna.

– Nie trzeba – stwierdziła wreszcie. Czuła się dziwnie. Podniecała ją świadomość, że dzisiejszy wieczór skończy się inaczej. Przypomniała sobie wszystkie te wieczory, kiedy Jack ją odwoził, a ona mu dziękowała, zamykała drzwi i szła do domu, a potem na górę i do swojego pokoju, gdzie kładła się spać, sama w łóżku pełnym piasku osypującego się z jej stóp, z zapachem dymu we włosach i oddechem pachnącym piwem, nie mając się do kogo przytulić. Koniec z tym! Doczeka się pocałunku na dobranoc!

– Na pewno?

– Tak. To znaczy nie. To znaczy tak. – Zachichotała. To nie do wytrzymania! Jack i Leelee siedzą na drzewie i się c-a-ł-u-j-ą!, zanuciła w myślach.

– Wszystko w porządku? – zapytał Jack zatroskany.

– To znaczy? W porządku, w porządku – odparła, wybuchając śmiechem. Nie mogła się powstrzymać, wszystko było takie zabawne.

Jack popatrzył na nią, a potem zapalił silnik.

– Strasznie dużo wypiłaś. Powinienem odwieźć cię do domu – stwierdził, cofając.

Więc pocałuje ją przed domem, nie tutaj? Świetnie. Leelee otworzyła okno i pozwoliła, żeby wiatr owiał jej twarz. Miłe. Nagle Jack zatrzymał się gwałtownie przed znakiem stopu.

– Przepraszam, nie zauważyłem.

– W porządku – zapewniła Leelee, którą rzuciło w przód. Na szczęście miała zapięty pas. Niestety szarpnięcie sprawiło, że zrobiło jej się niedobrze. Naprawdę niedobrze. Dopiero teraz dotarło do niej, ile alkoholu przetrawiła. Za dużo. Odchyliła głowę na oparcie.

– Dobrze się czujesz? – zapytał Jack.

– W głowie mi się kręci – jęknęła. O Boże, było jej strasznie mdło. – Zwymiotuję – oznajmiła wreszcie, pochylając się do przodu.

Jack stanął na poboczu i Leelee wysiadła. Pobiegła w krzaki i dokładnie w chwili, gdy ją dogonił, zaczęła wymiotować. Jeszcze i jeszcze raz.

– Cii, wszystko w porządku – mówił Jack, gładząc ją po plecach.

Nie mogła się odezwać, zbyt źle się czuła, żeby być zakłopotaną. Czuła smak wymiotów w ustach, w nosie, wszędzie. Nigdy jeszcze nie była taka chora. Kiedy zwróciła kolację, Jack pomógł jej dojść do samochodu.

– Nie przejmuj się – powiedział uspokajająco.

Kręciło jej się w głowie i była tak słaba, że zdołała tylko mruknąć coś niewyraźnie. Zapadła w drzemkę i pamiętała tylko, że Jack odprowadził ją do drzwi i pomógł wejść na schody, po czym padła na łóżko.

Następnego dnia obudziła się z potężnym kacem, przerażona i wściekła na siebie. Jack zadzwonił, żeby sprawdzić, co z nią, i roześmiał się, kiedy powiedziała mu, jaka jest zawstydzona.

– Nie martw się, Swifty.

– Jak mogę ci to wynagrodzić? Chodźmy gdzieś dzisiaj na smażone krewetki. Obiecuję nie wymiotować.

Jack roześmiał się swoim cudownym śmiechem.

– Z rozkoszą, ale dziś wyjeżdżam. W Hamptons jest impreza urodzinowa Henry'ego Walsha i najpierw jadę tam, a potem do Waszyngtonu.

Co? Wyjeżdża? Lato się skończyło? A co z ich pocałunkiem?

– Nie wiedziałam, że wyjeżdżasz – oskarżycielsko jęknęła Leelee.

- Myślałem, że ci mówiłem. Przepraszam.

Przez kolejnych dwadzieścia minut Leelee kusiła go i namawiała, ale Jack wciąż uparcie twierdził, że wyjeżdża. Gdy odłożyła słuchawkę, zrozumiała, że się stało: zmarnowała swoją szansę. Dręczyła się tym przez kilka następnych miesięcy, szczególnie, gdy po powrocie do szkoły musiała wysłuchać o podbojach całej reszty. Jak mogła się tak upić?

Jednak któregoś wieczoru, podczas przerwy świątecznej, po zbyt dużej ilości ajerkoniaku, Leelee wyznała wszystko matce, która w zamian dała jej najlepszą możliwą radę.

- Kochanie, nie chcesz teraz sypiać z Jackiem Porterem! To materiał na męża. Gdy on się zabawia, ty też się baw, a potem, pewnego dnia, gdy będzie gotowy do małżeństwa, rozejrzy się i zrozumie, że to na ciebie przez cały czas czekał.

- Tak myślisz? - zapytała z nadzieją.

- Jasne. Po co kupować krowę, kiedy można dostać mleko za darmo? - podsumowała matka.

Leelee orzekła, że mama ma rację. Niech Jack zaliczy wszystkie szalone przygody, głupie romanse i nieważne flirty. Kiedy przyjdzie pora, ona wykona ruch. Bo jedyne, czego pragnęła w życiu, to zostać panią Jackową Porterową. A dokładnie, pierwszą damą Leslie Porter.

Ale tak się nie stało. Doszło do okropnej pomyłki, ale błędy można naprawić, prawda? Leelee wyszła spod prysznica i osuszyła się puszystym ręcznikiem z monogramem. Tak, jej życie nie jest takie, jak trzeba. Należy to naprawić i teraz przyszła na to pora.

· · ROZDZIAŁ 13 · ·

Victoria późno wróciła do domu z tenisa i popędziła pod prysznic. Musiała się przebrać przed spotkaniem z matkami ze szkoły chłopców na lunchu U Terry'ego. Miały załatwić kwestię zbiórki przedmiotów na aukcję na zimową imprezę dobroczynną. Kiedy zadzwonił telefon, nie pomyślała, że przecież włączy się sekretarka i bez namysłu rzuciła się do bezprzewodowego telefonu przy łóżku, jednocześnie ciskając tenisówką przez długość pokoju.

– Halo? – rzuciła.

– Ty żmijo, nie powiedziałaś mi, że jesteś żoną Justina Colemana – odezwał się głos w słuchawce.

Victoria poczuła, że krople potu spływają jej po czole. Wayne Mercer. Wszędzie poznałaby ten gładki głos.

– Nie pytałeś – stwierdziła spokojnie. Więc ją wytropił? To robi wrażenie. Podała mu tylko swoje imię i panieńskie nazwisko oraz nic nieznaczące szczegóły, a on wysilił się, żeby ją znaleźć. Dlaczego jest zaskoczona? Sprytny z niego gość.

– Wiedziałem, że skądś cię znam i powiedziałem ci o tym – odparł chełpliwie.

– Owszem.

– Ale czy ty wiedziałaś, kim jestem?

– Tak – odparła.

– Nie, czy tak naprawdę wiesz, kim jestem? – chciał wiedzieć.

– Nemezis mojego męża. – To była jej ulubiona część zabawy w kotka i myszkę. Nie nazwałaby tego okresem zalotów, bo nigdy nie lubiła bajkowych zakończeń. Interesował ją tylko pościg.

Wayne zaczął się śmiać. Nie podobał jej się ten śmiech – był zbyt pogardliwy, złośliwy.

– Zimna z ciebie suka, wiesz? Jaka kobieta idzie do łóżka z mężczyzną, którym jej mąż chciałby zostać?

Z jakiegoś powodu zapragnęła chronić Justina.

– Nie chce być taki jak ty, Wayne. Brzydzi się tobą.

– Daj spokój, pragnie mojego życia. Chce mieć moich klientów, moją pracę, wszystko. Nawet jego dziwka mnie pragnie, więc trudno go winić. – Znowu się roześmiał.

Wayne był okrutny. Victoria chciała trzymać go z dala od wszystkiego i błędnie uznała, że sobie z tym poradzi.

– Jesteś zły – stwierdziła.

– Nie tak zły jak ty – odrzekł powoli, po czym jego ton się zmienił. – Spotkasz się ze mną jutro w naszym miejscu? Włożysz coś, co lubię?

– Jutro nie mogę.

– Możesz i będziesz tam – powiedział i odłożył słuchawkę.

Dlaczego zawsze wybiera durniów? Jej przyjaciółki nieodmiennie były zdumione, z jakimi mężczyznami się zadaje. Twierdziły, że może mieć, kogo zechce, a ona zawsze wiązała się z takimi, którzy traktowali ją okropnie, narkomanami albo dupkami. Czy to jakaś choroba? Ale Victoria znała prawdę: gdzieś w głębi bycie ofiarą w związku w jakiś sposób przynosiło jej ukojenie. Bo mimo wszystkich sukcesów, które odniosła, niewiele zaznała w życiu ukojenia. Spojrzała na oprawioną w ramkę ślubną fotografię swoją i Justina, i westchnęła. Przyjaciółki ostrzegały, żeby za niego nie wychodziła. Podobnie jej ojciec, ale jest durniem, który oszukiwał matkę, więc go nie posłuchała. Jego rada może nawet przypieczętowała wszystko. Jedno wielkie „mam cię w dupie, tatusiu", a teraz utknęła w tym bagnie. Tak strasznie pragnęła Justina, przypomniała sobie, wzdrygając się lekko. Był dla niej jak bóg. Co też sobie myślała?

A wszystko dlatego, że jej nie chciał. Pierwszego dnia podczas letniej praktyki w międzynarodowym stowarzyszeniu artystów IAA Justin Coleman był jedynym agentem, który nie przyjrzał się Victorii uważniej. Uścisnął jej dłoń, elegancko powiedział: „Miło cię poznać" i natychmiast skupił się na czymś innym. Nigdy wcześniej nic takiego jej nie spotkało, a z pewnością nie w Hollywood. Wszyscy, co do jednego, przyglądali jej się uważnie albo oglądali za nią, gdy szła korytarzem. Była idealnie uczesana. Miała na sobie nowy kostium od Prady ze spódnicą odpowiednio krótką, by pokazywała jej opalone nogi. Założyła buty od Jimmy'ego Choo na dwucalowych obcasach. Wiedziała, że wygląda niesamowicie. Gdyby Justin był gejem, spojrzałby na nią z aprobatą, bo była w każdym calu wyszykowana precyzyjnie i z klasą. Nie mogła pojąć, dlaczego ją zignorował, ale postanowiła, że dotrze do sedna sprawy.

Dogrzebanie się do prawdy o Justinie nie zajęło jej dużo czasu. Był zaręczony z Marcy Ostroff, córką legendarnego producenta Artura Ostroffa, który przez ostatnie trzy dekady wyprodukował dwanaście telewizyjnych hitów i był oczywiście także jednym z najważniejszych klientów IAA. Sprytne posunięcie zawodowe, uznała Victoria. Justin nie był zabójczo przystojny, ale przystojny, z ciemnymi włosami, oczami i brwiami. Niezbyt wysoki czy muskularny, emanował jednak pewnością siebie, co dodawało mu uroku. Z drugiej strony i Marcy nie była wyjątkowa. Blada, chuda, ze sterczącymi cyckami (pewnie nieprawdziwymi, tylko zrobionymi przez bardzo dobrego chirurga plastycznego), o kręconych włosach w kolorze miodu. Ale miała za sobą nieudaną operację nosa (prawdopodobnie wykonaną przez innego chirurga plastycznego), zbyt szeroko rozstawione oczy i, szczerze mówiąc, w jej wyglądzie nie było nic szczególnego czy interesującego. Gdyby nie fakt, że jest córką Artura Ostroffa, odbierałaby telefony w klinice dentystycznej. A tak została prawą ręką ojca, ku irytacji prawdziwych zawodowców, którzy harowali dla niego przez lata, „współprodukując" wszystkie jego projekty. Ślub zaplanowano na sierpień, za dwa miesiące, i miał to być ślub lata, a może nawet roku. Victoria przysięgła sobie, że żadnego ślubu nie będzie.

Ku jej wielkiemu zaskoczeniu, Justin okazał się odporny na podchody. Próbowała nawiązać z nim zwykłą rozmowę, nigdy sama, ale w towarzystwie kilku innych osób w windzie bądź w kuchni, pytając o radę w sprawie restauracji czy miejsca, gdzie można grać w tenisa, zawsze przypominając, że jest nowa w mieście. Justin jednak nigdy niczego nie zaproponował. Zamiast tego wydzwaniało do niej trzynastu innych kolegów, oferując wizytę w Spago albo rundkę w golfowym klubie Bel Air. Justin uparcie odmawiał połknięcia przynęty. Żeby pogorszyć sprawę, ponieważ była praktykantką i znajdowała się w biurowej hierarchii niżej niż on, dbał, by nie zabrakło jej wszelkiego rodzaju pracy. Posunął się nawet do tego, że kazał jej pobiec do McDonalda, kiedy jakiś młody klient, wschodząca gwiazda filmowa, nabrał apetytu na mcnuggetsy.

Victoria zdobyła MBA w Stanfordzie, a biegała do fast foodu dla idioty, który rzucił szkołę średnią. Ale nie narzekała, czekała na odpowiedni moment. Nosiła krótkie spódniczki i flirtowała ze wszystkimi przyjaciółmi Justina, czekając, aż ją zauważy.

Roześmiała się gorzko na tę myśl. Gdyby tylko odpuściła, po prostu sobie darowała, ale nie, musiała być uparta. Spiskowała i planowała, a potem wreszcie nadszedł jej moment. W sklepie Fred Segal na Melrose przymierzała stroje na ślub przyjaciółki, kiedy nagle usłyszała charakterystyczny nosowy wysoki głos z sykiem wymawiający „s", który rozległ się z przymierzalni obok, nakazując sprzedawczyni przynieść więcej dżinsów do przymierzenia. Słyszała ten głos już wcześniej, w biurze Justina, kiedy odbierała jego telefony, a nawet kiedyś w *Entertainment Tonight*. To była Marcy Ostroff. Victoria odczekała minutę i wyszła z przymierzalni. Marcy stała przed wielkim lustrem, nawijając na palec kosmyk włosów i odwracając się przodem i tyłem, żeby sprawdzić, jak wygląda. Miała na sobie najciaśniejsze dżinsy, jakie Victoria kiedykolwiek widziała, i połyskujący top z cekinami. Wyglądała paskudnie.

– Uroczo w tym wyglądasz – skłamała Victoria.

– Tak uważasz? – Marcy okręcała się przed lustrem.

– Kochana, masz świetną figurę.

– Dzięki – powiedziała Marcy tonem, który wskazywał, że się z tym zgadza. Potem odwróciła się i spojrzała na Victorię, która dosłownie olśniewała w białej szydełkowej sukni. – Ty też wyglądasz uroczo! – stwierdziła, jakby zaskoczona.

– Tak uważasz? – zapytała Victoria z fałszywą skromnością. – Muszę iść na wesele...

– O mój Boże, ja też wychodzę za mąż!

– Tak?

– Tak. Trzydziestego pierwszego sierpnia w Hotelu Bel Air.

– Dziwne – mruknęła Victoria. – Zdaje mi się, że facet, z którym pracuję, żeni się właśnie tego dnia...

– Kto? – zapytała Marcy zaniepokojona.

– Justin Coleman? – Victoria udała, że pyta.

– To mój najsłodszy! – pisnęła radośnie Marcy. – Pracujesz w IAA?

– Tak. Ty pewnie jesteś Marcy! Rozmawiałam z tobą przez telefon. Pozwól, że ci powiem, iż Justin to świetny facet. Jest w tobie szaleńczo zakochany!

– Ooo, jest milutki – potwierdziła Marcy. Zamyśliła się, a potem zapytała Victorię: – Jak się nazywasz?

- Victoria Rand.

- Jestem Marcy Ostroff. - Wyraźnie wymówiła nazwisko, żeby Victoria nie miała szansy go nie usłyszeć. - Chcesz wpaść gdzieś na lunch?

- Chętnie - odparła Victoria. Jeżeli musi zdobyć Justina, wykorzystując jego damę jego serca, niech tak będzie.

- Nie przestawaj, pieprz mnie - jęczała Victoria. - Daj mi go, mocniej, mocniej... - powtarzała.

Justin przyciskał Vic do drzwi swojego biura. Rozerwał jej bluzkę, obrywając guziki, i szarpnięciem ściągnął majtki. Ze spodniami w okolicy kostek, pompował Victorię z zajadłością, jakiej nigdy wcześniej nie doświadczyła.

- Mocniej, mocniej, mocniej - błagała.

- Ty suko. - Justin wymierzył jej policzek. Lubiła ostry seks, taki zawsze jest najlepszy.

Kilka sekund później ciałem Justina wstrząsnął dreszcz i doszedł w niej. Natychmiast się wycofał i jednym szarpnięciem wciągnął spodnie, zapiął pasek, zanim Victoria zdążyła złapać oddech. Czuła, jak sperma spływa jej po nodze, czuła pot pod pachami. Ciężko dysząc, obciągnęła spódnicę i padła na sofę.

- Hej, uważaj na tę sofę, dopiero zmieniłem pokrycie - ostrzegł Justin. Patrzył na swoje odbicie w lustrze, które trzymał w górnej szufladzie, przeczesując palcami włosy, żeby przygładzić sterczące kosmyki.

Victoria opuściła nogi na podłogę i usiadła.

- Chcesz pójść na kolację?

– Nie mogę – odrzekł Justin, nadal patrząc w lustro.

– Marcy?

– Po prostu nie mogę.

Minęły trzy tygodnie, odkąd została najlepszą przyjaciółką Marcy, i tydzień, odkąd Justin w końcu uległ. Zorganizowała uwodzenie w taki sam sposób, w jaki planowała projekty w szkole biznesu. Nieustanne gadanie Marcy pomogło Victorii uzupełnić brakujące dane. Na szczęście Marcy była równie próżna, co niedyskretna, więc wyznała nawet najbardziej intymne szczegóły: że Justin lubi ostry seks, że nic nie podnieca go bardziej niż seks analny, a jego największym marzeniem jest, żeby ktoś zrobił mu laskę pod stołem w restauracji. Łatwizna.

Z początku Justin wydawał się zirytowany faktem, że Victoria zaprzyjaźniła się Marcy, ignorował ją, a kiedy nie mógł, wyraźnie dawał do zrozumienia, że jej obecność nie jest mile widziana. Ale potem, któregoś wieczoru, poszli całą trójką do polskiej restauracji w dolinie. Victoria wybrała to miejsce, kiedy usłyszała od swojego fryzjera (którego zwykle ignorowała), że nie tylko jedzenie jest dobre (nie było), ale słabo oświetlona sala podzielona jest na łoże wykończone ciemną skórą, stoliki są nakryte grubymi czerwonymi obrusami, które sięgają podłogi. Fryzjer opowiedział, jak to on i jego kochanek zabawiali się któregoś wieczoru pod stołem, i tylko tyle potrzebowała wiedzieć. Ściągnięcie tam Justina stanowiło wyzwanie, ale kiedy mu powiedziała, że to podobno ulubiona restauracja George'a Clooneya, zgodził się (zawsze wywieszał język na widok

gwiazd). I kiedy Marcy poszła do łazienki, a Victoria wśliz-
gnęła się pod stół i rozsunęła Justinowi zamek w spodniach,
był zadowolony, że się zgodził. Marcy wróciła i zapytała,
gdzie się podziała Victoria, a Justin, w ograniczającej ruchy
pozycji, mógł tylko wskazać na zewnątrz i wymamrotać, że
Marcy powinna zobaczyć, czy dobrze się czuje. Kiedy Marcy
wróciła, Victoria siedziała już z powrotem na krześle,
udając, że wszystko jest w porządku. Pośmiali się z niepo-
rozumienia, a Justin był przez resztę wieczoru bardzo
ożywiony. Od tamtej chwili przeżywali seksualny karnawał.

Chociaż Victoria uprawiała z Justinem seks, wciąż nie
potrafiła go przekonać, żeby odwołał ślub albo rzucił
Marcy. Był zdecydowany ją poślubić i kiedy to zrobił, Victoria wściekła wróciła do szkoły biznesu na ostatni rok. Gdy
chodziło o facetów, zawsze dostawała to, czego chciała,
i z pewnością tak samo miało być z Justinem. Im bardziej
był nieosiągalny, tym bardziej go pragnęła. Stał się dla
niej największym wyzwaniem i to w jakiś sposób podbu-
dowało jej opinię o nim. Wiedziała, że facet odniesie sukces, ponieważ potrafi postępować z ludźmi. A jego sukces
będzie jej sukcesem. Był podatny na wyzwania, musiała
tylko dojść do tego, czego naprawdę pragnie albo co sprawia, że czegoś pragnie. Wymagało to trochę starań, ale
w końcu dowiedziała się, czego chce: za wszelką cenę do-
pieprzyć swoim wrogom, a najgorszymi wrogami są agenci,
którzy kradną mu klientów.

Po uzyskaniu dyplomu w szkole biznesu, Victoria wróciła do Los Angeles i zaczęła pracować dla Foxa. Któregoś

dnia „przypadkowo" wpadła na Justina podczas lunchu w Ivy. Zagadnęła go o Marcy, a on udzielił wymijającej odpowiedzi. Zapytał ją, czym się teraz zajmuje i tym razem to ona udzieliła wymijającej odpowiedzi. Jednak później, w tym samym tygodniu poszła na lunch z Marcy i opowiedziała jej, że spotyka się z Waynem Mercerem, największym wrogiem Justina. W tamtym momencie było to kłamstwo, ale bez pudła przykuło uwagę Justina. Tego wieczoru zapukał do jej drzwi. Z kwiatami. Nie wpuściła go, mówiąc, że nie jest sama. Zwlekała trzy miesiące, ignorując go, a on zabiegał o jej względy, jakby była największą gwiazdą na świecie i nie mógł się doczekać, żeby ją reprezentować. Płynęły z tego niesamowite korzyści: nowe ciuchy, latanie prywatnymi odrzutowcami, jeżdżenie BMW (wszystko z zasobów IAA). W końcu zdobył ją dzięki drobiazgowi. Jasne, wiadra róż były wspaniałe, ale to samotna stokrotka, którą umieścił na jej wycieraczce pewnego ranka obok odręcznie napisanej karteczki, dotarła do niej. *Proszę, powiedz „tak"*. Ostatecznie powiedziała. Rozwód został przeprowadzony w rekordowym tempie i Victoria oraz Justin pobrali się w Vegas.

A potem żyli długo i szczęśliwie, roześmiała się Victoria. Nie. Małżeństwo zbudowane na oszustwie zawsze pozostanie oszustwem. Justin nie dbał o nią, a ona tak naprawdę nie dbała o niego. Ale teraz większy problem stanowił Wayne. Był niebezpieczny, z nikim takim nie miała do tej pory do czynienia. Czas z tym skończyć.

·· ROZDZIAŁ 14 ··

– Kiedy nagle wracasz do świata randkujących singli, każdy przedstawiciel płci przeciwnej wydaje się w dziwny sposób atrakcyjny, wiesz, o co mi chodzi, prawda? – zapytała Elizę Helen. Trwała przerwa w ich zajęcia JAS. JAS, czyli joga i spinning, odbywały się w Venice i Helen uparła się, żeby Eliza przyszła przetestować ćwiczenia. Pierwsze trzydzieści minut poświęcały na forsowną jazdę na rowerach, próbując załatwić ćwiczenia kardio, a kolejne trzydzieści minut zajmowało rozciąganie i joga. Idealna kombinacja.

– Chyba tak – odparła Eliza.

– Koniec z sublimacją wszystkich moich seksualnych potrzeb. Bo spójrz tylko na tego faceta – wyszeptała Helen, wskazując szczupłego mężczyznę o długich blond włosach, który rozwijał matę do jogi. – Seksowny. Pewnie głodujący aktor. Też jestem wygłodzona – stwierdziła z uśmiechem. Był dokładnie w typie Helen: szczupły, jasne włosy, kreatywny. Przynajmniej tak zawsze twierdziła, mimo iż jej mąż zdecydowanie nie był ani szczupły, ani jasnowłosy. Za to owszem, kreatywny.

Eliza obejrzała sobie faceta. Uroczy, ale zdecydowanie nie w jej typie.

– Wygląda na jakieś dwanaście lat – stwierdziła.

– Nie ma mowy – Helen pokręciła głową. – Serio?

– Wiek płodowy – potwierdziła Eliza.

Weszła prowadząca i uczestnicy zajęć przeszli do swoich mat, żeby rozpocząć „Pozdrowienie słońca". „Pies z głową w dół", „Pies z głową w górze" – wszyscy rytmicznie wyginali ciała tak, że przypominały precel, usiłując jednocześnie zyskać spokój i zgubić parę kilogramów.

Helen jako pierwsza zaakceptowała pomysł i teraz pełną parą zmierzała ku zdradzie. Nie chodziło o to, że lekko traktowała swoją przysięgę małżeńską. Czuła jednak, że podczas ostatnich dwóch tygodni wykonała trójwymiarową analizę własnego małżeństwa i związku z Wesleyem, po czym zdała sobie sprawę, że nikt nie ucierpi, jeśli prześpi się z innym mężczyzną. Przede wszystkim, czy monogamia jest rzeczywiście czymś naturalnym? Może to tylko mit stworzony przez społeczeństwo, by utrzymać ludzi w ryzach? W starożytnym Rzymie nie przestrzegano monogamii i była to kwitnąca cywilizacja – niektórzy powiedzieliby nawet, że wzorcowa. To prawda, upadła, ale biorąc pod uwagę tempo, w jakim rząd Stanów Zjednoczonych robi sobie kolejnych wrogów, kto wie, jak długo będzie istnieć nasze społeczeństwo?

Po drugie, ona i Wesley rzadko uprawiają seks, a to z pewnością trudno uznać za naturalne. Przed ślubem Helen była niezwykle aktywna seksualnie, niektórzy powiedzieliby, że rozwiązła. No dobrze, może, patrząc wstecz, rzeczywiście, ale chciała się odnaleźć. Tylu facetów uważała za atrakcyjnych, więc dlaczego nie miała przetestować ich wszystkich? Pragnęła prawdziwych relacji, chciała, aby ktoś zajrzał głęboko w jej duszę i sprawił, że znów poczuje bicie serca. Mogłoby to wręcz pomóc jej małżeństwu.

– Nie sądzę, żeby był taki młody, Elizo. Naprawdę. Moim zdaniem ma jakieś dwadzieścia cztery lata – orzekła Helen po zajęciach, kiedy szły spacerem do Jin Patisserie na herbatę i kanapki. Podczas ćwiczeń przez cały czas kątem oka obserwowała seksownego blondyna.

Eliza wzniosła oczy do nieba.

– Urojenia. Był młody, ale, hej, to nie znaczy, że by na to poszedł.

– Myślisz? – zapytała Helen i oczy jej pojaśniały. – Bo wiesz, tu widuje mnie paskudną i spoconą, ale przedwczoraj mieliśmy długą dyskusję o miejscu odosobnienia, które odwiedził na Fidżi. Powiedział, że natura jest tam niesamowita i czuł się, jakby na nowo się narodził.

– Nowo narodzony? To brzmi trochę pretensjonalnie – mruknęła Eliza. Helen zawsze brała tego typu rozmowy za dobrą monetę. Czy naprawdę może traktować kogoś takiego poważnie?

– Trochę o tym czytałam. Uważam, że to fascynujące. Jeśli chcesz, w przyszłym miesiącu jest na uniwerku wykład na ten temat – poinformowała Helen.

Eliza stanęła i spojrzała przyjaciółce prosto w twarz.

– Helen, ty poważnie myślisz, żeby to zrobić? – zapytała.

– Pójść na wykład?

– Nie, przespać się z tym facetem.

– Wiesz, chyba tak – przyznała Helen. – Potrzebny mi jakiś wstrząs, muszę znów poczuć się całością.

– I uprawianie seksu z tym kolesiem z jogi to załatwi?

– Może nie z nim, ale muszę spróbować. Muszę zacząć swoją podróż.

– No nie wiem, Helen...

– I uważam, że ty też powinnaś, ale tylko z Tylerem. Bo stanowczo coś was łączy, coś kosmicznego, i, moim zdaniem, musisz coś z tym zrobić, bo będzie cię to prześladować. Jeszcze na łożu śmierci będziesz o nim myślała. Nawet jeśli będziesz miała wspaniałe życie z Declanem i, powiedzmy, dostaniesz nagrodę Pulitzera za swoją pisaninę, będziesz chciała odtworzyć ten moment. Więc? *Carpe diem!*

Eliza już miała zaprotestować, ale wstrzymała się i pokręciła głową. Helen ma rację. Choć przyznawała to z niechęcią. W rzeczywistości w głębi ducha wiedziała, że wszystkie te protesty są po to, by zostały odnotowane. Prawda jest taka, że pragnie Tylera. A on jest teraz w mieście.

·· ROZDZIAŁ 15 ··

O dziesiątej wieczorem Leelee siedziała w domu przed komputerem. Była to jej ulubiona pora dnia. Dziewczynki bez problemów poszły spać: kąpiel, bajka i do łóżka. Wszystko szło jak w zegarku. Uwielbiała ten rytuał, podobnie jak Charlotte i Violet. Leelee wiedziała, że ma szczęście, bo trafiły jej się najsłodsze, najpiękniejsze płowowłose dziewczynki w mieście. Miały zaledwie dwa i cztery lata, ale ludzie już zwracali jej uwagę, że powinny pracować jako modelki albo grać. Nigdy by czegoś takiego nie zrobiła – byłoby to co najmniej w złym guście – ale cieszyły ją komplementy i wierzyła, że gdyby przyszło co do czego, przyćmiłyby Dakotę i Elle Fanning.

Brad oglądał w telewizji jakiś mecz, zawsze coś sezonowego i sportowego: bejsbol, futbol, hokej, koszykówka... Nie mogła za tym nadążyć. Lubił wszystkie amerykańskie sporty, jak każdy facet. Ją bardziej interesowały reality shows, *Kawaler* i *The Apprentice* (szczególnie seria z Marthą Stewart), ale oczywiście była uzależniona od *Gotowych na wszystko*. Chociaż gdyby mogła wybrać do oglądania tylko jeden program na całym świecie, to byłaby Oprah. Uwielbiała ją.

Leelee była jednak jak najdalsza od rozmyślań o telewizji, gdy tak siedziała przy swoim biurku „Bedford" z Pottery Barn, przed błękitnym macintoshem. Mały pokoik za kuchnią zagarnęła dla siebie. To było jej schronienie. Kazała pomalować ściany na delikatny róż z białym wykończeniem, w wąskim oknie powiesiła zasłony w biało-różową drobną kartkę. Na jednej ścianie umieściła reprodukcję Mary Cassatt, przedstawiającą matkę i dziecko, na drugiej białą tablicę pokrytą formularzami ze szkół i grup, do których uczęszczały dziewczynki, oraz biało-różową tablicę ze wstążką, na której przypinała zdjęcia i zawiadomienia o narodzinach. Miała tam szuflady pełne papeterii ze swoim nazwiskiem, Lesley Swift Adams, a także z nazwiskami jej i Brada, Bradley i Lesley Adamsowie, oraz te przeznaczone dla dziewczynek – Charlotte Swift Adams i Violet Belle Adams.

Wszystko starannie ułożone według kolorów. Każdy drobiazg, od karteczek do notatek, po pokrowiec na krzesło, na którym siedziała, został opatrzony monogramem. Leelee uwielbiała monogramy. W całym domu pełno było przedmiotów opatrzonych monogramem: wycieraczka, ręczniki kąpielowe, ręczniki do rąk, ścierki, kapy na łóżko, notesy, szklanki, sztućce, stojaki na szczoteczki do zębów, ramki do zdjęć, albumy i tak dalej, i tak dalej. Stale oczekiwała nadejścia tej czy innej rzeczy z jakiegoś katalogu i wszystko to nieuchronnie musiało być opatrzone wielką literą „A" umieszczoną między mniejszymi „B" oraz „L".

Leelee siedziała w necie, czatując z Jackiem Porterem. Nigdy nie pisała pamiętnika, ale wszystko, co by w nim opisała, powierzyłaby Jackowi. Cóż, jednak nie wszystko. Nie wspominała o Bradzie czy dziewczynkach, a poza tym, co mogłaby opowiedzieć o swoim mężu? Wolała wymieniać się nieprzyzwoitymi plotkami, analizować bieżące wydarzenia i dobre rady z facetem, który był jej powiernikiem, odkąd skończyła dwa lata. Jack niezbyt często wspominał o swojej żonie, zamiast tego mówił o pracy i swoim ojcu albo angażowali się w dyskusje o polityce. Jednak jego ulubionym zajęciem było „wkurzanie Leelee" i dlatego wysyłał jej najbardziej nieprzyzwoite, najbardziej dosadne dowcipy, jakie zdołał znaleźć. Leelee zwykle śmiała się z nich i odpowiadała „niegrzeczny chłopiec" albo po prostu ignorowała, ale dziś była w innym nastroju.

Kiedy wszystkie dziewczyny zgodziły się zdradzić mężów, Leelee natychmiast zgłosiła akces, bo nigdy nie pozwoliłaby sobie pójść w przeciwną stronę niż reszta. Uważała się za gracza drużynowego i przyjaciółki były dla niej niezwykle ważne, tak bardzo, że gdyby musiała, postąpiłaby zgodnie z zasadą „jak wszyscy, to wszyscy". W głębi ducha nie była wcale pewna, czy dojdzie do zdrady, bo, przede wszystkim, Eliza i Declan tworzyli całkiem niezłe małżeństwo i chociaż Eliza wykazywała słabość do jakiegoś gwiazdora filmowego, teraz nie miała szans dobrać się do jego portek bez względu na to, co łączyło ich pięć lat temu. Eliza była rozsądną osobą, nie schrzaniłaby sobie życia dla fantazji rodem z kolorowego magazynu. Victoria prawdopodobnie zdobyłaby się na zdradę, a Leelee podejrzewała, że już mogła to zrobić. Jej małżeństwo z Justinem i tak jest w rozsypce. Leelee nie miała wątpliwości, że skończy się rozwodem. Brad był kiedyś późnym wieczorem w hotelu Peninsula na spotkaniu z klientami ze Szwajcarii i widział tam Justina z dwiema dziewczynami, jak pili w barze. Jasne, to mogły być klientki, ale bez przesady. Ma żonę i rodzinę, która czeka w domu, więc co robił w hotelu z dwiema babkami? Helen była trudniejsza do rozszyfrowania, z nią nigdy nic nie wiadomo. Mogła nawiązać „więź duchową" z kimś z innego wymiaru i uznać, że to zdrada. Leelee miała pewność, że za kilka tygodni cała koncepcja umrze śmiercią naturalną.

Jednak gdy tak siedziała, plotkując z Jackiem, który przysyłał jej dowcip za dowcipem, a jeden bardziej sprośny od drugiego, wstrzymała się z wysłaniem zwykłej odpowiedzi z reprymendą. A co, gdyby przestała grać rolę Pani

Dezaprobaty i podchwyciła flirciarski ton Jacka? Bo jest flirciarski, prawda? Z jakiego innego powodu używałby takiego języka i czynił sugestie, które czynił? Ma masę kumpli. Nagle podekscytowana, Leelee jeszcze raz przeczytała ostatnie przysłane przez Jacka zdanie: *Co jest najobrzydliwsze na świecie? Znaleźć łupież we własnych włosach łonowych.*

Klasyczny Jack. Trochę niedojrzały, swobodny. Leelee wzięła głęboki oddech i zaczęła pisać:

Ja w swoich nie mam łupieżu. Ale taka z ciebie pipa, że nie wiesz, czy mówię prawdę. Zgadza się?

Zacisnęła zęby i klinknęła „wyślij". Zanim Jack odpowiedział, minęły chyba ze cztery godziny, a gdy czekała, jej ciało przeszyły wszystkie emocje – od radości do paniki. Wreszcie pojawiła się wiadomość:

Jestem zaintrygowany. Czy to zaproszenie?

· · ROZDZIAŁ 16 · ·

Dwa tygodnie od zawarcia paktu wszystkie znajdowały się na różnych etapach pogoni za mężczyznami. Victoria była nieprzenikniona, ale przyjaciółki podejrzewały, że coś jest na rzeczy. Helen przedstawiła się młodemu seksownemu facetowi z jogi i zaprosiła go na kawę, która zmieniła się w czterogodzinną dyskusję o naukach Deepaka Chopry. Leelee i Jack wymieniali pikantne dowcipy pełne gorących aluzji, ale nie doszli jeszcze do etapu wirtualnego seksu i Leelee wciąż nie była pewna, czy w ogóle do tego dojdzie. Tylko Eliza nie zrobiła nic, by skontaktować się z Tylerem Traskiem, i wciąż nie była przekonana do tego eksperymentu.

Tego piątkowego wieczoru Helen i Wesley urządzili kolację, by przedstawić swoim miejscowym znajomym jednego z najstarszych przyjaciół Wesleya, Harry'ego Sutherlanda (znanego także jako książę Locksdowne) i jego nową żonę Tessę, byłą modelkę, o dobre dwadzieścia lat od niego młodszą. Helen i Wesley często organizowali imprezy, kolacje, koktajle, przyjęcia z okazji wręczenia Oscarów, brunche, lunche świąteczne – żadna okazja nie była zbyt błaha. Helen lubiła urządzać imprezy tematyczne, a ponieważ wiedziała, że Wesley i Harry spędzili kiedyś miesiąc w hotelu Mamounia w Marrakeszu, zdecydowała się na marokański wieczór. Oznaczało to, że wszyscy będą siedzieli na satynowych poduszkach (kupionych specjalnie na tę okazję) przy niskim stole i raczyli się tradycyjnymi daniami w rodzaju kebabu z kurczaka i mięsa, tagine z jagnięcia oraz pełnego warzyw kuskusu, a potem miętową herbatą i baklavą, a wszystko zostanie podane przez kelnera ubranego w autentyczny marokański strój. Helen lubiła korzystać z okazji, by dodać imprezom odrobiny pikanterii, bardzo jej też zależało, by zrobić wrażenie na młodej żonie Harry'ego. Od zwykle powściągliwych rodziców Wesleya słyszała, jaka jest „wspaniała". Skoro ta dziewczyna olśniła jej wybrednych teściów, Helen chciała mieć pewność, że Tessa będzie mogła po powrocie opowiedzieć o niej same dobre rzeczy.

Zawsze czuła, że teściowie jej nie aprobują i chociaż zwykle się tym nie przejmowała („co z oczu, to z serca", jak to się mówi), kiedy mogli coś o niej usłyszeć, chciała, żeby były to wyłącznie superlatywy.

Declana zirytowała kwestia miejsc siedzących. Gdy tylko zjawili się z Elizą i zobaczył, że Helen urządza jeden ze swoich etnicznych wieczorów, od razu poczuł, że cierpną mu nogi. Jakim sposobem mierzący metr dziewięćdziesiąt facet ma jeść kolację, siedząc na miękkiej poduszce z nogami wciśniętymi pod stół, który znajduje się zaledwie cztery cale nad podłogą? To będzie męka! Eliza widziała, że Declan jest zirytowany i objęła go, po czym obdarzyła współczującym spojrzeniem.

– Wiem, co myślisz – szepnęła z uśmiechem.

– Czy ona zwariowała? – jęknął. – Te rekwizyty nadają się dla dzieci, nie dla dorosłych.

– Przykro mi – westchnęła Eliza.

– Zanim usiądę, potrzebuję kilku drinków. Co ci przynieść? – zapytał.

– Białe wino.

– Zaraz wracam.

Eliza przyglądała się, jak Declan idzie do baru. Próbowała spojrzeć na niego obiektywnie, ale było to niemożliwe. Spędzili razem tyle czasu, prawie dziesięć lat, że czasami zapominała, że nie jest przedłużeniem jej samej. Jest zdecydowanie przystojny. Uwielbiała jego wzrost i to, że wciąż ma gęstą czuprynę ciemnych włosów. Jest inteligentny i dowcipny, umie dopasować się do każdego towarzystwa.

Miło wiedzieć, że można zaciągnąć go na dowolne spotkanie i dobrze się tam sprawdzi. I odniósł sukces: od lat pracuje w tym samym banku i krok po kroku awansuje. Nie, nie ma z Declanem żadnych problemów. To dlatego cała ta zabawa w zdradę jest trudna. Zrobiłaby to z czysto samolubnych, hedonistycznych powodów, wyłącznie po to, by podsycić własną próżność. Naprawdę tęskniła za chwilami, kiedy spojrzenie kogoś wyjątkowego sprawiało, że jej żołądek robił fikołka. To strasznie nie w porządku, że człowiek, który decydował się na małżeństwo, musi zrezygnować z takich emocji. Czasami doświadczała tego z Declanem, zwykle podczas przyjęcia, gdy widziała, że rozmawia z kimś, na kim robi wrażenie. Wtedy właśnie wydawał jej się najwspanialszy. To chore, zdała sobie sprawę. Najbardziej pragnie własnego męża, gdy pragnie go ktoś inny. Nie, nie o to chodzi. Po prostu czasami trzeba, żeby ktoś inny docenił to, co masz, abyś i ty mogła to docenić.

Zabawne, Eliza pamiętała, że nigdy nie lubiła pierwszej, poznawczej fazy znajomości. Jasne, były chwile, kiedy jej serce podskakiwało, ale zawsze marzyła o tym, by przejść do etapu komfortu, kiedy jest całkowicie odprężona w towarzystwie danej osoby, gdy nie ma znaczenia, że mężczyzna widzi ją w rozciągniętej bieliźnie albo z odłażącym lakierem na paznokciach. Ale teraz pragnęła tylko jednego: zastrzyku tego uczucia, którego doświadcza się w fazie poznawania. Oczywiście trawa zawsze jest bardziej zielona...

– Strasznie się zamyśliłaś – stwierdziła Victoria, która podeszła do Elizy, a ta nawet jej nie zauważyła.

– Tak. Och, przepraszam – wybąkała Eliza.

Victoria, ubrana w biały, szyty na miarę kostium od Stelli McCartney, z włosami ściągniętymi w koński ogon, uśmiechnęła się do Elizy szelmowsko.

– Mogę sobie wyobrazić, o czym albo raczej o kim myślisz.

Eliza się roześmiała. Victoria dobrze wyglądała. Zawsze świetnie się ubierała. Eliza uważała, że jej czarne jedwabne spodnie i tunika od Jil Sander prezentują się wspaniale, ale tylko do chwili, gdy zobaczyła przyjaciółkę. Victoria miała wrodzone wyczucie stylu.

– Mów, co słychać – poprosiła Eliza

– Nic specjalnego. Chociaż nie, to nieprawda. Coś tam słychać, ale później ci opowiem. Idzie twój mężulek.

Podszedł Declan i zmieniły temat. Victoria chciała opowiedzieć o Waynie, który od tygodni wysyłał do niej esemesy, ale nie miała ochoty zagłębiać się w ten temat, bo jej mąż stał kilka metrów dalej. Boże, Justin. Napełniał ją odrazą. Jak, do cholery, mogła wyjść za tego oślizłego typa? Teraz teoretycznie znacznie łatwiej byłoby zakończyć małżeństwo i uniknąć dalszego bólu, ale nie mogła. Przede wszystkim chłopcy. Uwielbiają Justina. Chociaż boją się, gdy rodzice się sprzeczają, a obecnie zdarza się to mniej więcej co godzinę, byliby zdruzgotani, gdyby obecność ojca w ich życiu została ograniczona do wizyt w weekendy. Prawie nie bywa w domu, ale gdy już się zjawia, są zachwyceni. Jednak z drugiej strony obawiała się, że przy takim nerwowym napięciu w domu, gdy dorosną, mogą stać się seryjnymi mordercami. Cholera. Co powinna zrobić?

Istniały także inne powody tego, że nie zostawi Justina. Nie chciała przyznać się do porażki. Nie chodzi o to, że zamierzała zrobić na kimś wrażenie – w tym momencie naprawdę nie obchodziło jej, co myślą ludzie. Liczyła się ze zdaniem tylko jednej osoby. Cóż, może niezupełnie liczyła, ale nie chciała, żeby miał rację. Chodziło o jej „ukochanego" ojca. W ciągu ostatnich piętnastu lat spotkała go raz, i to kiedy szła ulicą Nowego Jorku z Justinem. Byli świeżo zaręczeni i właśnie zjedli lunch przy Madison Avenue. Gdy wyszli z restauracji, wpadli na starego dobrego tatusia. Tatusia, który pchał dziecięcy wózek, towarzyszyła mu nowa żona, Tracey, blond dziwka z kiepsko zrobionym nosem i sztucznymi cyckami, w tym samym wieku co Victoria. Córka wyrzuciła ojca ze swojego życia, gdy się dowiedziała, że jest nałogowym flirciarzem, który od początku zdradzał jej matkę. Po latach darcia ojcowskich listów i odkładania słuchawki, kiedy dzwonił, nagle stanęła z nim twarzą w twarz. Była zbyt wstrząśnięta, żeby uciec, więc po wstępnych powitaniach z dziwnym uczuciem oddalenia przyglądała się, jak ojciec rozmawia z mężczyzną, który ma zostać jej mężem. Uważała, że Justin dobrze wypadł i była z niego dumna, w jakiś sposób czuła się trochę pogodzona z ojcem. To dlatego odebrała jego telefon, gdy zadzwonił nazajutrz. A kiedy ostrzegł Victorię, że popełnia wielki błąd, wychodząc za Justina, że jest dla niej zdecydowanie nieodpowiedni i ma „niebudzące zaufania oczy", rzuciła słuchawką. Po raz kolejny i na zawsze wymazała ojca ze swojego życia. Gdyby rozwiodła się z Justinem, tata miałby rację. A do tego nie mogła dopuścić. Wykluczone. Za bardzo ją zranił.

– Kolacja! – oznajmiła Helen, wprowadzając gości do jadalni. Zsunęła buty jeszcze w korytarzu i zachęciła pozostałych, by poszli za jej przykładem, po czym usiadła u szczytu stołu na poduszce.

– Prawdziwa uczta – z aprobatą powiedział Harry.

– Usiądź obok mnie. – Helen pociągnęła go na podłogę. Po raz pierwszy, odkąd zjawili się u niej z Tessą, nie trzymali się za ręce, nie całowali, nie dotykali i nie prezentowali publicznie swojego uczucia w żadnej innej formie. Helen chciała wykorzystać tę chwilę. Zawsze to ona była żoną na pokaz w kręgu przyjaciół Wesleya i polubiła tę rolę, ale teraz zjawiła się Tessa, młodsza, szczuplejsza i ładniejsza żona na pokaz. Helen miała wrażenie, że ktoś bezprawnie zajął jej miejsce.

– Dobrze, a Tessa może usiąść po mojej drugiej stronie, kiedy wróci z łazienki – powiedział Harry.

– Oczywiście – zgodziła się Helen. Dorosły mężczyzna, a zachowuje się jak dziecko. Owszem, Tessa jest piękna: ani grama tłuszczu, lśniące blond włosy i nogi długie jak autostrada. Ale bez przesady! Nigdy wcześniej nie widziała Harry'ego w takim stanie, a był atrakcyjnym mężczyzną, wysokim, chudym, w niedbałym brytyjskim stylu. Z pewnością nie narzekał na brak powodzenia. O rany, nowa miłość. Helen już nie pamiętała, jak to jest. Spojrzała na drugi koniec stołu, gdzie Wesley usadowił się obok Elizy i Leelee. Czasami nie mogła uwierzyć, że ten facet jest jej mężem. Przyznawała się do tego z najwyższą niechęcią, ale czasem miała wrażenie, że to ktoś zupełnie obcy.

Helen widziała zdjęcia Wesleya z dzieciństwa. Był cudowny, miał tę eteryczną urodę często spotykaną u angielskich dzieci, ale gdy dorósł, jego łagodne rysy trochę się rozmyły, sprawiając, że zupełnie przestał się wyróżniać. W jakiś sposób się wymykał i miała dokładnie to samo wrażenie, gdy myślała o ich małżeństwie. Nie było goryczy, dramatu, napięcia. Każde miało własne życie. Wesley miał obsesję na punkcie kina i praktycznie codziennie, a właściwie co wieczór, wychodził. Gdy tego nie robił, odwoził Lauren do szkoły lub na zajęcia i poprawiał scenariusz, nad którym pracował od kilku lat. Helen zajmowała się swoimi projektami fotograficznymi, wyjazdami do odległych miejsc, by tam ćwiczyć jogę, oraz seminariami na temat filozofii New Age. W sumie usiłowała uleczyć duchową część swojej osobowości, która, jak czuła, odniosła rany. Gdy byli sami, ich życie stawało się trochę zbyt powolne. To dlatego lubili urządzać przyjęcia.

– Helen, jest niesamowicie! – zawołała Leelee ze swojego końca stołu. – Nie mogę uwierzyć, że wszystko to zrobiłaś! Brawo!

Wszyscy unieśli kieliszki i wypili toast za gospodynię. Leelee była pod ogromnym wrażeniem i stanowczo zazdrosna. Proszę bardzo, takie właśnie powinno być jej życie. Powinna wydawać niesamowite przyjęcia, mieszkać w wielkiej posiadłości ze służbą obecną przez całą dobę, by troszczyć się o wszystkie jej potrzeby. O czymś takim myślała, wychodząc za Brada. Zerknęła na męża, który wydawał się być zbyt przy kości, wciśnięty między Victorię a Tessę. Tessa śmiała się teraz z czegoś, co opowiadał, i Leelee zaczęła się zastanawiać, cóż takiego zabawnego może mieć do powiedzenia. Tessa pewnie nie uznałaby tego za zabawne, gdyby wiedziała, że Brad jest przegrany. Bardzo trudno znosić towarzystwo ludzi, którym wiedzie się lepiej niż Bradowi, a ostatnimi czasy zwykle wśród takich ludzi się obracali. Leelee wyszła za człowieka związanego ze średnim szczeblem zarządzania, który teraz siwieje, tyje i nie ma nic ciekawego do powiedzenia, bo takie nudne jest wykonywane przez niego zajęcie – sprzedaż wierzytelności czy czegoś tam. Z pewnością nie jest to Jack Porter.

– Panie i panowie, pragnę podziękować wszystkim za przybycie – odezwał się Wesley, unosząc kieliszek. – Chciałbym najpierw wznieść toast za mojego najdroższego na świecie przyjaciela Harry'ego. Chcę też dodać, iż wciąż mam wrażenie, że mnie nabiera, bo nie mogę uwierzyć, że taka wspaniała istota zgodziłaby się poślubić tego starego typa...

– Przekupiłem ją! – zawołał Harry.

– Poważnie mówiąc, witajcie w naszym domu. Tesso, jesteś urocza i jest nam niezwykle miło cię poznać. Mam nadzieję, że będziesz przyjeżdżała częściej i odwiedzała nas, jeśli to możliwe, bez Harry'ego. Chcę też podziękować mojej uroczej żonie za tę fantastyczną kolację. Dziękuję! – Wesley uniósł kieliszek, a Helen skinęła głową.

Eliza pomyślała, że toast, który wzniósł Wesley, był uroczy. Nie mogła zrozumieć, dlaczego Helen ma go za nudziarza.

Victoria z kolei uznała Wesleya za tak bardzo fizycznie nie-atrakcyjnego, że nie mogła wyobrazić sobie pójścia z nim do łóżka. Leelee zastanawiała się, kto jest bogatszy, Wesley czy Harry. Helen nawet nie słuchała tego, co powiedział mąż. Myślała o seksownym facecie z zajęć jogi.

– Uwaga, mam dla wszystkich niespodziankę! – wy-krzyknęła. Potrząsnęła dzwonkiem i kilka sekund później do pokoju weszły trzy tancerki specjalizujące się w tańcu brzucha oraz kilku mężczyzn niosących instrumenty mu-zyczne.

– Nie! – pisnęła Leelee.

– Biodra w ruch! – zarządziła Helen, wstała i przygasiła światła.

Muzycy zaczęli grać, a tancerki zaczęły potrząsać tam-burynami i wypinać to, co miały wypinać. Przez cały wie-czór kelnerzy stale dopełniali kieliszki i wszyscy byli mniej lub bardziej wstawieni, więc z chwilą pojawienia się tan-cerek, atmosfera dosłownie zaiskrzyła. Po chwili większość gości wstała i przyłączyła się do tańczących kobiet. Bębny dudniły, świece migotały, a sylwetki tancerzy rzucały na ściany dramatyczne cienie. Leelee i Helen udawały, że tańczą taniec brzucha jedna przy drugiej, ze śmiechem wy-rzucając do góry ręce. Harry i Tessa praktycznie uprawiali seks na parkiecie. Byli tak pogrążeni w swoim światku no-wożeńców, że nie obchodziło ich, co kto pomyśli. Wesley, Eliza i Declan byli zaprzysięgłymi przeciwnikami tańca – wszyscy wielokrotnie stwierdzali przy różnych okazjach, że są rytmicznie upośledzeni i niezdolni do tańca – siedzieli więc, pili i obserwowali przyjaciół. Milczeli. Muzyka była zbyt głośna, poza tym pogrążyli się w rozmyślaniach. Tego wieczoru Eliza żałowała w duchu, że nie ma wyczucia rytmu i brakuje jej gracji, by wstać i zatracić się w tańcu. Jednak najbardziej żałowała, że Declan nie bierze jej za rękę, nie podrywa w górę i z nią nie tańczy. Chciała zrobić z nim coś odmiennego, ulec impulsowi. Chciała, aby ktoś zabiegał o jej względy.

Najbardziej zaskakująco zachowali się Justin i Victoria, którzy namiętnie i prowokująco tańczyli. Był to moment, w którym granica między miłością i nienawiścią zaciera się, a kontrolę przejmują emocje. Taniec stawał się coraz bardziej szalony, Victoria i Justin rzucali sobie nawzajem dziwne spojrzenia, tańcząc bliżej i bliżej, aż wreszcie Justin odwrócił się i zaczął dokładnie tak samo tańczyć z tancerką. Ani na chwilę nie gubiąc rytmu, Victoria przetańczyła dystans oddzielający ją od Helen i Leelee, po czym wściekle zawirowała. Spocone i podniecone, wszystkie trzy zrzuciły żakiety i tańczyły w stanikach albo koszulkach. Alkohol, muzyka, obfitość jedzenia, mrok nocy, wszystko to połączyło się i podgrzało atmosferę. Być może sprawił to widok zakochanych, bo wielu z gości czuło, że ich miłość się kończy. Jaki by jednak nie był tego powód, w tej właśnie chwili cztery kobiety zdały sobie sprawę, że naprawdę zamierzają zmienić swoje życie. Nie było odwrotu. Chciały, aby każda noc była właśnie taka. Chciały słyszeć dudnienie bębnów, brzęk tamburynu, bicie swych serc.

·· ROZDZIAŁ 17 ··

Declan był bardzo dumny, że Eliza po urodzeniu dzieci nie przestała pracować. Nie mógł znieść hipokryzji Amerykanek, które tak się troszczą o równe prawa i feminizm, a potem, gdy tylko przyjdą na świat dzieci, rzucają w diabły karierę zawodową. Oczekują, że to mężczyźni wrócą do domu z wypłatą, a do tego będą równoprawnymi partnerami w opiece nad dziećmi i rozwiązywaniu domowych problemów. Jak to się ma do całej tej emancypacji?, pytał, dodając, że cała odpowiedzialność za zarabianie na życie zostaje zrzucona na męża, gdy tymczasem kobieta zatrudnia nianię na pełny etat i domaga się, by traktować ją poważnie. Eliza częściowo się z nim zgadzała, częściowo nie. I zawsze zaczynała się dyskusja. Mówiła, że masa kobiet, które wybrały zawody wymagające wytężonej pracy, na przykład w bankowości inwestycyjnej czy prawie, nie spodziewała się, jak ciężko będzie im zostawić dzieci w domu. A niestety nie mogły pracować na pół etatu.

Eliza też była dumna z tego, że pracuje. Jasne, większość rzeczy mogła robić w domu i na własnych warunkach, ale wciąż była to praca, wciąż zarabiała. Wolałaby, aby Declan bardziej doceniał ten fakt i nie uważał tego za oczywistość tylko dlatego, że jego matka pracowała, gdy był dzieckiem, jednak nigdy nie doczekała się dodatkowych pochwał. Czasami po prostu chciała, żeby nie był dla niej taki surowy.

Zawsze chodziło o to, by pisała więcej, ćwiczyła więcej, częściej sprzątała w domu, dłużej bawiła się z dziećmi. Niekiedy brakowało jej miękkości, męża, który powiedziałby: „Wszystko jest wspaniałe, bez względu na to, jak to robisz". Ale tak bywa w bajkach. I pewnie ma rację, pchając ją do przodu. Na pochwały mogła liczyć z ust przyjaciółek, będących pod wielkim wrażeniem, że potrafi być jednocześnie matką i pisać. Prawda była taka, że pisanie przychodziło jej bez trudu, więc tak naprawdę nie miała powodów do dumy. W sumie wiedziała, że powinna zdobyć się na trochę większy wysiłek i spróbować napisać książkę. Artykuły to jedno, ale artykuł może napisać każdy. Tak naprawdę chodzi o książkę.

Na razie jednak Eliza współpracowała z czasopismem „Pogawędka" i przeprowadzała dla nich niemal wszystkie wywiady ze sławami oraz prowadziła niedużą rubrykę pod tytułem *Co się dzieje w LA?*, w której opisywała otwarcia sklepów, restauracji i wystaw. Cieszyła się znaczną swobodą w wyborze tematów, nikt więc nie uznał za dziwny jej pomysł, by w następnym tekście zająć się Tylerem Traskiem. Był w końcu ważną gwiazdą filmową, której ważny film miał za kilka miesięcy wejść na ekrany, a tak się szczęśliwie złożyło, że akurat kręcił w Los Angeles, zatem bez trudu można było zorganizować spotkanie z fotografem. W dodatku wstępna rozmowa telefoniczna z jego agentem prasowym poszła wręcz znakomicie, byli zachwyceni, że Tyler trafi na okładkę – po incydencie, w którym brał udział w barze, uważano go za postać nieco kontrowersyjną i dość trudno było zorganizować dla niego prasę. Szybko ustalono datę spotkania, a gdy Eliza wspomniała, że pisała już o Trasku dla „Pogawędki" kilka lat temu, agent prasowy udał, że czule ją wspomina. Ustalono, że Eliza spotka się z Tylerem o drugiej w piątek w jego przyczepie, na terenie należącym do Sony, i od tego zaczną. Kiedy Eliza odłożyła słuchawkę, drżała jej ręka. Zamierzała to zrobić.

– Było wspaniale – stwierdził Mark, gdy zsunął się z Helen. Sięgnął poza łóżko i wziął butelkę Aqua Finy, którą opróżnił z gulgotem. Helen patrzyła, jak jego jabłko Adama przesuwa się w górę i w dół z każdym łykiem i żałowała, że nie ma papierosa. Albo, jeszcze lepiej, trochę trawy.

– Masz trawę? – zapytała.

– Nie wchodzę w takie rzeczy. – Mark przesunął dłonią po długich tłustych włosach. – Lubię utrzymywać ciało w zdrowiu.

To dobre ciało do utrzymywania w zdrowiu, pomyślała Helen. Mark z jogi miał twarde mięśnie, ani grama tłuszczu i idealną opaleniznę. Prawdziwy kalifornijski surfer.

– Spróbujemy jeszcze raz? – Helen przytuliła się do niego.

– Oszalałaś, kobieto!

– Co? Nie masz energii? – zapytała Helen rozczarowana. Miała orgazm, ale jego efekty okazały się przelotne i teraz wydawało jej się, że czegoś tu brakuje. Mark był słodki i bardzo interesująco spędzili czas przeznaczony na lunch, opowiedział jej o swoich aktorskich ambicjach oraz wspomniał, że pracował w przedszkolu Montesori, by się utrzymać. Przedyskutowali nawet właśnie odkryty przez niego buddyzm. Wszystko to było obiecujące i Helen czuła takie podniecenie, że zaproponowała, żeby przenieśli się do jego małego mieszkanka w Venice.

To jest to. Wreszcie poczuje, że żyje!

Tak pomyślała w chwili, gdy weszli do nędznego lokum, ściągnęli z siebie ubrania i z hukiem padli splątani w uścisku na niepościelone łóżko (tak naprawdę materac na podłodze). Prawdopodobnie dlatego, że był aktorem, Mark podszedł do aktu cudzołóstwa bardzo poważnie i dramatycznie. Były długie przeciągłe namiętne pocałunki, masa pieszczot sutków i nawet cunnilingus. Wszystko to było bardzo fajne, poza tym, że Helen nie czuła, że coś ich łączy. Miała wrażenie pustki. Pomyślała o seksie z Wesleyem, który tak rzadko się teraz zdarzał, i zaczęła się zastanawiać, czy to jest lepsze niż tamto. Dziwne, ale nie mogła sobie przypomnieć. Może dlatego, że zwykle nie była trzeźwa, gdy to robili.

– Mam energię... Eee, ale musisz mnie podniecić – stwierdził, wpychając jej głowę między swoje nogi.

Po raz pierwszy Helen z bliska przyjrzała się jego penisowi i nie zrobił na niej wrażenia. Z poświęceniem wzięła go w usta i zaczęła ssać, jednak po pewnym czasie jego oklapły maluszek nadal był miękki, więc przestała.

– Co jest? – zapytała.

– Przepraszam – Wstał. Wydawał się zawstydzony i szybko podniósł z podłogi bokserki, po czym je włożył.

– Chyba muszę się napić soku z młodej pszenicy czy czegoś. To wino do lunchu mnie załatwiło. Chcesz wyskoczyć na sok, a potem wrócić i spróbować jeszcze raz?

Helen uważnie przyjrzała się Markowi. Jasne, jest młody i uroczy, ale, cholera, myślała, że taka pozamałżeńska relacja da jej uczucie spełnienia, a nie czuła nic. Właściwie, kiedy tak mu się przyglądała, uznała, że jest trochę tępy.

– Sorki, muszę odebrać córkę ze szkoły – stwierdziła, wstając i sięgając po ciuchy.

– Córkę? – zapytał zaskoczony.

– Tak – odparła, wkładając bieliznę. Czuła się bardzo wyzwolona, stojąc nago przed facetem. Jasne, przed chwilą uprawiała z nim seks, ale pamiętała czasy, gdy czuła się zawstydzona nagością przy każdym. A miała wtedy o wiele lepsze ciało! Żadnego cellulitu, żadnych rozstępów, żadnej luźnej skóry, którą można uszczypnąć. Mój Boże, gdyby mogła mieć obecną pewność siebie i tamto ciało... Strzeżcie się!

– Ile ma lat? – Wciąż był zaskoczony.

– Siedem.

– Eee, chcesz o tym porozmawiać? – Mark wyglądał na zaniepokojonego. Co on sobie myśli? Że chce za niego wyjść?

– Nie – ucięła, patrząc na zegarek. Do licha, nie zdąży do szkoły Lauren na czas. Znów będzie musiała zadzwonić do Wesleya, żeby ją odebrał. – Muszę lecieć.

Jadąc do domu, myślała o swojej pierwszej wyprawie do krainy zdrady. Nic trudnego. Właściwie czuła się z tym w porządku. Cała sztuczka będzie polegać na tym, żeby znaleźć kogoś, kto naprawdę jej się podoba. Może kogoś, z kim już wcześniej spała? Bo fakt, że sypiała z różnymi mężczyznami, no... został jakby wykreślony. Będzie musiała sprawdzić stary notes z adresami. Mark to tylko rozgrzewka. Teraz jest gotowa na prawdziwe baraszkowanie.

Leelee spędziła poranek z Viole w klubie plażowym, a popołudnie z Charlotte na zajęciach baletu, potem zjadły wczesną kolację z inną matką i jej córeczką w Cheesecake Factory, a następnie odebrała od Terry'ego jedzenie na wynos dla Brada, zapakowała dziewczynki do łóżka i popędziła do komputera. Brad pracował do późna, dzięki Bogu, i wreszcie miała chwilę, żeby napisać e-mail do Jacka. Dotychczas ulubionym momentem dnia było dla Leelee poranne picie waniliowej mocha latte z Coffee Bean & Tea Leaf, ale teraz zdecydowanie najbardziej cieszyła ją możliwość czatowania ze starym przyjacielem.

Tyle lat była zła na Jacka, ale zupełnie jej to przeszło, kiedy zaczęli mieć z Bradem kłopoty finansowe. Nie potrafiła nikomu tego wyjaśnić, ale Jack był jedyną radością w jej życiu, jedynym człowiekiem, który pozwalał jej zapomnieć, w jakiej sytuacji się znalazła i sprawiał, że czuła się wyjątkowa, niepowtarzalna. Zupełnie jakby fakt, że Jack Porter, wspaniały syn następnego prezydenta Stanów Zjednoczonych (prawdopodobnie), uważa ją za najlepszą przyjaciółkę i powiernicę, sprawiał, że czuła się ważna. To dlatego była wobec niego taka opiekuńcza i tak ceniła ich przyjaźń.

Gdyby Jack wybrał ją spośród tłumu mieszkających na przedmieściu mam, wtedy okazałoby się, że jest tak wyjątkowa, jak zawsze sądziła. Tego właśnie nienawidziła w swojej głupiej sytuacji finansowej – że jest tylko kolejnym numerem. Jakim cudem się w to wpakowała, jak Brad mógł jej to zrobić? Jak Jack mógł zwiać z tą durną chudą Tierney Harris? Mniejsza z tym. Nie chciała teraz o tym myśleć. Chciała się zalogować i usłyszeć, co się dzieje w drugim końcu kraju. Z podnieceniem zauważyła, że ikona AOL mruga. Wiadomość!

Cześć Sexi! Musiałem dziś pojechać do Vineyard, żeby sprawdzić rury w domu i myślałem o tobie, mała. Mają tam prawdziwą lodówkę. Pamiętasz, jak nasze durne rodziny postanowiły kiedyś spędzić tam święta? Katastrofa.

Pamiętała. Fajnie było spędzić gwiazdkę z Jackiem. Dzięki niemu wszystko stawało się lepsze.

Też myślałam o Vineyard. Pamiętasz te imprezy na plaży Katama? To były czasy. Jeszcze czuję dym z ogniska i piasek pod stopami.

Czekała na jego odpowiedź.

Mieszkasz w Kalifornii. Codziennie możesz mieć imprezę na plaży! A ja tu sobie odmrażam jaja.

Nie takiej odpowiedzi oczekiwała. Upiła łyk pinot noir, które właśnie otworzyła, i wlała do kryształowego kieliszka od Tiffany'ego z kompletu, który dostała w prezencie ślubnym. Wieczór był zimny i była w romantycznym nastroju.

Tak, ale ty tu nie mieszkasz.

Zastanawiała się, czy to wysłać, bo te słowa można było zinterpretować na wiele różnych sposobów. Normalnie zadbałaby o odpowiednią przedmowę, w rodzaju: *Ty tu nie mieszkasz i nie jesteśmy młodzi, a ja tęsknię za naszymi przyjaciółmi ze Wschodniego Wybrzeża*, ale tego wieczoru chciała spróbować.

Pamiętam, że któregoś lata... zaraz, nie powinienem o tym wspominać.

Co to ma znaczyć? Była zaintrygowana. Coś wstydliwego?

Kiedy? O czym nie powinieneś wspominać?

Czekała zdenerwowana. Miała mdłości. Minęło sporo czasu, zanim Jack odpowiedział.

To lato, gdy ty i ja prawie się zeszliśmy. Tylko potem ty się schlałaś i było po wszystkim... Ha ha – nauczyłaś się już, jak utrzymać alkohol w organizmie, Swifty?

Więc sobie tego nie wymyśliła. On też wiedział, że prawie do tego doszło. Ale dlaczego nie wrócili do tego innego wieczoru? Dlaczego miała tylko tę jedną szansę?

Nauczyłam się kontrolować picie alkoholu, dziękuję. Nauczyłam się masy rzeczy. Nie zdołałam tylko nigdy pojąć, dlaczego była z ciebie taka fajtłapa, że nie spróbowałeś wystartować do mnie przez wszystkie te lata. Chyba niemożliwe, żeby przeszkodziły ci małe wymioty? A może po prostu byłeś nieśmiały?

Poszła na całość. Nie rozmawiali poważnie przez lata. Wydawało się to surrealistyczne.

Pewnie byłem ofermą. Nie chciałem schrzanić naszej świetnej przyjaźni. I żałuję.

O rany, wspaniały Jack Porter przyznaje się do błędu! Była podekscytowana.

Możesz to naprawić. Nie ma czego żałować. Nigdy nie jest za późno.

Kursor migał na ekranie przez mniej więcej wieczność. Czy posunęła się za daleko? Mijały minuty, a ona patrzyła na zegar na ekranie. Wiadomość pojawiła się po pełnych trzech minutach.

Spotkaj się ze mną w Ritzu w Bostonie w weekend po Święcie Pracy. Właśnie zrobiłem rezerwację na nazwisko Porty Swifty. Zabukuję dla ciebie bilet w American Airlines. Będę czekał.

Leelee trzykrotnie przeczytała tekst, zanim zaczęła oddychać. Cholera jasna. Zaczęło się. Zanim zdążyła przetrawić tę informację, usłyszała trzaśnięcie frontowych drzwi. Brad wrócił do domu.

Kiedy się położyli, Leelee czuła się jednocześnie podniecona i przepełniona życzliwością, wyciągnęła więc swój sekretny zapas zabawek i uwiodła męża. To był najlepszy seks, jaki zdarzył im się od lat.

Po orgazmie odsunął się od niej. Wiedziała, że za dwie minuty zaśnie, więc musiała wykonać swój ruch.

– Zapomniałam ci powiedzieć. W przyszłym miesiącu muszę pojechać do Bostonu. To jakaś impreza dla senatora Portera i rodzice chcą, żebym poszła. To oni płacą.

– Świetnie – mruknął Brad, który już prawie spał.

– Dzięki, to tylko na weekend.

– Dobra. – Zanim się zorientowała, Brad chrapał. Minęło kilka godzin, zanim sama wreszcie zasnęła.

·· ROZDZIAŁ 18 ··

Victoria chciała zorganizować kolejne wieczorne wyjście z dziewczynami, ale wpasowanie tego w ich plany okazało się trudne, bo zbliżał się koniec lata. Eliza z ekipą pojechali na tydzień odwiedzić rodzinę w Chicago, a potem Helen i Wesley wyjeżdżali na Hawaje, więc tak naprawdę mogły się spotkać tylko po południu. Na herbatkę i na uzupełnienie wiadomości wybrały wtorek o czwartej. Victoria mieszkała w domu w stylu hiszpańskim przy Toyopa Road w Huntington Palisades, w połowie drogi między domami Helen i Elizy. Kiedy wyszła za Justina, wyraźnie podkreśliła, że sama tego nie zrobi, więc dekorację rezydencji powierzono Marcusowi Harringtonowi, znanemu w Los Angeles projektantowi, mającemu upodobanie do wschodniej sztuki i mebli. Victoria nigdy nie chciała zostać jedną z tych kobiet, które poświęcają godziny na rozważania dotyczące frędzli i falbanek, i jakoś nie potrafiła się zmusić do roztrząsania zalet i wad matowego niklu w opozycji do stali nierdzewnej w wyposażeniu kuchni i łazienek, więc zasadniczo Marcus dostał wolną rękę i mógł robić, co chciał. W efekcie powstał bardzo przyjemny, wyrafinowany, inspirowany Wschodem dom, wyposażony głównie w nowoczesne meble, z niewieloma obrazami na ścianach i jeszcze mniejszą liczbą przedmiotów, które stanowiłyby odbicie osobowości jego mieszkańców. Victorii to odpowiadało, uważała dom za funkcjonalne miejsce do jedzenia i spania, i niewiele poza tym. Zależało jej tylko na utrzymaniu nieskazitelnej czystości.

– O mój Boże, gdzie dostałaś te ciastka? Pyszne! – wykrzyknęła Leelee, odkrawając kolejny kawałek szarlotki i przekładając go na swój talerz. Na czarnej lakierowanej tacy stojącej na chińskim ratanowym stoliku, na talerzach w czerwone kwiaty leżały starannie ułożone małe szarlotki, ciastka z brzoskwiniami i orzechami, a obok pokrojona cytryna i miodowe paluszki do herbaty. Kiedy Victoria zapraszała na herbatę, podchodziła do tego poważnie. Chociaż sama nigdy nie pozwalała sobie na jedzenie słodyczy.

Spojrzała na Leelee z odrazą.

– Marguerita kupiła je w Urth Cafè.

– Genialne! – stwierdziła Leelee. Wiedziała, co oznacza spojrzenie Victorii, która uważała przyjaciółkę za grubasa, ale naprawdę jej to nie obchodziło. Vic wyglądała jak szkielet i chociaż była ładna, to niespecjalnie atrakcyjna. Żadnego z facetów, których Leelee znała, nie pociągał ten anorektyczny styl á la Nicole Kidman. Lubili kobiety z biustem i krągłościami. To tylko geje projektujący modę chcą, by kobiety wyglądały jak chłopcy i postanowili wylansować sylwetkę w stylu Karen Carpenter. Więc, moi drodzy, teraz uwaga, Karen Carpenter umarła na anoreksję, a Kate Moss ma problem z narkotykami, więc to żaden przykład.

– Kto zaczyna? – zapytała Helen, opierając się o brzeg eleganckiej sofy i upijając łyk herbaty rumiankowej. Aż pękała z chęci opowiedzenia im o swoim młodocianym byczku, ale nie chciała zdominować rozmowy.

– No, która ma coś do zgłoszenia? – Victoria spojrzała na dziewczyny.

Zanim zdążyły odpowiedzieć, z salonu dobiegło wycie odkurzacza.

– Przepraszam. – Victoria wstała i pomaszerowała po nagich deskach podłogi, by skręcić w lewo, do pokoju obok, i rozmówić się z nianią.

– Te ciastka są dobre – stwierdziła Eliza, gryząc kawałek. Nie lubiła jeść w obecności Victorii, która wprowadzała przy jedzeniu atmosferę rywalizacji, więc często ukradkiem kosztowała czegoś, gdy jej nie było. Żałosne.

– Wiem, mogłabym wciągnąć je wszystkie, ale Viki dostałaby ataku – rzuciła żartobliwie Leelee.

Victoria wróciła energicznym krokiem, a obcasy jej metalizowanych butów od Jacka Rogersa stukały przez całą drogę. Stanęła nad gośćmi.

– Austin zwymiotował i Marguerita musiała posprzątać. Nie mogę rozmawiać w tym zamieszaniu, więc może pójdziemy na górę do mojej sypialni? Wyciągnę tę sukienkę, którą chcesz pożyczyć, Helen, i możemy tam liczyć na odrobinę prywatności bez hałasu.

Był to bardziej rozkaz niż propozycja.

– Z Austinem wszystko w porządku? – zainteresowała się Eliza.

– Nic mu nie będzie. – Victoria wzięła tacę z herbatą. – Czy ktoś chce ciastka, czy mam je zostawić i zabrać tylko herbatę? – mówiąc to, patrzyła na Leelee.

Leelee miała ochotę na więcej ciastek, ale nie powinna się z tym wyrywać jako jedyna, bo Victoria potrafiła się zachować jak prawdziwa suka. Małżeństwo z nią musi być koszmarem.

– Ja skończyłam – stwierdziła Leelee.

– Świetnie. – Victoria, postukując obcasami o drewnianą podłogę, ruszyła na górę.

Beżowa sypialnia gospodyni była przestronna, w jednym końcu mieściło się surowe łóżko z kutego żelaza ozdobione marokańskimi poduszkami i afgańska narzuta. Po obu jego stronach stały tekowe stoliki z krwistoczerwonymi lampami do czytania. W przeciwległym rogu urządzono kącik do siedzenia, ze schludną beżową sofą, dwoma fotelami obitymi materiałem od Ralpha Laurena w beżu i czerwieni, i z niskim hebanowym stolikiem do kawy. Wszystkie panie usiadły w tym właśnie miejscu, gdzie przez okno wpadała bryza znad oceanu.

Victoria wyszła i chwilę później wróciła z elektroniczną nianią, którą podłączyła do gniazdka obok sofy.

– Korzystam teraz z dwóch różnych zestawów. Mam je wszędzie, w całym domu, bo chcę słyszeć, co Marguerita mówi do chłopców. Prosiłam ją, żeby mówiła tylko po hiszpańsku, ale od jednej z matek w parku słyszałam, że rozmowę z chłopcami prowadziła łamaną angielszczyzną... Wyobrażacie sobie? Po co mieć hiszpańską nianię, jeśli nie mówi po hiszpańsku, prawda?

– Może potrzebujesz jeszcze kamery? – żartobliwie wtrąciła Helen.

– Już zamówiłam. No, na czym skończyłyśmy? Może ty zaczniesz, Helen?

Helen odstawiła filiżankę i uśmiechnęła się do przyjaciółek.

– No więc, zaliczyłam tego seksownego gościa z jogi. Było dobrze, ale nie wspaniale. Chyba potrzebny mi ktoś starszy, jesteśmy na zupełnie innych etapach życia...

Eliza i Leelee były zaskoczone. Helen już to zrobiła? Jest gotowa na numer dwa? Victoria jednak przyjęła tę informację z klinicznym spokojem. Zupełnie jak lekarz, który wysłuchuje opowieści o symptomach występujących u pacjenta.

– I jak się czujesz? – zapytała.

Helen kiwnęła głową.

– Dobrze. Znacznie lepiej, właściwie...

– Dobrze, o rany... poprosimy o więcej szczegółów – odezwała się pospiesznie Eliza.

– No właśnie, na przykład: duży fiut czy mały fiut? – zainteresowała się Leelee.

– Średni – odparła Helen. Następnie przedstawiła urzeczonej widowni szczegółowy opis każdego pocałunku, dotyku, objęcia oraz pełną charakterystykę anatomiczną partnera. Gdy skończyła, odchyliła się na oparcie krzesła.

– Rany – sapnęła Eliza.

– Brawo, dziewczyno! – wykrzyknęła Leelee.

– A wiecie, co było zabawne? – zapytała Helen. – Po ślubie kobieta nagle zmienia się w westalkę-dziewicę. Zupełnie jakby ludzie, to znaczy faceci, umieszczali cię w jakiejś innej kategorii, poza zasięgiem. Nie patrzą na ciebie i dają odczuć, że nie odbierają cię jako istoty seksualnej. A potem, gdy małżeństwo trwa już parę lat, po dziecku albo dwóch wszystko się zmienia. Zupełnie jakbyś znowu weszła do gry. Może to dlatego, że jesteśmy bardziej pewne siebie? A może dlatego, że doświadczamy duchowego spełnienia, które czyni nas całością, spełnienia, które bierze się z małżeństwa? Nie wiem... ale można z tego korzystać lub nie. I odkąd zawarłyśmy nasz pakt, zaczęłam to dostrzegać. Zauważyłam, że jestem odbierana jako istota seksualna, mężczyźni mnie tak postrzegają. To podniecające. I kuszące.

Dziewczyny przetrawiały to, co powiedziała. Eliza jeszcze tego nie czuła, chociaż bardzo chciała. Nie była pewna, czy jakikolwiek facet odbierał ją jako obiekt seksualny. Leelee wiedziała, co Helen ma na myśli. Nagle miało do tego dojść z Jackiem i nic takiego nigdy wcześniej się nie zdarzyło. Victoria wiedziała, o czym mówi Helen, miała wrażenie, że zawsze była postrzegana w taki sposób. Wystarczy po ślubie nie myśleć o sobie jako o westalce-dziewicy i nie ma sprawy.

– A co z wami, dziewczyny? – odezwała się wreszcie Helen.

– Spotkam się z Tylerem Traskiem w piątek i zobaczymy – oznajmiła Eliza. Wiadomość została powitana okrzykami i pohukiwaniem oraz kilkoma niecenzuralnymi uwagami. Eliza chciała jak najszybciej przestać być główną bohaterką rozmowy, więc zapytała Leelee o jej sytuację.

– Musicie obiecać, że nikomu nie powiecie, bo mówimy tu o poważnej tajemnicy o zasięgu krajowym – powiedziała Leelee.

Wszystkie obiecały.

– No dobra. Jadę do Bostonu na randkę z Jackiem Porterem. Wymieniamy mejle co sekunda. Ma dość swojego małżeństwa i coś do mnie czuje... – Policzki Leelee zaróżowiły się, gdy to powiedziała. Dziewczyny osłupiały.

– Niewiarygodne! – wykrzyknęła Eliza.

– Zawsze tego chciałaś! – przypomniała Helen. Było zupełnie jak w liceum. Klasyczna sytuacja, gdy dziewczyna, która, choć lubiana, ale nie najbardziej popularna, jakimś sposobem załapuje się na najbardziej rozrywanego faceta, w którym od wieków się kocha. Mimo wszelkich zastrzeżeń aż piszczały z podniecenia. Romantycznie jak za czasów nastoletnich porywów... Czuły się młode.

Wreszcie skupiły uwagę na Victorii, a ona rozsiadła się wygodnie i uważnie przyjrzała przyjaciółkom.

– Uprawiałam wczoraj seks z Waynem Mercerem – poinformowała wreszcie. – Największym wrogiem mojego męża. Zrobiliśmy to u niego na podłodze w kuchni, w łazience, w salonie. Był fantastyczny. Było sprośnie i lubieżnie. Niegrzeczny z niego chłopiec.

Spojrzały zdumione na zadowolony uśmiech Victorii.

– O rany, to prawdziwy cios dla Justina – stwierdziła Eliza.

– Owszem – przyznała Victoria. – Co zabawne, nakłoniłam go, żeby włączył w tle *Searsuckers*, oczywiście bez dźwięku. Gra tam Tad Baxter, dupek, którego Justin reprezentuje. Wayne mi powiedział, że zamierza sprzątnąć go Justinowi.

– Oszalałaś! – orzekła Helen.

- Nie. Chcę się tylko zemścić - wyjaśniła spokojnie Victoria.

Zanim zdążyły powiedzieć coś więcej, rozległ się głośny niewyraźny dźwięk. Rozejrzały się. Dochodził z elektronicznej niani. Victoria pochyliła się i postukała palcem w odbiornik.

- Interferencja - wyjaśniła.

- Za zakłócenia dziękujemy - dodała Leelee.

Później, gdy wychodziły i żegnały się z Victorią, zauważyły na granicy trawnika Ansona Larrabee'go, trzymającego smycz suki rasy corgie wabiącej się Samanta, która właśnie siusiała.

- Cześć, Anson! - zanuciły. Żadna z nich nie lubiła tego wielkiego bufona, ubranego w zielone korsarki z paskiem i różową koszulę z długimi rękawami.

- Witam panie - odpowiedział Anson i rzucił im dziwne spojrzenie. Nie przejęły się, jednak później miały tego pożałować.

ROZDZIAŁ 19

Pedicurzystka delikatnie ścierała namydloną piętę Ansona, przykładając się do usunięcia martwego naskórka z dużego palca, tak jak sobie życzył. Imelda i Anson przeznaczyli ten dzień „dla urody" i spędzali go w Aggie's, gdzie robili sobie pasemka, a potem czekali na polerowanie paznokci, zmiękczanie nagniotków i szybki masaż karku, by rozluźnić napięte mięśnie.

– To jest życie – westchnął Anson z południowym akcentem, nie spuszczając oka ze skrobaka w rękach pedicurzystki.

– Wiem. Kto powiedział, że dbanie o urodzę musi być ciężką pracą? – zapytała Imelda, za pomocą pilota zwiększając tempo wibracji fotela masującego.

Imelda i Anson spotykali się już od kilku miesięcy i dla obojga relacja ta była korzystna. Imelda z przyjemnością wychodziła na kolację i do kina, a Anson był dobrym towarzyszem. On sam z kolei lubił być widywany w towarzystwie atrakcyjnych kobiet i zwykle spotykał się z rozwódkami, zanim znalazły kolejnych mężów. Imelda została przedstawiona Ansonowi przez przyjaciółkę Rebekę, która spotykała się z nim pomiędzy drugim a trzecim mężem. Przy rozstaniu obyło się bez łez i goryczy, po prostu się pożegnali. Imelda bez trudu zajęła miejsce Rebeki i zamierzała pomóc Ansonowi w znalezieniu kogoś na swoje miejsce, gdy będzie go porzucała dla innego.

– Jutro przychodzi do mnie ten masażysta, no wiesz, Enrique – odezwał się Anson.

– Jasne. – Imelda go nie słuchała. Bez trudu potrafiła wygłuszyć to, co mówił Anson. Gadał i gadał, więc okazało się to przydatną umiejętnością.

– To gej, ale jest bardzo dobry – ciągnął. – Nie chcę tylko, żeby ludzie gadali, kiedy zobaczą, jak gej wchodzi do mojego domu ze stołem do masażu.

– Ansonie, tylko ty jeden mógłbyś gadać! – stwierdziła Imelda, wybuchając śmiechem.

– Jesteś okropna! – mruknął Anson.

Rozbawiony, zauważył, że wchodzi Victoria Rand i rozmawia z recepcjonistką.

– Spójrz, kto przyszedł – odezwał się półgłosem.

– Suka – wyszeptała Imelda.

– Juhuu! Victorio! – zawołał Anson, machając do niej z drugiego końca strony salonu. – Jak się masz?

Victoria wzięła głęboki oddech. Nienawidziła Ansona, był toksyczny i bezużyteczny, był jedną z tych osób, których lepiej nigdy nie poznać, ale nie należało go lekceważyć. W sumie miała go w nosie, ale był sąsiadem, a Justin z jakiegoś powodu chciał mu wchodzić w dupę, westchnęła więc i podeszła do niego i Imeldy. Ogromny otłuszczony Anson wciśnięty w maleńki fotel do pedicure stanowił w sumie niezapomniany widok.

– Cześć, Ansonie. Imeldo – przywitała się Victoria.

– Mamy dzień dla urody! – oznajmił Anson. – Przyłączysz się?

– Nie, umawiałam się na później.

– Ostrzysz pazurki? Justin mi powiedział, że najbardziej na świecie nie cierpi kobiet z zaniedbanymi paznokciami – poinformował Anson.

– Naprawdę? – Victoria była zaskoczona. Justin prawdopodobnie to powiedział, ale dziwne, że Anson coś takiego zapamiętał. Chociaż z drugiej strony, Anson pamięta wszystko, każdy najdrobniejszy szczegół. To dlatego jest niebezpieczny.

– Tak. Więc dokąd zmykasz? – zapytał Anson.

– Muszę odebrać sukienkę od Elsie Walker, a potem zabrać chłopców na karate. – Victoria zastanawiała się, dlaczego w ogóle z nim rozmawia. Anson z każdej informacji potrafił wycisnąć coś złowieszczego.

– Och, a po co ta sukienka? Seksowna randka? – Anson uniósł brwi.

Victoria dała się zaskoczyć.

– Seksowna randka z Justinem? Wykluczone. Po prostu biznesowe przyjęcie.

– Co za szkoda! A myślałem, że może ty i twój uroczy mąż idziecie potańczyć czy coś równie ekscytującego.

Dziwne, że wspomniał o tańcach, ponieważ właśnie ustalili z Waynem, że pójdą do hiszpańskiego klubu tanecznego w centrum Los Angeles. Ale Anson nie miał się skąd o tym dowiedzieć.

– Nie, nic równie podniecającego.

– Taniec to dobry trening – dodała Imelda bez związku.

– No, muszę lecieć. – Victoria nie chciała marnować ani chwili.

Anson odczekał, aż zamknęły się za nią drzwi, a potem odwrócił się i wyszeptał do Imeldy:

– Niegrzeczna z niej dziewczynka.

– Dziwka – dodała Imelda.

– I coś knuje.

Imelda wiedziała, że Anson w ten właśnie sposób mówi o ludziach, na których coś ma.

– Co chcesz przez to powiedzieć?

Anson rozejrzał się, chcąc mieć pewność, że nikt go nie słyszy.

– Wiesz, że Victoria jest moją sąsiadką i wiesz, że mam elektroniczną nianię. – Poruszył brwiami i spojrzał znacząco.

– Ale nie masz dzieci? – upewniła się Imelda.

Anson westchnął. Imelda nie była specjalnie błyskotliwa. Często miał wrażenie, że ma do czynienia z upośledzonym dzieckiem.

– Kwiatuszku, nie musisz mieć dziecka, żeby posiadać elektroniczną nianię.

– Czemu nie?

Poczuł zniecierpliwienie.

– Bo można podsłuchiwać, słuchać innych rzeczy. Zachodzi interferencja, dom Victorii graniczy z moim i jej odbiornik jest dosłownie kilka metrów obok. Jeżeli rozmawia w pokoju, w którym stoi odbiornik, słyszę wszystko, co mówi albo robi. Jest na mojej częstotliwości. Słyszę, kiedy uprawia seks, słyszę, kiedy rozmawia przez telefon i słyszę, kiedy ona i jej przyjaciółki opowiadają sobie o rzeczach, których nie powinny robić.

– Na przykład?

– Powiem ci w swoim czasie. Wierz mi, lepiej nie mieć takich sekretów. Ale najlepsze jest to, że do mojego odbiornika podłączyłem magnetofon, więc nagrywam to wszystko i umieszczę w bezpiecznym miejscu. Zamierzam skorzystać z tego któregoś dnia, we właściwym czasie. A wtedy te dziwki będą na mojej łasce, będą błagały, żebym został ich przyjacielem, wiedząc, że mam nad nimi przewagę, i będą musiały cierpieć.

– Niegrzeczny jesteś, Ansonie. – Imelda uśmiechnęła się złośliwie. To dlatego uwielbiała Ansona – z powodu jego złośliwości. Były mąż powiedział jej kiedyś, że jest zła, że jest najgorszą osobą, jaką w życiu spotkał, ale nie poznał Ansona.

·· ROZDZIAŁ 20 ··

W drodze na spotkanie z Tylerem Traskiem na planie filmowym Eliza postanowiła dać się przekonać sobie samej, że postępuje słusznie, angażując się w pakt. Była jednak rozdarta. Miała za sobą sporo doświadczeń z sekretami, które zostały odkryte, i wiedziała, że ludziom trudno jest utrzymać język za zębami. Widziała też, że ludzka natura bywa pokręcona i nie sposób przewidzieć, co kto zrobi lub powie, w tym również ona sama.

Jadąc SUV-em BMW przez Washington Boulevard, myślała o Tylerze. Ledwo mogła uwierzyć, że znów go zobaczy. Czy naprawdę ma zdradzić Declana? Pomyślała o Bridget i Donovanie. Uwielbiają ojca. Jest dla nich wszystkim. Wielkim misiem, na którego się wspinają, gościem podrzucającym dla nich w sobotę rano naleśniki, pogromcą duchów, który wygania wszystkie demony mieszkające w szafach. Czy naprawdę zamierza zaryzykować spokój ich życia dla zwykłego hedonistycznego aktu? Każdego wieczoru dzieci czekają w oknie o dziewiętnastej trzydzieści, aż tata wjedzie na podjazd, a kiedy przekracza próg, zaczyna się szaleństwo. Czy dla jednorazowej przygody naprawdę warto im to odebrać? Jej rodzice nigdy się nie zdradzali, choć przeżyli razem czterdzieści lat. Rodzice Declana też wciąż są razem. Musi mieć świadomość, że cały plan został wymodzony przez Victorię, której rodzice się rozwiedli. Ludzie pochodzący z rozbitych rodzin traktują małżeństwo trochę bardziej aroganoko, uznała. Było to duże uogólnienie, ale uznała, że prawdziwe. Wszyscy spośród jej przyjaciół, którzy zaliczyli „małżeńską przystawkę" – te krótkie, roczne, niezwieńczone dziećmi związki – mają rodziców po rozwodzie. Przykład idzie z góry. A z jakiego to przykładu ona sama skorzysta, jeśli prześpi się z gwiazdą filmową? Żałosne.

Ale jest też druga strona medalu. Ta na wpół martwa, która chce powrócić do życia. Eliza pragnie czuć się ładna, pożądana. Z doświadczenia wiedziała, że Tyler Trask jest jedynym człowiekiem na Ziemi, który może sprawić, by tak się poczuła. Może dlatego poświęciła na przygotowania ponad godzinę, odrzucając kolejne stroje jak robaczywe śliwki, by wreszcie zdecydować się na białą koszulę z długimi rękawami włożoną do wąskiej czarnej spódnicy z rozcięciem z boku. Konserwatywnie, ale kiedy rozpięła górny guzik bluzki, dodała czarne szpilki od Monolo Blahnika i turkusowy naszyjnik od Ralpha Laurena, nie wyglądała już zwyczajnie. Po dwudziestominutowych rozważaniach, czy upiąć włosy, czy rozpuścić, zdecydowała się na to drugie i spędziła dziesięć dodatkowych minut, prostując je. Uroda wymaga poświęceń.

– Dawnośmy się nie widzieli – powiedział Tyler, gdy otworzył drzwi przyczepy.

– Wiem – odparła, rumieniąc się. Spuściła głowę, żeby tego nie zauważył, i przecisnęła się obok niego, by wejść.

Był to luksusowy ruchomy dom z wygodnymi skórzanymi siedzeniami, plazmowym telewizorem, w pełni wyposażoną kuchnią i, jak zauważyła, łóżkiem z tyłu. Z tego powodu zaczerwieniła się jeszcze bardziej. Wciąż zbyt zdenerwowana, by spojrzeć na Tylera, Eliza rozejrzała się kilka razy, zauważyła, że wszędzie panuje porządek i jest czysto. Jedynym wyjątkiem był marmurowy stolik do kawy zarzucony notatkami nabazgranymi na kartkach, książkami o Rooseveltcie i Nowym Ładzie, egzemplarzami „New York Timesa" i licznymi kubkami ze Starbucksa. Chociaż przez szpary w żaluzjach do środka wpadało trochę światła, w przyczepie było dość mroczno.

– Siadaj. – Tyler wskazał sofę. Spojrzała na niego kątem oka i zauważyła, że ma na sobie koszulę w kratę i bojówki. Super! Dlaczego Declan się tak nie ubiera? Zawsze jest taki sztywny.

Eliza usiadła, a gdy Tyler usadowił się naprzeciwko niej, wreszcie zdecydowała się na niego spojrzeć. Widziała jego twarz w niezliczonych filmach i wywiadach telewizyjnych, nie sądziła więc, by spotkanie z nim na żywo mogło ją speszyć. Myliła się. Chociaż ogłoszono go jednym z najbardziej ekspresyjnych aktorów w historii, taśma filmowa nie była w stanie wychwycić głębi jego oczu. Było w nich coś takiego, że wciągały człowieka, sprawiały, że chciało się szukać głębiej i głębiej, cały czas ze świadomością, że nigdy nie dotrze się do dna. Był bardzo opanowany i przez to silny, niezwykle męski, Eliza miała wrażenie, że przyciąga ją jak magnes. Niemal mdliło ją z pożądania, gdy jej uwagę przykuło coś stojącego na parapecie za Tylerem. Poczuła przeszywający ból i wróciła do rzeczywistości. Było to zdjęcie przedstawiające dziewczynę Tylera, Jane, trzymającą na rękach ich rocznego syna Christiana. Chciało jej się wymiotować. Zamiast tego wstała i wzięła zdjęcie do ręki, po czym powiedziała słodko:

– O mój Boże, to twój syn? Jest uroczy.

Wyciągnęła rękę ze zdjęciem w stronę Tylera, ale on, zamiast odpowiedzieć, jednym szybkim ruchem odwrócił Elizę do siebie i wziął w ramiona, po czym posadził ją sobie na kolanach.

– Wiedziałem, że do mnie wrócisz – szepnął.

· · ROZDZIAŁ 21 · ·

Telefony były przerażające.

– A teraz słuchaj, suko, masz się tu zjawić za pół godziny albo dzwonię do twojego męża – syczał.

Albo:

– Ty pieprzona zdziro, jestem na ulicy, wchodzę. Chyba że przyjdziesz.

Victoria czuła, jak kurczy się jej żołądek, i nie wiedziała, co robić. Dzwonił, kiedy Justin leżał obok niej pogrążony we śnie, więc nie miała wyboru i szybko ubierała się, żeby wyjść do Wayne'a. Błagała go, żeby przestał dzwonić, a kiedy się upierał, przeniosła się do gościnnej sypialni. Justinowi powiedziała, że cierpi na bezsenność i nie chce go budzić, ale przez cały czas bała się, że telefon zadzwoni i będzie musiała błagać Wayne'a przyciszonym głosem, żeby był rozsądny, życzliwy, łaskawy. Do tej pory odmawiał.

Mogła winić tylko siebie. Jasne, z początku było zabawnie i podniecająco. Zachwycił ją pomysł, by przelecieć wroga własnego męża, bo to jest złe. Jednak potem zrozumiała, że to Wayne jest zły. Na początku myślała, że się nim bawi, ale szybko przekonała się, że to on bawi się nią. I nie miała wyboru. Seks stał się bardziej brutalny, wręcz bolesny. Wayne był sadystą i lubił ją bić, zostawiać ślady na jej ciele. Kilka razy próbowała to przerwać, ale dzwonił i dzwonił. Za którymś razem powiedziała mu, że musi odebrać dzieci, a on zjawił się przed szkołą! Innym razem dopadł ją na przyjęciu – Justin stał pięć metrów dalej – i przyciskając się do niej kroczem, wymusił, by się z nim spotkała. Wiedziała, że nie chodzi o to, jaka jest świetna, ale o fakt, że uwielbia ją kontrolować. Dowala wrogowi. A potem, gdy jeden z jego klientów zdecydował się przejść do Justina, Wayne zmienił się w szaleńca. Całą swoją wściekłość zwrócił ku Victorii i okazał się potworem.

Ostatniego wieczoru po raz kolejny próbowała to zakończyć, po raz któryś, i Wayne dostał szału.

– Ty mała suko, nie możesz tak po prostu mnie zostawić.
– Przydusił ją do ściany we frontowym korytarzu. Czuła

jego palce ściskające jej nadgarstek tak mocno, że zaczęły się tworzyć czerwone ślady.

– To koniec, Wayne. Pogódź się z tym – syknęła.

– Koniec nastąpi, gdy ja to skończę, ty kurwo. – Mocniej wykręcił jej ramię.

Nie przywykł do tego, by go porzucano, w końcu jest agentem – chciał kontrolować, mieć ludzi na własność, a potem pozbywać się ich na własnych warunkach.

– Zachowajmy się jak para dorosłych ludzi i skończmy z tym. Było zabawnie, a teraz koniec – stwierdziła, po raz ostatni próbując zakończyć rzecz czysto.

– Nie. Nie jestem gotowy, by to skończyć.

– Dlaczego, Wayne? To twoje ego? Bo wiem, że jestem dobra, ale nie mogę uwierzyć, że aż tak bardzo.

Wayne puścił ją i zaczął nerwowo krążyć po domu. W oczach miał szaleństwo. Z początku myślała, że to szaleństwo we wzroku charakterystyczne dla ludzi w Hollywood, ale potem, gdy spędziła z Waynem kilka nocy, odkryła, że powodem jest kokaina. Facet poważnie się uzależnił i to właśnie była przyczyna jego szaleństwa.

– Nigdzie nie idziesz, ty dziwko! Mam film z nami! Powiem Justinowi!

Już wcześniej groził jej w ten sposób i tego właśnie się obawiała. Czy mówi prawdę? Jaki film? Słyszała o takich chorych typach, którzy mają sypialnie wyposażone w ukryte kamery do tych właśnie celów, ale czy Wayne jest jednym z nich? Stanowczo wyszło szydło z worka.

Victoria nie zdawała sobie sprawy, że Wayne może być tak okrutny i szalony. Nie zdoła sama sobie z nim poradzić. Żałowała, że nie może powiedzieć Justinowi, ale znała jego zapalczywość. On także potrafi być okrutny i twardy. To by wszystko zrujnowało. Nie o to chodzi, że ich małżeństwo jest takie wspaniałe, ale na pewno by się rozpadło, gdyby mu powiedziała. Bała się, że straci dzieci. Rozwód byłby okropny. Nie pracuje już od kilku lat, więc w razie rozstania musi wydusić z niego, ile się da, a zdrada z pewnością jej w tym nie pomoże.

Victoria nie należała do osób, które dadzą sobie wciskać jakieś gówno. Chciała kontrolować. Ale też potrzebowała pomocy. Dlatego właśnie musiała zwrócić się do dziewczyn. Uważała, że poleganie na nich oznacza słabość, podobnie jak proszenie je o pomoc, ale naprawdę była słaba i potrzebowała pomocy. I to też ją wkurzało. Nie chciała być od nikogo zależna, nie chciała być postrzegana jako ktoś słaby. Postanowiła, że przyjaciółki muszą być tak samo winne jak ona. Muszą cokolwiek zrozumieć, zanim powierzy im swoją tajemnicę. Ojciec zawsze mówił, że dopóki czegoś nie doświadczysz, nie masz pojęcia, przez co przechodzą inni. Może jest w tym odrobina prawdy.

W odpowiednim momencie, półtora miesiąca po zawarciu paktu, Victoria zadzwoniła do Helen i Elizy, i poprosiła, żeby spotkały się z nią na lunchu. Pominęła Leelee, bo strasznie ją wkurzała i żałowała, że wciągnęła ją w całą tę zabawę. Chociaż z drugiej strony, Leelee świetnie się układało i miała właśnie spotkać się z Jackiem podczas romantycznego weekendu. A to oznaczało, że wciągnęła się w stu procentach. Victoria wciąż jednak podejrzewała, że Leelee jest niedojrzała i nie do końca szczera, więc wolała zwierzyć się ze swoich problemów Helen oraz Elizie, które uważała za znacznie bardziej rozsądne. Eliza właśnie odbyła schadzkę z Tylerem, więc była w pełni zaangażowana w spisek. Helen z kolei właśnie zaczęła romans z Danielą Fox, lesbijką, która jako jedyna w mieście potrafiła uwodzić heteroseksualne kobiety. Victoria nie mogła się doczekać, by poznać wszystkie szczegóły.

Kiedy szła do drzwi, zadzwonił telefon. Przygryzła wargi. Czy powinna odebrać? Pewnie dzwoni Wayne, a nie chciała mieć z nim nic do czynienia. Nie odebrała.

– O mój Boże, Victorio. To okropne – jęknęła Eliza, gdy Victoria wyznała jej i Helen, w jakiej znalazła się sytuacji.

– Facet jest w oczywisty sposób niezrównoważony – uznała Helen. – Spod jakiego jest znaku?

Victoria zmierzyła ją groźnym spojrzeniem.

– Co?

– Przepraszam, ja tylko...

Helen zamilkła, ale jeśli jest spod Byka albo Lwa, Vic czekają ciężkie chwile.

– Co możemy zrobić? – zapytała Eliza.

Podeszła kelnerka i przyniosła główne danie, grillowaną rybę dla Helen i Elizy oraz hamburgera dla Victorii. Siedziały w Houston w pobliżu promenady. Było tam hałaśliwie i tłoczno, tłumy turystów jadły lunch.

– Mówił coś o filmach i chcę sprawdzić, czy je ma. Muszę się dostać do sypialni, kiedy go nie będzie. Problem w tym, że system zabezpieczeń u niego to prawdziwe dzieło sztuki. Facet ma paranoję i kiedy tam jestem, nie zostawia mnie nawet na sekundę – westchnęła Victoria.

– Ale, znając ciebie, masz plan – stwierdziła Eliza.

Victoria uśmiechnęła się po raz pierwszy tego dnia.

– Znasz mnie. Zawsze mam plan.

– Jaki? – Eliza patrzyła na nią wyczekująco.

– Ukradniemy taśmę. Ty i ja wejdziemy do domu Wayne'a. Załatwimy to.

– No, nie wiem... – zaczęła Eliza. Nie chciała wpakować się w środek tego plugastwa. Oczywiście powinna pomóc przyjaciółce, ale żeby kraść? Zakradać się do czyjegoś domu? Nie jest bohaterką powieści detektywistycznej. Jej nerwy nie wytrzymają czegoś takiego.

– A co ze mną? – Helen najwyraźniej poczuła się urażona.

– Przepraszam, kochanie, ale wiemy, jak panikujesz w stresujących sytuacjach – stwierdziła Victoria, patrząc na nią porozumiewawczo.

– Masz rację. – Helen wiedziała, że to prawda. Byłaby bezużyteczna. – Więc co zamierzasz?

Victoria strząsnęła okruszki z leżącej na stole maty, wzięła głęboki oddech i szczegółowo przedstawiła przyjaciółkom plan. Myślała o nim przez cały ranek i wiedziała, że jest dokładna. Helen zgodziła się, że plan brzmi sensownie, ale oczywiście ona nie będzie niczego robić, wszystko zależy od Elizy. Po długich namowach Eliza uległa.

Dopiero gdy szły na parking, Victoria przypomniała sobie, by zapytać Elizę o randkę z Tylerem.

– Było... – zaczęła Eliza.

– Orgazmicznie? – zapytała Helen.

– Czy jest duży? – dopytywała się Victoria. – Zawsze byłam ciekawa.

– Proszę! – jęknęła Eliza. – No dobrze, słuchajcie. Nie jestem gotowa, żeby o tym mówić. Dajcie mi trochę czasu.

Dziewczyny były rozczarowane, ale wiedziały, że tego rodzaju informacje trudno jest z Elizy wyciągnąć, nie miały więc wyboru i musiały czekać.

– No dobrze, ale musisz nam wszystko opowiedzieć. Umieramy z ciekawości – oświadczyła Victoria.

– Niedługo opowiem – obiecała Eliza.

·· ROZDZIAŁ 22 ··

Podsłuchiwanie Victorii i jej przyjaciółek stało się obsesją Ansona. Było lepsze niż oglądanie *Gotowych na wszystko*, lepsze niż czekoladowe cukierki Teuschera i zdecydowanie lepsze niż seks. W każdej wolnej chwili rozsiadał się wygodnie z wielkim kubkiem herbaty i wysłuchiwał ich najgłębszych tajemnic, wszystkich wyznań i niezwykle szczegółowych opisów życia seksualnego. Im częściej słuchał ich rozmów dzięki swojej elektronicznej niani, zanurzając torebkę herbaty we wrzątku, tym trudniej było mu uwierzyć w to, co mówią.

Victoria to ostra suka – rzecz ogólnie wiadoma – nie był więc zaskoczony, że szukała miłości z kimś innym. Zawsze jej nienawidził, była taka wyniosła i ledwie mówiła mu „dzień dobry". Jej mąż to też dupek, przerwał Ansonowi w pół zdania, gdy ten poprosił, żeby Justin rzucił okiem na jego scenariusz („Każdy pomocnik kelnera stąd do Nevady ma scenariusz. Weź numerek".). Nie musiał być taki paskudny. Romans Elizy go zaszokował. Tyler Trask? Toż to łobuz. A Eliza nie wydawała się typem osoby, która oszukuje. Chociaż wcale nie jest taka miła, jak starała się udawać. Wielokrotnie prosił ją, nie wprost, ale wiedziała, o czym mówi, żeby przedstawiła go wydawcy swojego czasopisma. Mógłby się tam załapać na dodatkową pracę. Jest świetny w przeprowadzaniu wywiadów i wiedział, że wspaniale robiłby to dla czasopisma. Ale go zbyła. Od tamtej pory miał ją na swojej liście. Helen, ta stuknięta, w ogóle go nie zaskoczyła. Pewnie i tak żyje w otwartym związku. Nie bardzo wiedział, co o niej myśleć, ale zawsze chował urazę, że zaplanowała pokaz zdjęć w bibliotece tego samego dnia, gdy on czytał wybór swoich artykułów w Village Books. Najbardziej nienawidził Leelee. Tej niskiej tłustej blond cheerleaderki. Jest taka nienaturalna z tą swoją przyjemną słodyczą. Bez wahania wbije człowiekowi nóż w plecy. Wiedział, że to z powodu jej interwencji nie przyjęto go do klubu plażowego. Jakim sposobem ma taką władzę? On przecież dłużej mieszka w tym mieście.

Z początku Ansona zaledwie bawiła wiedza, że jego wymuskane i układne sąsiadki oszukują mężów, ale im więcej o tym myślał, tym częściej przychodziło mu do głowy, że może na tym skorzystać. Ma w szufladzie genialny scenariusz. Justin z pewnością mógłby upchnąć go w jakimś studiu albo przekazać właściwemu agentowi. W tej chwili najprostsza droga do Justina prowadzi przez Victorię, a żeby tego dokonać, musi skłonić ją do współpracy. To dlatego umieścił w swojej kolumnie pierwszą aluzyjną wzmiankę. Ciężko nad nią pracował, cyzelując przy użyciu zwykłej mieszanki pochlebstw i intryg, ale w efekcie chichotał nad nią przez resztę wieczoru.

Kogo wolicie? Justina Colemana czy Wayne'a Mercera? Fe, skąd te brudne myśli, moje panie, nie mam na myśli romantycznego kontekstu, wiadomo, że Justin jest szczęśliwym małżonkiem swojej nieodmiennie oddanej Victorii. Chodzi mi o to, kogo wolicie w roli oficjalnego przedstawiciela? Gwiazdka Hadley Whitaker w tej właśnie chwili musi dokonać wyboru między tymi dwoma panami. Czy zdecyduje się na IAA, czy ACM? Pozostańcie na nasłuchu, w każdym razie ja zostanę.

To miał być zaledwie początek. W następnym tygodniu Anson zamierzał napisać coś o Helen. Jej mąż jest reżyserem – może mógłby się na coś przydać, kto wie? Jeżeli do tego zdoła dotrzeć do Elizy, być może załatwi mu Tylera Traska, żeby zagrał w jego filmie? Świat stoi przed Ansonem otworem.

·· ROZDZIAŁ 23 ··

Bostoński Ritz był zawsze ulubionym hotelem Leelee. Zatrzymywała się w Plaza Athenee i Connaught w Londynie, ale żaden nie mógł się równać z hotelem w jej rodzinnym mieście, gdzie spędziła tyle fantastycznych weekendów, uciekając ze szkół z internatem i college'u, by z grupą przyjaciół oglądać Head of the Charles*. Tam odbyło się przyjęcie urodzinowe z okazji pięćdziesiątych urodzin jej ojca, tam urządziła herbatkę w dniu swojego debiutu, a przede wszystkim tam właśnie jadali niedzielne brunche z rodziną Porterów, kiedy byli w mieście. Nie brakowało jej powodów, by uwielbiać to miejsce, ale zyskała kolejne, gdy Jack spotkał się z nią w apartamencie na szóstym piętrze w ten deszczowy piątkowy wieczór.

Jadąc na górę windą, czuła się jak hrabina Olenska podążająca na spotkanie z Newlandem Archerem. Hotel przywodził jej na myśl Edith Wharton i w samolocie specjalnie czytała *Wiek niewinności*, żeby wprawić się w odpowiedni nastrój. Recepcjonista powiedział, że Jack, a raczej „pan Swifty", już się zameldował, i z każdym kolejnym podświetlającym się guzikiem w windzie Leelee wiedziała, że jest o jedno piętro bliżej ukochanego. Postanowiła, że

---

* Head of the Charles – prestiżowy wyścig kajakarski odbywający się w październiku.

urządzi dramatyczne wejście, a także tajemnicze, i doprowadzi do seksu najszybciej, jak to możliwe. Jeśli będą zwlekali, mogą przegadać sprawę. Cóż, ona nie dałaby się odwieść od seksu, ale on, kto wie? Mogliby paść ofiarą łączącej ich dawniej relacji i zacząć się wygłupiać, a wtedy skończyłoby się na osuszeniu minibaru i oglądaniu Lettermana. Nuda. Leelee nie zamierzała marnować kolejnej okazji. Wykluczone. Zamierzała zdobyć swojego mężczyznę za wszelką cenę.

Winda brzęknęła i Leelee wysiadła, po czym podeszła do właściwych drzwi. Wzburzyła włosy i strzepnęła spódnicę. Cholerna niewygoda, lecieć przez cały kraj w butach na wysokich obcasach i pończochach, do tego spódnica była nieco za ciasna. Wiedziała jednak, że nie będzie czasu na przebranie się i, chcąc wyglądać seksownie, musiała cierpieć. Miała na sobie nawet wyzywający czarny pas do pończoch, który specjalnie kupiła w Victoria's Secret. Jack w swoich żartobliwych e-mailach często robił aluzje do swojej słabości do pasów do pończoch.

– Przyjechałaś – powiedział Jack, kiedy otworzył drzwi. Wyglądał jeszcze lepiej niż zawsze. Najwyraźniej właśnie wyszedł spod prysznica, ponieważ był ubrany w miękki, biały, hotelowy szlafrok i wycierał włosy ręcznikiem.

Leelee spojrzała na niego tylko raz i padła mu w ramiona. Zaskoczony, zatoczył się do tyłu, ale wyciągnął rękę, by zaprzeć się o drzwi, kiedy oplotła go nogami i namiętnie pocałowała. Jack zaniósł ją do sypialni i delikatnie położył na ogromnym łożu z baldachimem. Nic nie mówiła, tylko się uśmiechała. Dokładnie tak miało się to odbyć. Czuła się jak pani Jackowa Porterowa. Pomyślała o Tierney i zachichotała. Zawsze jej nienawidziła. Kiedy ona i Jack się objęli, wymieniając długie mokre pocałunki przeplatane krótszymi, bardziej gwałtownymi, zdała sobie sprawę, że to najlepsza forma odpłaty Tierney, lepsza niż jej poprzednie intrygi. Gdy Jack w nią wszedł, myślała o swoich wcześniejszych żałosnych aktach zemsty. Przyniosły jej tylko gniew, a nie przyjemność, jak teraz.

Gdy Leelee była zmuszona przeprowadzić się do Los Angeles, stwierdziła, że musi przezwyciężyć wściekłość na Brada, jeśli ma spędzić z nim resztę życia. Dlatego cały jad przeznaczyła dla Tierney. Ilekroć miała zły dzień, co zdarzało się raz na kilka miesięcy, jechała do Kinko w Manhattan Beach. Tam kserowała egzemplarz listu, który napisała, korzystając z liter wyciętych z różnych gazet. Robiła jedną kopię, używając plastikowych rękawiczek wyjętych z pudełka farby do włosów L'Oreal, a potem darła oryginał na strzępy. Wkładała list do koperty, a potem wszystko razem do większej koperty, zaadresowanej do biura wysyłkowego w Dallas w Teksasie, które znalazła w sieci. Gdy list docierał do Dallas, ktoś wyjmował drugi list z koperty i wysyłał, tak że stempel pocztowy pochodził z Teksasu. Nikt nie mógł wiedzieć, że autorką listu jest Leelee.

W drodze do domu, jadąc przez zatłoczony Lincoln Boulevard, Leelee doświadczała intensywnej radości, gdy puszczała wodze fantazji. Co za szkoda, że nie może tam być, zobaczyć, jak adresatka otwiera kolejny anonim pełen nienawiści, ale potrafiła sobie wyobrazić wykrzywioną twarz Tierney i miała nadzieję, że sprawia jej choć dziesiątą część bólu, który ona zadała Leelee. W końcu to zemsta.

W nagłym przypływie sił Leelee przewróciła Jacka na plecy i kochała się z nim namiętnie, skupiając myśli na jego żonie. Kiedy skończyła, padła na łóżko i zamknęła oczy.

– Puk, puk. Jest tam kto? – zapytał Jack, wpatrując się w nią uważnie.

Leelee zdała sobie sprawę, że się wyłączyła. Przeturlała się w stronę Jacka i potarła dłonią jego pierś.

– Zdecydowanie tak. Jestem po prostu bardzo szczęśliwa.

Jack uśmiechnął się krzywo i oparł o łóżko, zakładając ręce za głową.

– Wiem, to dziwne.

– Dziwne? – zapytała Leelee, nagle pełna obaw.

– Nie dziwne-złe, po prostu dziwne. No bo daj spokój, po tylu latach?

– Wiem. Ty draniu. Długo kazałeś na siebie czekać! – Wymierzyła mu żartobliwego kuksańca. Zawsze traktowali się z przymrużeniem oka, dziwnie byłoby to zmieniać teraz, gdy zostali kochankami.

– Ale czy nie było warto? – Jackowi zalśniły oczy. – Czy nie jestem najlepszy?

– Jesteś, Jack! – powiedziała Leelee z szerokim uśmiechem.

ROZDZIAŁ 24

– Mówiłaś coś Ansonowi? – zapytała Helen Danielę, a w jej głosie brzmiał gniew.

– Co ty opowiadasz? Oczywiście, że nie – odparła spokojnie jej towarzyszka, upijając łyk Cosmopolitana, a jej ogromne zielone oczy spokojnie odwzajemniły spojrzenie Helen.

– Więc co to jest? – zapytała Helen, rzucając kochance w twarz „Palisades Press". Był to kolejny aluzyjny tekst w kolumnie Ansona:

Producentka Daniela Fox prowadza się po mieście z uroczą Azjatką. Wygląda ona dość znajomo, jak ktoś, kogo mógłbym znać, ale nie jestem pewien. Powodzenia w nowym związku, Danielo!

– Wymienia tylko moje nazwisko. O tobie nic nie ma – zauważyła Daniela, wciąż odprężona i spokojna. Tego właśnie Helen w Danieli nie lubiła: wydawało się, że nic jej nie irytuje. W rzeczywistości była po prostu zblazowana. Nic dziwnego, że odniosła sukces jako producentka, bo nigdy się nie denerwowała i nie traciła głowy.

Siedziały w Farrel's Office, barze w Santa Monica, który właśnie zaczął się zapełniać singlami szukającymi piwa i laseczek. Helen miała zjeść z Danielą kolację, ale zrezygnowała. Spotykały się od niespełna miesiąca i Daniela nie była warta, by ryzykować zdemaskowanie. Najwyraźniej nie okazała się tak dyskretna, jak sądziła Helen, co było dziwne, bo odniosła wrażenie, że Daniela nie jest plotkarą. Najwyraźniej się pomyliła. Chyba że to jedna z jej przyjaciółek wygadała się przed Ansonem. A to by się trzymało kupy, zdała sobie nagle sprawę Helen. W końcu w zeszłym tygodniu wspomniał o Justinie.

– Przepraszam – powiedziała Helen. – To z powodu strachu przed ujawnieniem.

– Nie ma sprawy – rzuciła Daniela. – Napij się.

Był to bardziej rozkaz niż propozycja i Helen czuła się zmuszona wyrazić zgodę. Prawdę mówiąc, trochę się Danieli bała. Gdy nic nie wyszło z facetem z jogi, Helen uznała, że może po prostu mężczyźni jako płeć nie potrafią dać jej tego, czego potrzebuje. Może dlatego, że jej matka była chłodna, a biologiczna matka ją opuściła, musi zaznać opieki i miłości innej kobiety by doświadczyć spełnienia. Brzmiało to dziwacznie, ale czuła, że powinna spróbować. Daniela jednak była bardziej męska niż jakikolwiek facet, z którym wcześniej sypiała. Szalenie wymagająca w łóżku – niemal bardziej agresywna niż mężczyzna – zaczęła też dzwonić do Helen i mówić, co ma wkładać na randki. Helen z początku uznała to za seksowne i podniecające. Podobało jej się, że ktoś wydaje jej polecenia i zabawnie było nosić słodkie sukieneczki, które tak lubiła Daniela. Nie wspominając o urodzie kochanki: miała kręcone rude włosy i kremową skórę. Ale im częściej uprawiały seks, tym bardziej Helen zdawała sobie sprawę, że z kobietą nie jest w stanie osiągnąć pełnej satysfakcji. Chciała być penetrowana głęboko, a gadżety tego nie zapewniały. Z początku nowością był seks z kimś, kto ma biust, ale w końcu to tylko biust, a sypiały ze sobą od miesiąca. Chociaż Daniela potrafiła bawić się jej piersiami całymi godzinami, tak że w końcu Helen marzła. Nie znalazła w tej relacji czułości i więzi, które, jak myślała, pojawią się w związku z kobietą. A potem natknęła się na Parkera, dawnego kochanka, z którym była przed Wesleyem. Odbyli długą rozmowę, jak to czas szybko mija i że życie jest ulotne, a potem jedno doprowadziło do drugiego i w sumie tego ranka uprawiali seks. Było świetnie i po raz kolejny Helen zyskała potwierdzenie, że musi z Danielą skończyć.

– Muszę zakończyć nasz... związek – powiedziała nieśmiało.

Daniela szerzej otworzyła oczy, jakby usłyszała coś okropnego, ale tylko w ten sposób jej twarz zdradzała jakiekolwiek emocje.

– Nigdy nie znajdziesz tego, czego szukasz – stwierdziła chłodno. – Jesteś zbyt połamana, niezdolna do odczuwania emocji. Uważasz, że wszystko trzeba ci podać na tacy, nie zdajesz sobie sprawy, że w związku, by zadziałał, musisz uczestniczyć.

Helen była wstrząśnięta, że Daniela potrafi się tak podle zachować.

– Eee, to nieprawda...

– Owszem, prawda – odparła Daniela lodowato. – Spójrz tylko na siebie. Nie potrafisz nawiązać kontaktu z mężem, śmiertelnie boisz się własnej córki, jesteś zimna jak ryba.

– Nie boję się mojej córki! – Helen podniosła głos.

– Jasne. – Daniela zaczęła chichotać.

– A co to miało znaczyć?

– Nie zbliżasz się do niej. Unikasz jej. Nie potrafisz być dla niej matką.

– Nie wiem, dlaczego mówisz mi takie okropne rzeczy. – Helen odsunęła krzesło i wstała. – Nie sądziłam, że jesteś okrutna.

Daniela uśmiechnęła się łagodnie.

– Nie jestem okrutna. Po prostu mówię prawdę.

Helen uciekła stamtąd, jakby ją ktoś gonił. Jakim prawem Daniela mówi takie okropieństwa? Żeby tak podle kłamać tylko dlatego, że została porzucona. Powinna była wiedzieć, że nie należy wiązać się z kobietą. Kobiety to suki! I żeby powiedzieć coś takiego o Lauren. Dobry dowcip. Nie boi się Lauren.

Helen wsiadła do samochodu i wyjechała z parkingu, wciąż rozmyślając o uwagach Danieli. Bać się Lauren? Absurd! No dobrze, owszem, pozwala, by Wesley grał główną rolę w jej wychowaniu, ale zawsze jest obecna. Dobrze, nie chce jej schrzanić. Lauren jest dobrym dzieckiem. Zasługuje na dobrą matkę, a Helen nie wie, jak być dobrą matką. Nikt jej tego nie nauczył. Nigdy nawet nie przyszło jej do głowy, że będzie miała córkę. Zawsze myślała o synach. I kiedy po bardzo trudnym porodzie, który zmienił się w nieplanowaną cesarkę, pielęgniarka podniosła dziecko i oznajmiła, że to dziewczynka, Helen przeżyła szok. Była tak pewna, że to chłopiec, że nawet nie poszła sprawdzić płci. A teraz miała przed sobą tę maleńką dziewczynkę, która zaledwie parę sekund wcześniej była bliska śmierci, z pępowiną owiniętą wokół szyi. I teraz Helen ma być za nią odpowiedzialna? Wpadła w panikę. Co nie znaczy, że nie kochała swojej córki. Co nie znaczy, że jest złym człowiekiem. Stara się być dla niej najlepsza, jak potrafi. Nic więcej nie może zrobić.

·· ROZDZIAŁ 25 ··

– Znowu kwiaty dla pani – powiedziała Juana, stawiając wazon z różami na stole w jadalni.

– Dziękuję, Juano – odparła Eliza, podchodząc do stołu, by otworzyć kopertę. Proszę, modliła się w duchu, niech będą od Declana. Ale oczywiście nie były. Kartka została podpisana: *W podziękowaniu za wsparcie*. Eliza westchnęła głęboko, drąc kartkę na drobne kawałki i patrząc, jak wpadają do śmietnika. Tyler Trask.

– Mogę do ciebie zadzwonić? – zapytał, gdy opuszczała jego przyczepę. Trzymał ją za rękę, jakby nie chciał pozwolić, by wyszła.

– Nie, proszę... – Nie patrzyła na niego. Czuła zakłopotanie. Odnowienie kontaktu okazało się błędem.

– A e-mail? – naciskał.

– Boże, nie. Proszę, nie mogę...

Poczuła napływające do oczu łzy. Spojrzała w sufit, chcąc je powstrzymać, ale zaczęły spływać jej po policzkach. Tyler delikatnie odwrócił ją do siebie i starł palcem jedną z łez.

– Nie płacz – powiedział miękko.

– Przepraszam. – Nadal na niego nie patrzyła.

– Nie zrobiłaś niczego złego – uspokajał ją.

– Jasne – chlipnęła. Wszystko zrobiła źle. Po co tu w ogóle przyszła? Jak to możliwe, że tak wygląda jej życie? Znów spróbował przyciągnąć ją do siebie, ale tym razem stawiła opór.

– Muszę wiedzieć, jak mogę się z tobą skontaktować. Nie chcę zakłócać ci życia, ale nie mogę tak po prostu zerwać kontaktu.

– Nie wiem, nie wiem – westchnęła Eliza. Boże, to wszystko jest takie poplątane.

– Wyślę ci kwiaty.

– Nie! Declan zobaczy – zaprotestowała.

– Nie podpiszę się moim nazwiskiem. Udam, że to coś innego i wyślę kwiaty tylko wtedy, gdy będę o tobie myślał. Żebyś wiedziała.

Co mogła zrobić?

– Dobrze – ustąpiła. Była zbyt słaba, by się sprzeczać. Wyczerpana emocjonalnie. Marzyła, żeby po prostu zwinąć się w kłębek i paść na łóżko Tylera. Ale życie jest na poważnie i nie może sobie pozwolić na bycie frywolną.

– Muszę iść. – Odsunęła się od niego.

– Elizo, zaczekaj. – Nie puścił jej.

Odwróciła się i spojrzała mu w oczy. Prawie zmieniła zdanie.

– Pozwól, że pocałuję cię na do widzenia – wyszeptał.

– Nie. – Otarła łzę wierzchem dłoni.

– Proszę.

– Nie – odparła. Tak! Tak! Tak! Całuj mnie, trzymaj mnie w ramionach i zabierz do „a potem żyli długo i szczęśliwie". Tam zawsze będę miała motyle w brzuchu na twój widok i nie będzie żadnych przeszkód ani poczucia rzeczywistości, tylko... a potem żyli długo i szczęśliwie.

Westchnął, pochylił się i ucałował jej oczy. I wtedy wyszła.

Obiecał wysyłać kwiaty, gdy będzie o niej myślał, ale wysyłał je codziennie. To jednocześnie martwiło Elizę i napełniało radością. Nieustający strumień róż z różnymi liścikami. Wszystkie od niego. Bała się, że Declan to zauważy, ale w głębi duszy bardziej obawiała się, że Tyler zaniecha ich przysyłania. Kiedy przestanie o niej myśleć. Ona nie potrafiła przestać myśleć o nim. Ale to była fantazja.

Na szczęście uprzedziła wydawcę, że nie napisze tego wywiadu. Obawiała się, że ktoś się czegoś domyśli. Czuła, że nie zdoła zachować w tekście pokerowej twarzy. Zresztą miała wrażenie, że wszyscy już wiedzą.

Czy tak naprawdę może ufać przyjaciółkom? „Nigdy nie mów przyjaciółkom wszystkiego". Czy nie to powiedział jej pan Matthews w liceum? To przyjaciółki rozgadały ludziom o ich romansie i zwolniono go z pracy. Nie wierzyła, że zrobią coś takiego, zresztą nie miały na myśli nic złego, chodziło tylko o plotkę, która była zbyt smakowita, żeby trzymać ją w tajemnicy. Od tamtej pory stała się wzorem dyskrecji. Nie pozwoliła sobie nigdy na żadne szydercze komentarze na temat Declana, nawet wtedy, gdy miała ochotę go udusić, wiedziała bowiem, że przyjaciółki to zapamiętają. A teraz wszystkie wiedzą o Tylerze.

– Od kogo te kwiaty?

Eliza odwróciła się gwałtownie. Nie słyszała, kiedy mąż wszedł. Co robi w domu tak wcześnie?

– Eee, od kobiety ze szkolnego komitetu. Podziękowanie... za... eee... no wiesz... pomoc w aukcji – wbąkała.

– Jak miło. – Declan podszedł do lodówki i ją otworzył. – Tyle, że nie znosisz róż.

Zapatrzyła się na kwiaty. Naprawdę nie znosiła róż, zapomniała o tym.

– No tak, masz rację. Co robisz w domu?

– Miałem spotkanie w Santa Monica, które wcześniej się skończyło, więc wróciłem do domu, żeby się z wami zobaczyć. – Wyjął z lodówki pojemnik z resztką sałatki makaronowej. – Gdzie dzieciaki?

– Na dworze z Juaną. Powinnam do nich zajrzeć.

– Zaczekaj chwilę. Zostań i porozmawiaj ze mną, zanim zacznie się szaleństwo. – Grzebał widelcem w sałatce. Widziała, że odsuwa groszek. Nie znosi groszku. Boże, wiedzą o sobie wszystko. Ona nie znosi tych kwiatów, on nie znosi tamtych warzyw... Łączy ich długa historia. Nagle zdała sobie sprawę, że patrzyła na to z niewłaściwej strony. Może to nie jest takie złe. Może odkrycie uczucia do innej osoby, może to drżenie, gdy widzi się kogoś takiego jak Tyler, wcale nie jest takie dobre. Bo w niedługim czasie w nieunikniony sposób poznajesz ludzkie dziwactwa, sympatie i antypatie, i urok nowości znika. W sumie to w jakiś sposób seksowne, że ktoś, kto tak dobrze cię zna, wciąż cię kocha.

– Dobrze – zgodziła się. Jej mąż wyglądał uroczo w koszuli w biało-niebieskie paski, niebieskiej marynarce ze złotymi guzikami i spodniach khaki. Kiedy kąpał dzieciaki, udawał, że jest Panem Bąbelkiem. Dzwonił do niej w ciągu dnia tak często, że czasami ją to irytowało, ale chciał usłyszeć jej głos i podzielić się z nią wszystkim. Mówił, że jest miłością jego życia, i to często. Lubił ją przytulać, kiedy spali, mimo że łaskotały ją włoski na jego ramionach. Powiedział: „Gdybym teraz umarł, byłbym szczęśliwy, bo byłem twoim mężem”. Motyle w brzuchu wciąż trzepotały, ale rozłożone na lata.

– Opowiedz mi, co robiłaś – poprosił Declan.

·· ROZDZIAŁ 26 ··

Gdy mieszka się w południowej Kalifornii, trudno pamiętać o upływie czasu. Nie ma pór roku, które stanowiłyby oprawę dla wspomnień. Pogoda niemal zawsze jest idealna: żadnych zamieci, burz czy huraganów dla podkreślenia wydarzeń. Ludzie pływają w styczniu, szkolne zajęcia często trwają aż do lipca. Egzystencja przypomina gigantyczną akwarelę, gdzie wszystkie barwy się rozmazały i zlały w kolorowy bałagan, sprawiając, że kształty stały się mało wyraźne.

Dziewczyny, które zawarły pakt, wiedziały, czego chcą, ale trudny okazał się wybór odpowiedniego momentu. Który dzień czy miesiąc ma być tym właściwym? Co odróżnia ten dzień od innych? Każda z nich miała swoje życie, rutynowe zajęcia, schematy. Wszystko było cykliczne, powtarzalne. Życie toczyło się przyjemnie, było stabilne. Jak więc wybrać chwilę, którą chce się wyróżnić? Często pozostawało tylko czekać.

Victoria wiedziała, jak dużo wysiłku będzie ją kosztowało pozbycie się Wayne'a, skaptowała do pomocy przyjaciółkę, ale problemem stał się wybór chwili. Wszystko musi wydarzyć się w domu Wayne'a. Tylko tam może szukać kaset. Najpierw jednak mieszkał u niego przyjaciel, a potem zaczął się drobny remont w kuchni, więc Wayne biwakował poza domem. Miała nadzieję, że to wszystko odwróci jego uwagę, ale stał się bardziej wymagający i uparty niż kiedykolwiek. Szczerze mówiąc, była przerażona. Wayne zmuszał ją, żeby zjawiała się na imprezach z Justinem, a potem wykradała i uprawiała seks z nim, i to właściwie w miejscach publicznych. Jej lęk przed tym, że prawda wyjdzie na jaw, nieodmiennie go podniecał. Próbowała odmawiać, ale był gwałtowny, w dodatku miał odjazdy, groził jej, zdarzało mu się nawet zapukać wieczorem do jej drzwi, jeśli nie spełniła jego żądań. Jak na razie Justin nie miał o niczym pojęcia – na szczęście w ogóle nie bywał w domu – ale nie mogła dłużej żyć w ten sposób, na krawędzi. Za każdym razem, gdy dzwonił telefon, podskakiwała. Dzwonek do drzwi był jak nóż wbity w jej serce. Bała się o dzieci i o siebie. Im częściej Wayne groził, że zrujnuje jej życie, tym bardziej jej się to podobało. Mogłaby dać zabić się za to, że się w coś takiego wpakowała.

Jednak pozostawało tylko czekać. Wayne ma wrócić do domu w weekend przed Świętem Dziękczynienia i wtedy będzie mogła wykonać jakiś ruch. Zamierzała zemścić się na nim z rozmachem. Ma zapłacić. Ma poczuć ból. A potem już nigdy więcej nie pojawić się w jej życiu. Wszystkie wspomnienia o nim zostaną wymazane.

W sobotni październikowy poranek Victoria musiała zapomnieć o swoim występnym życiu i towarzyszyć Justinowi oraz chłopcom w wyprawie na urodzinowe przyjęcie syna jednego z wielkich hollywoodzkich producentów. Austin i Hunter, którzy mieli zaledwie po dwa i pół roku, nigdy tego chłopca nie spotkali, kończył bowiem pięć lat. Victoria nie znała ich matki, jednak przy tego rodzaju imprezach obowiązywał taki właśnie standard. Chodziło bardziej o to, by dorośli nawiązali kontakty, wymieniając wizytówki i oglądając małżonków swoich rywali, niż o to, by dziecko zdmuchnęło świeczki. Victoria tak często chodziła na takie przyjęcia, że miała szafę pełną zapakowanych prezentów, starannie poukładanych stosownie do wieku i płci. Jeżeli dziecko było naprawdę ważne (to znaczy miało rodziców, którzy odnieśli prawdziwy sukces), dostawało prezent z górnej półki, przeważnie coś z elektroniki, w rodzaju PlayStation. Prawdziwi przyjaciele, tacy, z którymi spędzało się czas i których się znało, dostawali prezenty z dolnej półki. Na ogół gry planszowe, puzzle i książki z obrazkami (nigdy jednak takie, w których zwierzęta zachowują się jak ludzie, bo Victoria ich nie znosiła).

– No, chodź, spóźnimy się! – ryknął Justin, gdy Victoria kończyła zapinać koszulkę Austina. Chociaż większość dzieci zjawiała się na przyjęciach w byle czym, Victoria nie zamierzała ubierać w ten sposób swoich chłopców. Było to przyjęcie, więc mieli założyć świeżutkie koszule Papa d'Anjou, włożone w starannie wyprasowane lekkie spodenki od Ralpha Laurena. W końcu pochodzi ze Wschodniego Wybrzeża, tam ludzie ubierają się przyzwoicie. Nieodmiennie zdumiewało ją, jak niedbale noszą się mieszkańcy Los Angeles. Dorośli przeważnie stawiali na sportowe stroje dla dzieci, nawet na specjalne okazje, więc pełno tam będzie mięczakowatych bledzioch w ogromnych koszulkach Lakersów. Zupełnie jakby rodzice nie potrafili uwierzyć, że ich dziecko kiepsko sobie radzi ze sportem i myśleli, że pewnego dnia mały Preston zaskoczy wszystkich i zagra w koszykówkę jak Kobe Bryant. Żałosne. Dziewczynki zawsze nosiły zwierzęce prążki czy ciapki oraz dziwaczne legginsy. Taki strój dla dzieci? Na samą myśl Victoria wstrząsała się z obrzydzenia.

Gorsze jednak były stroje rodziców. Matki wierzyły, że wciąż jeszcze mają po szesnaście lat i chociaż Victoria musiała przyznać, że wszystkie mogły się poszczycić fantastycznymi sylwetkami wprost z zajęć pilatesu, nie uważała za stosowne ubieranie się w dżinsy biodrówki, z których przy każdym pochyleniu się (czyli jak najczęściej) wystawały różowe koronkowe stringi. Jej przyjaciółki z Greenwich byłyby zbulwersowane. Ojcowie nie byli lepsi. Na przyjęciu, w którym wzięli udział poprzedniej niedzieli – odbywającym się na plaży, w klubie – jeden z ojców włożył koszulkę z napisem „Daruj koniowi, dosiądź jeźdźca!". Victorii chciało się wymiotować.

– No, chodź. Nie chcę się spóźnić! – powiedział Justin podniesionym głosem, kiedy Victoria zeszła na dół, trzymając Austina za rękę.

– Mogłeś wejść na górę i pomóc przygotować chłopców – odparła obronnym tonem.

– Pracowałem poza domem.

Justin otworzył frontowe drzwi i wypchnął na zewnątrz Huntera oraz Austina.

– Z rozkoszą pracowałabym poza domem – westchnęła gorzko Victoria. – Niestety, nie mam czasu. Ktoś musi zajmować się chłopcami.

– Jesteś ich matką, Victorio. Dlaczego z taką niechęcią poświęcasz im czas? Zachowujesz się, jakbyś wykonywała cudzą pracę. Jakbyś robiła nam grzeczność.

– Wszystko jedno. – Victoria energicznie posadziła Austina w samochodowym foteliku. Nie chciała tego przyznać, ale Justin miał w pewnym sensie rację. Fakt, że musi robić dla chłopców wszystko, napawał ją niechęcią. Są tacy od niej zależni. Musi ich karmić, ubierać, zawozić do przedszkola i na zajęcia. Nikt inny tego nie zrobi. Oczywiście jest niania, ale zwykle potrzebują mamy i czasami po prostu ją to wkurzało. Chciała odpocząć, poczytać książkę, zrobić sobie wakacje. Kochała swoich synów i nigdy w życiu nie porzuciłaby ich, ale czasami miała wrażenie, że opiekowanie się nimi ją przerasta. Robiła się wtedy drażliwa, jakby stale cierpiała na zespół napięcia przedmiesiączkowego.

– No dobra, możesz powtórzyć, co to za ludzie? – spytała Victoria.

– Russel Nowotsky. Duży, poważny producent w Paramouncie. Właśnie nakręcił *Drag Race III*, który zarobił sto trzydzieści siedem milionów w kraju i dziesięć za granicą – odparł Justin, z pamięci recytując zyski z filmu.

– A żona?

– Nie poznałem. Wiem, że pracowała w Oliver Peoples na Sunset. Chyba pochodzi z Orange County. To jego druga żona.

– Cudownie.

– Chce zaangażować Tada do następnego filmu, ale o rolę ubiega się też Paul Walker, więc muszę go dzisiaj przydusić. – Justin włączył klimatyzację. Zawsze było mu gorąco, nawet przy dziesięciu stopniach Celsjusza na zewnątrz. – Może uda ci się zaprzyjaźnić z żoną, wybrać z nią na lunch czy coś takiego. Dzieciak chodzi do Brightwood, nie zaszkodziłoby nawiązać nowe znajomości.

– Oczywiście. – Niesamowite, ile Justin wie o wszystkich, których uważa za ważnych, nawet jeśli ledwo ich zna. Pamięta nazwiska, daty urodzin, nazwy szkół, do jakich klubów należą. Ma w głowie arkusz kalkulacyjny, zupełnie jakby połknął Excela.

Przyjęcie odbywało się w Brentwood, w dużej ceglanej rezydencji w stylu króla Jerzego z ogromnym frontowym trawnikiem, na którym parkowały teraz dwa wozy strażackie. Victoria przyjrzała się uważnie i dostrzegła przez płot, że jest także zoo małych zwierząt, nadmuchiwany zamek Sponge Boba oraz stanowisko z hamburgerami. Fajnie. Parkingowy odprowadził ich samochód, a Victoria i Justin wzięli dzieci za ręce, przywołali na twarze nieszczere uśmiechy i weszli do środka.

– Cześć! – rzuciła blondynka z ładną buzią i sztucznym biustem. – Jestem Cindy, mama Attikusa.

– Cześć Cindy, Justin Coleman. Moja żona Victoria, moi chłopcy, Hunter i Austin – gładko odparł Justin.

– Miło, że wpadliście! Wchodźcie. Stół z prezentami jest tam. – Cindy wskazała duży kwadratowy stół, przy którym zmieściłoby się dwadzieścia osób, zawalony prezentami wszelkich kształtów i rozmiarów przeznaczonymi dla małego Attikusa. – Mamy zamek do skakania i wszystko inne. Możecie pójść do wozu straży pożarnej, chłopcy, mamy tam prawdziwych strażaków!

– Świetnie, dziękuję – odparła Victoria. – A gdzie jubilat? Chcemy życzyć mu wszystkiego najlepszego.

– Jest tam. – Cindy z dumą wskazała jadącego na kucu chudego, bladego chłopca w koszulce Dodgersów i spodniach od dresu Adidasa.

Victoria i Justin oddalili się do wozów strażackich, gdzie Austin i Hunter wysłuchali prawdziwego strażaka, który wyjaśnił, jak używa drabiny. Justin przeczesywał wzrokiem tłum w poszukiwaniu kogoś, kogo zna albo komu chce się podlizać, ale rozpoznał zaledwie kilka osób.

Po skosztowaniu burgerów, głaskaniu kurczaków w małym zoo i wacie cukrowej dla obu chłopców Victoria i Justin mieli dziwne wrażenie, że za długo tkwią na przyjęciu, na którym nikogo nie znają. Justin wydawał się rozczarowany, przypuszczał, że natknie się na więcej osób z wyższych sfer filmowych. Najwyraźniej gospodarze myśleli podobnie, bo mieli pod ręką trzech fotografów. Jednak poza kilkoma gwiazdkami sitcomów, których od wieków już nie pokazywano, pojawiającymi się gościnnie w komediach CBS, nie było na kogo popatrzeć.

– Czy możemy już iść? – zapytała Victoria z głębokim westchnieniem.

– Za minutkę. Muszę tylko przywitać się z Russellem. Przez cały czas kręcą się wokół niego pochlebcy, trudno wyrwać go chociaż na chwilę.

Justin niecierpliwie wpatrywał się w gospodarza, który rozmawiał z jakąś parą.

– No to szybciutko, proszę, bo chcę już iść. Idź, ustaw się w kolejce, jeśli musisz – powiedziała Victoria.

Zmęczyło ją bezmyślne uśmiechanie się do obcych i ukrywanie przed kobietami z zajęć dla matek „Stworzonka" z ubiegłego roku. Gdy bliźniaki miały rok, żona jednego z kumpli Justina od golfa uparła się, że Victoria musi przyłączyć się do „Stworzonek". Twierdziła, że to najlepsza grupa na świecie. Zajęcia nie były bynajmniej najlepsze. Odbywały się w niezwykle wygodnym domku w Venice, prowadziła je kobieta o nazwisku Evangeline Bummer, posępna, pozbawiona poczucia humoru hipiska. Fanatyczka, zwolenniczka karmienia piersią do czwartego roku życia, spania z dziećmi, wegetarianizmu i unikania dyscypliny za wszelką cenę („to rani ich duszyczki"). Kobiety w grupie, niemal wszystkie będące kolejnymi młodymi żonami o ogromnych sztucznych piersiach, ze sztuczną opalenizną i nadmiarem biżuterii, chłonęły jej słowa jak ewangelię, energicznie kiwając głowami przy każdej radzie wygłoszonej przez Evangeline („niech mała Ada sama skosztuje trującego detergentu i sama się nauczy, że jest niebezpieczny"). Ta kobieta nie mogła mieć wykształcenia, Victoria była tego pewna, i nie miała prawa prowadzić zajęć, a jednak żądała wygórowanej kwoty pięciu tysięcy dolarów za sześć miesięcy. Miała listę oczekujących dwustu osób. Tak przynajmniej twierdziła. Victoria poszła na jakieś pięć spotkań, a potem zrezygnowała. Było to o cztery więcej, niż chciała, ale czuła się winna z powodu pieniędzy. Justina to nie obchodziło, ale zachęcił ją, by nie rezygnowała, jak długo zdoła, bo któraś z kobiet może być żoną kogoś, kogo chce poznać w celach zawodowych. Victoria zrezygnowała, nie mówiąc mu, że jedna z pań była trzecią żoną najnowszego szefa studia Fox.

– Zaraz wracam – powiedział Justin, rzucając się w stronę Russella, gdy tylko dostrzegł na to szansę. Nawet nie zauważył, że zostawił Huntera siedzącego na brzegu strażackiego wozu. Gdy chodziło o interesy, myślał jednotorowo.

Victoria przyglądała się powitaniu Justina i Russella. Wiedziała, jak przebiegnie rozmowa. Durne gadanie, interesy, znów durne gadanie. Zawsze było tak samo.

– Czy to twój mąż? – rozległ się głos za jej plecami.

Odwróciła się i zobaczyła szczupłą brunetkę, która wyglądała jak młodsza, ciemniejsza wersja Diane Keaton. Miała na sobie czarno-fioletową suknię w kwiaty, Victoria wiedziała, że od Marnie. Mocno trzymała brzegi ciemnofioletowego kaszmirowego swetra, który narzuciła na wierzch.

– Tak – odparła Victoria.

– Jesteś żoną Justina Colemana? – zapytała kobieta sceptycznie.

– Zgadza się. Victoria Rand. A ty? – zapytała, wyciągając rękę. Nikt w Los Angeles nie wymieniał uścisku dłoni, ale Victoria nie zamierzała tego akceptować.

– Ruthie Marmon – odparła, podając wiotką dłoń. – Byłam żoną Wayne'a Mercera.

Victoria poczuła, że krew napływa jej do twarzy i pilnowała się, by nie przerwać kontaktu wzrokowego z tą kobietą. Nie potrafiła zinterpretować jej tonu. Czy wie o niej i Waynie? Albo może tylko o tym, że Wayne nienawidzi Justina? Jej umysł pracował jak szalony.

– Miło cię poznać – powiedziała Victoria.

– Zawsze chciałam poznać lepszą połowę Justina – odezwała się Ruthie także neutralnym tonem. Co to ma znaczyć? Victoria nie spuszczała z niej oczu, ale nie potrafiła niczego wywnioskować z wyrazu jej twarzy. Nie uniosła brwi ani nie położyła nacisku na słowa „lepsza połowa", żeby zabrzmiało złośliwie. Mówiła spokojnie, nie modulując głosu.

– Och. – Victoria roześmiała się nerwowo. – A to dlaczego?

Ruthie wyżej uniosła brodę i wreszcie w kącikach jej ust zamajaczył uśmiech.

– Bo straszny z niego skurwysyn.

Powiedziała to bez złości, jakby stwierdziła prosty fakt, mniej więcej w stylu „jutro będzie padać".

– Ha, ha. – Victoria roześmiała się sztucznie. – To samo można powiedzieć o masie ludzi w tym mieście. To właśnie słyszałam o Waynie.

– Jestem pewna, że tak. – Ruthie zmrużyła oczy. Powiedziała to znacząco, pomyślała Victoria. Czy rzeczywiście?

– I to prawda. – Ruthie wzruszyła ramionami. – Dlatego się z nim rozwiodłam.

– Och...

– Ale ty wciąż z nim jesteś.

– Z kim? Z Waynem? Chyba zwariowałaś. – Victoria poczuła, że skacze jej ciśnienie.

Ruthie spojrzała na nią dziwnie.

– Miałam na myśli, że z Justinem. To jesteś też z Waynem?

– Nie, nie. Nie wiedziałam, o co ci chodzi. – Cholera! Cholera!

Ruthie wpatrywała się w nią z niedowierzaniem.

– Jasne. No, to pa. – Odwróciła się i odeszła równie cicho, jak się pojawiła.

Victoria była wstrząśnięta. Gdy tylko Justin wrócił, zgarnęła chłopców, wręczyła parkingowemu numerek i zapakowała wszystkich do samochodu. Dopiero wtedy odetchnęła. Cholera, teraz ta Ruthie myśli, że jest z Waynem. Ale o co w tym chodziło? Jak śmiała nazwać Justina „skurwysynem"? Może nim jest, ale kim jest ona, żeby coś takiego mówić? Chyba, że...

– Znasz Ruthie Marmon, byłą żonę Wayne'a Mercera? – zapytała, odwracając się do męża.

Na twarzy Justina pojawił się uśmieszek.

– Boże, nie słyszałem tego nazwiska od bardzo dawna. Była tam?

– Tak. Odpowiedz na moje pytanie.

– Tak, znam ją.

– Pieprzyłeś ją? – zapytała Victoria.

– Vic! Chłopcy są z tyłu.

– Odpowiedz – syknęła Victoria.

– Jezu, tak! Ale to było dawno temu, przed nami.

– Gdy była żoną Wayne'a? – chciała wiedzieć Victoria.

– Tak – odparł Justin, pocierając tyłem głowy z nażelowanymi włosami o oparcie. Wyraźnie rozkoszował się tym wspomnieniem.

– Gnojek z ciebie – mruknęła Victoria.

– To było, zanim się pobraliśmy. Czego ty chcesz?

Victoria milczała przez resztę drogi. Więc może Wayne przez cały czas wiedział, kim jest? Może był to element jego zemsty. Gratulacje, Victorio. Świetna robota.

·· ROZDZIAŁ 27 ··

Od weekendu w Bostonie Leelee była innym człowiekiem. Nigdy wcześniej nie czuła się tak pełna euforii i spełniona. Wiedziała teraz, co znaczy powiedzenie „fruwać z radości", zapomniała, jaki dobry jest seks i zapomniała, jaki wspaniały jest Jack. Każda przyziemna czynność stała się teraz łatwiejsza do zniesienia, bo Leelee wiedziała, że musi ją znosić tylko tymczasowo. Rozmawiali z Jackiem, otworzył przed nią serce i przyznał, że nie może dłużej ciągnąć życia z Tierney, zresztą i tak wszystko to było kłamstwem. Wyznał, że każde żyje własnym życiem. Ona ma obsesję na punkcie imprez. Nie opuściła żadnego balu na cele dobroczynne czy otwarcia sklepu. Za wszelką cenę chce zostać ikoną mody i towarzystwa. Jest najbardziej powierzchowną, najnudniejszą i najpłytszą dziewczyną, jaką poznał, i nie mają ze sobą nic wspólnego. Przepuszcza jego pieniądze na ciuchy od znanych projektantów i biżuterię (chociaż trudno byłoby ją przepuścić, biorąc pod uwagę, że jest multimilionerem). Ma tego dosyć. Chce kogoś z charakterem, kogoś, kto go rozumie i będzie się o niego troszczył. Chce Leelee.

Wszystko było wyłącznie kwestią wybrania właściwego momentu na ucieczkę. Uzgodnili, że powinni zaczekać, aż miną święta, a potem wyjechać razem i zacząć wspólne życie. Jack uwielbiał jej dziewczynki. Kolejną kość niezgody pomiędzy nim a Tierney stanowił fakt, że odmawia zajścia w ciążę. Był pewien, że będzie świetnym ojczymem. Leelee miała cichą nadzieję na owoc miodowego miesiąca, może trafi się chłopiec. Czyż miniaturowy Jack nie byłby rozkoszny? Jasne, Brad zostanie zraniony, ale przecież wie. W głębi duszy wie, że ona i Jack są sobie przeznaczeni.

Kiedy Leelee wróciła z zajęć pilatesu (bardzo się teraz starała, żeby dobrze wyglądać), nuciła *Sweet child of mine* i fantazjowała na temat swojego przyszłego życia. Wzięła długi gorący prysznic i w marzeniach urządzała Gabinet Owalny, bo po prostu wiedziała, że Jack pójdzie w ślady swojego ojca, zostanie senatorem, a później nawet prezydentem. Nie słyszała, że ktoś otworzył drzwi do łazienki. Kiedy rozsunęła zasłonę prysznica, przestraszyła się na widok Brada stojącego w zaparowanym pomieszczeniu.

– Kto to jest Cooldude? – zapytał cicho.

Boże, cooldude@dude.com to adres Jacka! Skąd Brad wie?

Udała nonszalancję i sięgnęła po ręcznik.

– O czym ty mówisz? – Zachowała całkowity spokój. – Co robisz w domu tak wcześnie?

– Po prostu wróciłem wcześniej. Kto to jest Cooldude? – powtórzył.

Leelee owinęła się ręcznikiem, a potem wzięła drugi, by wytrzeć włosy. Pochyliła głowę i zrobiła z niego turban, i dopiero potem odpowiedziała.

– Nie wiem, o czym mówisz.

Sięgnęła po butelkę z kremem i wycisnęła na dłoń niewielką ilość.

Brad wpatrywał się w nią, uważnie śledząc jej reakcję.

– Poszedłem wysłać e-maila i w twojej skrzynce była wiadomość od jakiegoś Cooldude'e. Pisał o wspólnej ucieczce, o tym, jak irytuje go żona, o miłości... Czy to coś ci przypomina! – mówił podniesionym głosem.

Leelee przestała nacierać się kremem i patrzyła na męża. Czy powinna mu teraz powiedzieć? Wygląda na wkurzonego, teraz łatwo będzie to zakończyć. Powiedzieć, że Cooldude to Jack i że ją stąd zabiera. Że porzuca to nędzne życie na zawsze. Brad czekał, a ona się powstrzymała. Jack powiedział, żeby czekać, więc zamierzała czekać.

– No trudno, jeśli już musisz wiedzieć. To kochanek Victorii, mają romans od miesięcy. Korzysta z mojego komputera, żeby wysyłać do niego e-maile. Żeby Justin się nie dowiedział.

Brad lekko zmrużył oczy, by uważnie przestudiować twarz Leelee, ale ona zachowała obojętną minę. Wreszcie ramiona mu opadły.

– To podłe. Nie mogę uwierzyć, że Victoria robi coś takiego Justinowi – stwierdził, nie spuszczając wzroku z żony.

Leelee spokojnie, kolistymi ruchami rozprowadzała krem na nogach.

– Pewnie tak, ale pamiętaj, sam twierdziłeś, że on i tak ją zdradza.

– To niczego nie usprawiedliwia. Trzeba myśleć o dzieciach.

Dzieci. Jasne, pomyślała Leelee, czując, że po raz pierwszy od wieków żołądek podchodzi jej do gardła. Gdyby miała na pierwszym miejscu postawić dzieci, musiałaby tkwić w tym gównianym domu przez resztę życia. Czarujące, przytulne, owszem, ale nie tak powinno wyglądać życie. Czuła się klaustrofobicznie. Czy naprawdę powinna poświęcić dla dzieci własne szczęście? A poza tym, one nic nie stracą, bo kochają Jacka i może dać im o wiele więcej niż ojciec.

– Tak... cóż... może Victoria po prostu chce być szczęśliwa – odparła Leelee.

Brad już wychodził, ale odwrócił się, by spojrzeć na żonę.

– Może po prostu powinna dorosnąć. Życie to nie bajka. Nie ma żadnych „żyli razem długo i szczęśliwie". Nie ma książąt.

Leelee patrzyła na niego i zastanawiała się, czy wie. Nie, nie ma mowy. Nie ma mowy. Nawet jeśli znalazł tego e-maila, nie mógł wiedzieć, że to korespondencja między nią a Jackiem. Zachowała się jak idiotka, zostawiając otwartą pocztę. Musiała być ostrożniejsza.

– Ty jesteś moim księciem, kochanie – oznajmiła z uśmiechem.

Brad wpatrywał się w nią przez długą chwilę.

– Kiedyś byłem – stwierdził ze smutkiem. – Mam nadzieję, że wciąż jestem.

Nie czekał na odpowiedź i wyszedł z łazienki.

·· ROZDZIAŁ 28 ··

Po Danieli Helen spała z Parkerem. Był świetny w łóżku, ale tylko tyle. Było to niemal smutne. Dzięki przyjaciółkom miała carte blanche, by wyrazić siebie i odnaleźć duszę, żeby wyzwolić swoje „ja", które tak długo było stłamszone. A jednak nie czuła się wyzwolona. Nie czuła się oswobodzona, pełna radości czy w inny sposób usatysfakcjonowana. W gruncie rzeczy zaczynała się czuć zbrukana.

Była tak zajęta swoim nowym życiem miłosnym, że nie spędzała zbyt wiele czasu z Lauren (ani z Wesleyem, jeśli już o to chodzi). Kiedy więc znalazła się o drugiej czterdzieści w pobliżu szkoły córki, zadzwoniła do Wesleya i powiedziała, że dziś dla odmiany ona ją odbierze. Wkurzyło ją jego zaskoczenie. Jest dobrą matką – czy sugerował coś innego? Czuła narastającą wściekłość, gdy parkowała samochód i szła po schodach do szkoły. Przyglądała się powitaniom innych matek. Najwyraźniej robią to codziennie. Poczuła się nieco wyobcowana. Nikt nie zatrzymywał się, żeby z nią pogawędzić, niektóre kobiety ledwie się przywitały. Zupełnie jakby dopuściła się zbrodni, nie odbierając Lauren codziennie. Cóż, w przeciwieństwie do tych pań ma coś, czemu się poświęca, swoją sztukę, swoją fotografię. Gdyby same robiły coś ważnego, może nie byłyby takie skore do krytyki. Weszła trochę wyżej, hardo patrząc na inne matki, wszystkie w sportowych strojach, po czym zobaczyła Marthę West. Martha West była prawnikiem od spraw środowiska naturalnego. Cóż, była więc jedyną pracującą mamą, która zdołała dotrzeć na czas i odebrać swoje dziecko, ale ona miała własną firmę. Potem zobaczyła Hannah Tassin i Melanie Rutz oraz Brook Pelham. Wszystkie pracowały. A jednak wszystkie tu były. Helen trochę się przygarbiła.

– Gdzie tata? – zapytała Lauren, gdy ją zobaczyła.

– Tata jest w domu. Jak się masz, kochanie? – Helen pochyliła się, by pocałować córkę w policzek. Lauren spojrzała na nią dziwnie.

– Wszystko z tatą w porządku?

– Oczywiście! A czemu by nie?

– W takim razie, co ty tu robisz? – Lauren była podejrzliwa.

Helen poczuła, że twarz jej płonie.

– Nie mogę cię odebrać ze szkoły? To takie niezwykłe?

Lauren rzuciła matce zagadkowe spojrzenie, ale potem zmiękła.

– Nie, po prostu przyzwyczaiłam się, że tata po mnie przychodzi. Zabierzesz mnie też na balet?

– Masz dzisiaj balet? – zdziwiła się Helen. Zdała sobie sprawę, że nie wie nic o życiu swojej córki. No tak, zapisała ją na wszystkie te zajęcia, ale nigdy nie zawiozła. Nawet nie pamiętała, kiedy ostatnio spędziła z nią czas. Spojrzała na swoją piękną córkę o wspaniałych czekoladowobrązowych oczach i długich włosach ściągniętych w koński ogon i poczuła taki smutek, że o mało serce jej nie pękło.

– Oczywiście, że zabiorę cię na balet. Z wielką przyjemnością.

Córka wzięła ją za rękę i poszły na parking. Co chwila spoglądała na to magiczne stworzonko z plecakiem w różowy wzorek i nie mogła zrozumieć, dlaczego była taka głupia. Chwila spędzona z córką sprawiła, że odrętwienie ustępowało. Wszystkie te silne uczucia, których oczekiwała po kontakcie z innym mężczyzną, były niczym w porównaniu z tym, co czuje teraz. To był dom. Nareszcie pojęła, co musi zrobić. Musi wypisać się z klubu niewiernych żon. Musi połączyć własną rodzinę.

Otworzyła Lauren drzwi samochodu i już miała zająć miejsce za kierownicą, gdy usłyszała, że ktoś ją woła. Odwróciła się gwałtowanie. Anson Larrabee.

– Hej, Anson. Jak leci? – rzuciła.

Anson miał na sobie spodnie Nantucket Red i obszerny irlandzki sweter. Wyglądał absurdalnie.

– Cześć, Helen, jak się masz?

– Świetnie, zabieram córkę na balet – odparła ze znużeniem. Czego on znowu chce?

– To wspaniale, wszyscy będą zachwyceni, widząc cię z córką. Przez jakiś czas można było odnieść wrażenie, że zaginęłaś w akcji. Nie wiedziałem, czy rozstaliście się z mężem, czy co.

– Nie, jesteśmy ze sobą – odparła krótko. Za kogo on się uważa?

– Cudnie – stwierdził Anson, wbijając w nią błękitne spojrzenie, po czym pochylił się i wyszeptał: – Właściwie

224

nie wiem, co mam o tobie myśleć. To naprawdę irytujące, bo znam sekret Victorii. Victoria's Secret, sekret Victorii, to zabawne. – Roześmiał się z własnego głupiego żartu. – I znam sekret Elizy, znam nawet sekret Leelee, prawdziwa perełka, moim zdaniem, ale nie wiem, jaki dokładnie jest twój sekret. Co to może być?

Helen była bardziej wkurzona niż przestraszona. Ta żałosna ludzka istota nie zasługiwała nawet na odrobinę uwagi z jej strony.

– Nie wiem, o czym mówisz, ale cokolwiek to jest, coś ci się strasznie pomyliło – odparła szorstko.

Anson roześmiał się szczerze.

– Nie mówię o waszym Klubie Niewiernych Żon, wiem, że wszystkie zdradzacie. Mówię o sekretach, które macie przed sobą nawzajem. Victoria ma jeden, Eliza ma jeden i Leelee też ma jeden. Wierz mi, byłabyś zaskoczona. Ja po prostu czekam na twój i z pewnością nie będę rozczarowany, kochana. – Spojrzał na nią gniewnie, widząc, że chce się go pozbyć.

Helen poczuła przypływ paniki.

– Nie mamy żadnych sekretów, coś ci się poplątało.

– Tylko nie kłam! – Dla większego efektu tupnął nogą i pogroził jej palcem przed twarzą. – Myślisz, że jesteś bezpieczna, ale nie jesteś. Przyjaciółki o niczym ci nie powiedziały, twój domek z kart za chwilę się rozpadnie, a kiedy to się stanie, będę na miejscu.

Odwrócił się i odszedł. Ma tyłek jak balon – tylko to przemknęło jej przez głowę, bo wszystko inne było nie do pojęcia.

– Kto to był, mamo? – zapytała Lauren, kiedy Helen wsiadła do samochodu.

– Taka tam oferma – mruknęła Helen, cofając.

Lauren się roześmiała.

– Mamy takiego w klasie.

Przez całą lekcję baletu Helen dręczyła się tym, co powiedział Anson. O jakich sekretach przyjaciółki jej nie powiedziały? Anson wie o Klubie Niewiernych Żon, nawet zna nazwę. Skąd? Kto jest jego informatorem? Czy dziewczyny zaplanowały to wszystko, żeby ją wystawić? Zaczynała dostawać paranoi. Próbowała dodzwonić się do nich z komórki, ale żadna nie odebrała. To sprawiło, że poczuła jeszcze większą panikę. A co, jeżeli są gdzieś razem i coś knują? Postanowiła, że pojedzie prosto do Elizy, gdy tylko podrzuci Lauren do domu.

Declan otworzył, gdy zadzwoniła do drzwi.

– Hej, Declan, jest Eliza? – zapytała.

– Poszła na projekcję nowego filmu Michelle Pfeiffer. Przeprowadza z nią wywiad dla „Pogawędki". Chcesz wejść? – Otworzył i popędził do kuchni. – Robię dzieciom kolację. Juana pobiegła po mleko i wszystko mi się gotuje...

Helen, prowadzona jego głosem, weszła do kuchni. Donovan i Bridget oglądali telewizję w kąciku jadalnym, a Declan próbował poradzić sobie z wrzącą wodą na makaron Sponge Boba, jednocześnie wyjmując z piecyka kurze piersi.

– Przepraszam... Gorące chwile – wysapał.

– Mogę pomóc?

Helen wzięła się do pracy, wsypując do makaronu sproszkowany ser o neonowej barwie i masło, a potem mieszając.

– Ten kolor jest obrzydliwy – stwierdziła.

– Zgadzam się. Nie mogę uwierzyć, że karmię tym własne dzieci, ale one to uwielbiają.

– Ohyda.

Kiedy kolacja była przygotowana, Juana wróciła z mlekiem i Declan mógł zaprowadzić Helen do salonu.

– Chcesz drinka?

– Nie, dzięki. Zaraz, tak, właściwie chciałabym.

Helen stanowczo potrzebowała czegoś, żeby złagodzić zdenerwowanie.

– Wódka, wino, piwo? – Wskazał bar.

– Wszystko jedno. – Klapnęła na sofę. – Wódka, czysta.

Declan nalał wódki z jednej z kryształowych karafek. Uśmiechnął się.

– Ciężki dzień?

Coś w jego współczującym tonie sprawiło, że Helen się rozpłakała.

– Przepraszam...

– O rany. – Podał jej drinka. – Naprawdę ciężki dzień.

Helen robiła wszystko, co w jej mocy, żeby przestać płakać i wziąć się w garść, odprężyć, ale nie mogła. Nie zdawała sobie sprawy, jak potężne piętno odcisnęła na niej niewierność, której się dopuściła.

– Przepraszam – wydusiła pomiędzy szlochami.

Declan wstał, żeby podać jej chusteczkę, ale nie mógł żadnej znaleźć, więc wziął z baru papierową serwetkę i wręczył Helen.

– W porządku, nawet nie musisz mi mówić.

To sprawiło, że rozpłakała się jeszcze gwałtowniej. Jest taki słodki. Wszyscy ich mężowie są uroczy, no dobra, może oprócz Justina.

– Hej, walnijmy sobie po lufce. Oboje lepiej się poczujemy. – Declan wstał, otworzył butelkę tequili i nalał alkohol do małych irlandzkich szklaneczek, które dostali w prezencie ślubnym.

– Jestem Irlandczykiem, więc kiedy strzelam sobie lufkę, działa to jak lekarstwo – usiłował zażartować.

Wypiła szybko. Alkohol palił ją w gardle.

– Nic mi nie jest – zapewniała, wciąż szlochając.

– Czy mogę pomóc? – zapytał. – Coś z Wesleyem, z Lauren? – pytał, klepiąc ją po plecach.

– Popełniłyśmy straszny błąd... – wyznała. Mało brakowało, a opowiedziałaby mu o wszystkim. Jak postanowiły, że zdradzą mężów, że czuje się jak dziwka, że nie poszło tak, jak planowała. Powstrzymała się jednak, ogarnęła ją chłodna jasność, że nie może złamać paktu. Obiecała. Być może obiecała kochać, szanować i troszczyć się o swojego męża, a nie zdradzać go, i te obietnice złamała, ale nie może zawieść przyjaciółek. W najgorszym razie może powiedzieć, że jest lojalna wobec przyjaciół.

Helen wyprostowała się gwałtownie, otarła oczy i uśmiechnęła do Declana.

– Przepraszam, Declanie, po prostu miałam zły dzień.

– Chcesz o tym pogadać?

– Nie, jeśli nie masz nic przeciwko – powiedziała, wpatrując się w niego.

– Czasem bywają takie dni. – Declan niezgrabnie klepał ją po plecach.

·· ROZDZIAŁ 29 ··

– Nie mogę uwierzyć, że właśnie nakłamałam Declanowi. Powiedziałam mu, że muszę iść dzisiaj wieczorem na pokaz, a teraz obserwuję dom twojego kochanka – powiedziała do Victorii, gdy siedziały w samochodzie przy podjeździe Wayne'a.

– I bardzo to doceniam – zapewniła Victoria. W skupieniu wpatrywała się w dom, próbując wykryć miejsce pobytu gospodarza.

– Zupełnie się stoczyłyśmy – westchnęła Eliza.

Victoria odwróciła się do przyjaciółki.

– Naprawdę doceniam, że to robisz. Nie masz pojęcia, co to za psychol. Gdybyś wiedziała... – Jej głos się załamał i po raz pierwszy od miesięcy Eliza zobaczyła oczy Victorii pełne łez.

– Wszystko w porządku. Po dzisiejszym wieczorze facet, miejmy nadzieję, się wycofa. – Eliza pochyliła się, żeby uściskać przyjaciółkę. Victoria, zwykle niedotykalska, prawdziwy dotykofob, tym razem odpowiedziała uściskiem.

– Powiedz mi uczciwie, naprawdę uważasz, że Anson coś wie? – zapytała.

– Tak, nie wiem tylko, czego i skąd się dowiedział.

– Eliza wyłączyła klimatyzację. W Los Angeles wszyscy używają klimatyzacji w samochodach bez względu na porę roku. Nie chciała myśleć o Ansonie. Napawało ją to lękiem.

– Uważasz, że Leelee mu powiedziała? – dociekała Victoria.

– Dlaczego Leelee?

– Nie wiem. Wydaje mi się niedojrzała, trochę żałuję, że ją w to wciągnęłam.

– Ale teraz to ona jest najbardziej napalona. Ma zamiar zostawić męża dla Jacka.

– Jest głupia, on nigdy nie zostawi żony. Ale na tym polega problem, Leelee jest niedyskretna i ma te wszystkie irytujące przyjaciółki, mamy z Junior League, prawdziwą dolinę lalek, są jak żony ze Stepfordu. Na pewno wszystko im wypaplała. – Victoria zadrżała na myśl o tych klonach.

– Nie sądzę, żeby Leelee się wygadała. Anson musiał nas gdzieś podsłuchać.

– Ostatnio zatrzymał mnie na ulicy i powiedział, że chce ze mną porozmawiać – wyznała Victoria. – Powiedziałam, że innym razem. Nie chcę mieć z nim do czynienia.

– Nie! – Eliza była przerażona. – Nie możesz go spławiać, Vic, musimy się dowiedzieć, co dokładnie wie i co zamierza z tymi informacjami zrobić. Zaczyna być niebezpieczny...

– Patrz! Jest. Włączył światła w pokoju projekcyjnym. Chodźmy – rzuciła Victoria.

– Niedobrze mi – jęknęła Eliza. – Wiesz, że jestem beznadziejną aktorką.

– Ja będę mówiła.

Victoria wzięła torbę, obie wysiadły i podeszły do drzwi. Gdy Wayne otworzył, wyglądał na zaskoczonego.

– To twój szczęśliwy dzień, kotku. – Victoria obdarzyła go mokrym pocałunkiem. – Poznaj moją przyjaciółką, chce zrobić z nami trójkącik.

Wayne zlustrował Elizę.

– Świetnie, wchodźcie.

Wzbudzał w Elizie obrzydzenie. Jak Victoria mogła spać z tym obślizgłym typem? Ma okropny gust, jeśli chodzi o facetów.

Eliza rozejrzała się po nowoczesnym salonie i od razu zauważyła, że Wayne ma obsesję na punkcie sprzętu elektronicznego i standardowo wyposażył pomieszczenie w czarne skórzane meble, tak uwielbiane przez samotnych facetów. Ohyda, pomyślała, siadając na fotelu z wysokim oparciem.

– No, to zaczynajmy imprezę – powiedział Wayne.

– Wypijmy coś, potem zaczniemy. Och, może kreskę na wzmocnienie? – zaproponowała Victoria.

Eliza miała oczy wielkości spodków, ale Victoria wzruszyła ramionami. „Nie przejmuj się", wyszeptała bezgłośnie.

I miała rację. Ostatecznie Wayne sam wciągnął całą kokainę. Po czterech dżinach z tonikiem był nieźle zapra-

wiony. Na szczęście był egoistą, więc całkowicie mu odpowiadało wygłaszanie przez cały wieczór monologów na temat wszystkich sław, których jest najlepszym przyjacielem,
i tego, jaki jest ważny w Hollywood.

– Muszę skorzystać z łazienki – powiedziała w końcu
Victoria.

– Wiesz, gdzie jest, kotku. – Nie przerwał opowieści
o Benie Afflecku. Eliza udawała, że jest pod wielkim
wrażeniem, chcąc, by mówił jak najdłużej.

Victoria poszła do sypialni. Wcześniej udało jej się co
nieco wyśledzić, wiedziała więc, gdzie Wayne trzyma taśmy,
nigdy nie miała jednak dość czasu, by znaleźć tę, której potrzebowała. Co za drań. Podeszła do półek i odsunęła na bok
atrapy książek. To się nazywa klasa. Tylko tego rodzaju facet może mieć w sypialni takie rekwizyty. Z tyłu znajdował
się stosik taśm i Victoria wrzuciła jedną do odtwarzacza.
Eliza miała ją ostrzec, mówiąc bardzo głośno: „Strasznie
bym chciała lody", gdyby Wayne się zbliżał. Victoria usiadła
więc spokojnie na brzegu łóżka, żeby obejrzeć filmy.

Pierwsza taśma była nudna. Wayne kazał jakiejś ru-
dowłosej dziwce rozbierać się przed kamerą, Victoria wyjęła ją z odtwarzacza. Zdawało się jej, że coś słyszy, więc
podeszła do drzwi i nasłuchiwała, ale doleciał do niej tylko
głos Wayne'a, który w salonie opowiadał swoją ulubioną
historię o Valu Kilmerze. Victoria zakradła się z powrotem
do sypialni i włączyła następną taśmę.

– Jeszcze, jeszcze! – mówiła kobieta na filmie, podczas
gdy Wayne ją pieprzył.

Ohyda, ale to nie była Victoria. Z niesmakiem oglądała film jeszcze przez minutę i już miała go wyłączyć, kiedy kobieta się odwróciła. Hmm... wygląda znajomo, uznała. Aktorka? Laska z *Entertainment Tonight*? Victoria przyjrzała się z bliska. O, Mój Boże, kopalnia złota! To Shelly Forester, żona Dicka Forestera, założyciela agencji Wayne'a, obecnie szefa wielkiego studia. Jednego z ludzi mających w Hollywood ogromną władzę, może nawet największą. O rany! A to dureń. Wayne gapił się teraz z głupią miną w obiektyw, puszczając oko, ujeżdżając jednocześnie Shelly w kowbojskim stylu. Ludzie są tacy głupi, pomyślała Victoria. Ona jednak głupia nie jest, zamierza wziąć tę kasetę i szantażować Wayne'a. Zmusić go, by w zębach przyniósł taśmę dokumentującą ich związek i nie tylko. Chce, żeby cierpiał tak, jak cierpi ona. A to jest jej klucz do zemsty.

Zeszła na dół, trzymając się poręczy i nie spuszczając oczu z Wayne'a. Ludzie tacy jak on nie zasługują, żeby żyć. Przyglądała się, jak coraz bardziej się zapala, opowiadając, powtarzając jakąś wymyśloną anegdotę, w której oczywiście ratował życie którejś ze sław. Wszyscy faceci są tacy sami. Bestie. Podli ludzie. Miał błędny wzrok i gwałtownie gestykulował, Victoria z trudem kontrolowała odrazę, którą czuła. Nawet z odległości pięciu metrów widziała drobne krople śliny, które rozpryskiwały się dookoła, gdy mówił coraz szybciej i szybciej. Znalazła się w zasięgu jego plwociny i nie było to przyjemne. Ten człowiek nie zasługuje na to, by żyć. To zdanie uporczywie powracało do Victorii. Nikt nie będzie za nim tęsknił.

– Eliza ma wątpliwości. Wychodzimy – rzuciła szybko Victoria, biorąc torbę i ruszając w stronę drzwi.

– Co? – Wayne zerwał się z kanapy.

Eliza wstała i bez słowa ruszyła za Victorią do wyjścia.

– Znikamy, Wayne, do widzenia.

– Nie możecie wyjść!

– Owszem, możemy – odrzekła Victoria.

Wayne podbiegł i usiłował uniemożliwić jej otwarcie drzwi, ale był zbyt pijany i naćpany, by w czymkolwiek przeszkodzić.

– Cześć – słabo rzuciła Eliza.

– Dziwki! Zimne kurwy! – wrzeszczał za nimi, gdy szły ścieżką.

– I nawzajem! – krzyknęła Victoria.

– Masz ją? – zapytała Eliza.

– Mam coś lepszego.

Gdy Eliza wróciła tego wieczoru do domu, wszędzie było ciemno i spodziewała się, że Declan już śpi. W dni robocze zwykle kładł się wcześnie, nie potrafił dotrwać nawet do Johna Stewarta. Odłożyła klucze i torebkę, i zamierzała wejść na górę, gdy usłyszała głos z salonu.

– Jak film?!

– Nie śpisz! – Eliza się przestraszyła. – Dlaczego siedzisz po ciemku?

Podeszła i usiadła obok męża.

– Po prostu myślę. Jak film? – powtórzył.

– Świetny – odparła Eliza bez przekonania. – A jak dzieciaki?

– Dobrze.

Przyglądał jej się uważnie i ona też spojrzała na niego z zaciekawieniem.

– Wszystko w porządku? – zapytała.

– Tak. – Wstał. – Chodźmy do łóżka.

· · ROZDZIAŁ 30 · ·

Anson był urażony, że po tekstach, które zamieścił w gazecie, żadna z pań z Klubu Niewiernych Żon nie przybiegła w lansadach, by go błagać. Spodziewał się kwiatów, łez, kolacji, błyskotek. A tu nic. A co gorsza, nadal go ignorowały lub były wręcz niegrzeczne.

– Victorio! – Anson zawołał ją pewnego ranka. Stał na końcu podjazdu, przyglądając się, jak wyładowuje z samochodu torby z zakupami.

– Nie pozwól swojemu psu sikać na mój trawnik – nakazała Victoria, rzucając Samancie spojrzenie pełne złości.

– Dzień dobry, ja też życzę ci miłego dnia – prychnął zirytowany w imieniu Samanty. – Wiem, że masz, choć niezasłużony, ale jednak masz, wpływ na swojego męża. Zastanawiałem się, czy mogłabyś go poprosić, żeby zerknął na scenariusz, który wymodziłem.

Victoria zmrużyła oczy i rozdęła delikatnie nozdrza.

– Oczywiście – rzuciła ostro, po czym zatrzasnęła bagażnik i gniewnie ruszyła w stronę domu.

Ansona zatkało. Czyżby nie czytała jego kawałków? Nie martwi się? Jak mogła go tak odprawić? Jeszcze bardziej się nakręcił.

Wiedział, że aby wytoczyć sprawę, trzeba gromadzić informacje i amunicję. Taśmy z nagraniami z elektronicznej niani stanowią odpowiednik dymiącego pistoletu, ale potrzebuje zdjęć albo innych uzupełniających dowodów, by uzyskać dla winnych karę śmierci. Zaczął więc śledzić wszystkie panie. Było to dość zabawne, skradać się za nimi. Właściwie prowadziły dość nudne życie – odwożenie dzieci, pralnia chemiczna, ćwiczenia – do czasu, aż zaczną robić coś niewłaściwego. Coś ze swoimi kochankami. A przynajmniej tak podejrzewał.

Widział kwiaty dostarczane niemal codziennie do domu Elizy i wiedział, że Tyler nieustannie o nią zabiega. Wiedział też, że Eliza go odtrąciła, bo gdy tylko odjeżdżała ciężarówka z napisem „Aksamitny ogród", Eliza szła do śmietników na zewnątrz i wyrzucała róże. Pozbywała się dowodów. Anson chciał być dokładny, odczekał więc do czasu, aż Declan przestawił pojemniki do narożnika przy podjeździe, gdzie oczekiwały na poranny wywóz śmieci, po czym wyprowadził sukę i zwlekał, dopóki się nie załatwiła, tak że mógł wrzucić pakunek z jej odchodami do śmietnika państwa Gallahue. Nachylając się nad pojemnikiem, delikatnie wyjął wyrzucony liścik, który zjawił się razem z kwiatami. Zamierzał zadzwonić do kwiaciarni i dowiedzieć się, kto jest autorem bilecika o treści *Dzięki za wsparcie*.

Każdą informację na temat dziewczyn Anson umieszczał w teczce oznaczonej odpowiednim nazwiskiem, którą trzymał w szafce u siebie w biurze. Uwielbiał czytać te akta. Pomyśleć tylko, co by zrobiły, gdyby wiedziały, co na nie ma! Z lubością sporządzał listy rzeczy, których uważał, że mu brakuje. Które mogłyby stać się tak zwaną wisienką na torcie. Na przykład chciał dorwać się do redakcyjnej wersji wywiadu Elizy z Tylerem, mającego się ukazać w „Pogawędce". Niestety, jego usiłowania nie zostały uwieńczone sukcesem. I to właśnie sprawiło, że wysnuł na temat Elizy pewną teorię, w której prawdziwość wierzył, i był pewien, że jej przyjaciółki nie mają o niczym pojęcia.

Miał też zdjęcia Helen i Danieli idących ulicą. Nie był pewien, czy to wystarczy. Kobiety zawsze mogą twierdzić, że są przyjaciółkami. Trudno udowodnić kobiecie, że jest lesbijką, szczególnie, jeśli zaangażowana osoba nie zdradzała wcześniej zainteresowania miłością saficką. Nie był pewien, co zrobić z Helen – „jej teczka wciąż jest prawie pusta", pomyślał zniechęcony.

Poczynania Leelee go zaintrygowały. Śledził ją dwukrotnie do Manhattan Beach i wiedział, że coś knuła, gdy tam jeździła. Przez lornetkę widział, że coś kseruje. Wyglądało to jak list z żądaniem okupu. Potem niszczyła dowód, nie był jednak pewien, do kogo to coś wysyłała. Do Jacka? Do Brada? Nie, nie chciała, żeby odbiorca listu wiedział, że jest od niej – bo w jakim innym celu nosiłaby te durne rękawiczki? Wciąż tego nie rozgryzł, ale zdawał sobie sprawę, że nie musi wiedzieć, co dokładnie robiła Leelee.

Zawsze może blefować. Pewnie by się wygadała, myśląc, że on coś wie. W tym przypadku wiedza nie jest potrzebna. Wystarczy, że wykona anonimowy telefon do „New York Post" i prasa rzuci się na tę historię. Prawda była jednak taka, że rozkoszował się świadomością wyłącznej znajomości całej sprawy i nie chciał się z tym uczuciem pożegnać.

Stanowczo nadszedł czas, by podbić stawkę. Jest tylko jeden sposób, żeby to zrobić. Włączyć mężów.

·· ROZDZIAŁ 31 ··

Ponieważ Helen była w chłodnych stosunkach z rodzicami („rodzicami adopcyjnymi", jak zawsze podkreślała), a rodzina Wesleya mieszkała w Anglii, święta spędzali na ogół samotnie. Szczególnie amerykańskie święta. Podczas tych „pocztówkowych okazji", jak nazywał je Wesley, często wyjeżdżali, ale w tym roku przyjęli propozycję, by spędzić Święto Dziękczynienia z rodziną Gallahue, przekonani, że Lauren może być miło choć raz uczestniczyć w tego rodzaju wydarzeniu. Powodowana ambicją, Eliza zaprosiła również Victorię i Leelee, ale ta pierwsza przyjmowała teściów z Long Island, druga zaś rodziców z Bostonu. Chociaż obie zgodziły się wstąpić na drinka, Eliza wiedziała, że Victoria się pojawi, a Leelee nie. Właściwie nie miało to znaczenia, bo tak naprawdę cieszyła się z obecności swojej przyjaciółki z Chicago, Claudii, z mężem Morganem, którzy przyjęli zaproszenie, by spędzić z nimi długi weekend.

Po długiej, zakrapianej winem kolacji w Capo w środę wieczorem, kiedy to Morgan i Declan rozmawiali o interesach, a Eliza uzupełniała wiadomości Claudii na temat wszystkich dziedzin swojego życia (oprócz Tylera Traska), po raz kolejny doszła do wniosku, że nie ma to, jak starzy przyjaciele. Naprawdę. Chodziło o wrażenie komfortu, brak konieczności szczegółowych wyjaśnień, fakt, że każde stwierdzenie, jakie padało z jej ust, opinia, którą wyraziła, są osadzone w jakimś kontekście. Na przykład polityka. Gdy Eliza wspomniała, że być może będzie głosowała na republikańskiego kandydata na gubernatora, Claudia nie napadła na nią, że jest przeciwna prawu kobiet do wyboru, że popiera prawo do posiadania broni i w ogóle jest istotą ludzką niższego gatunku, a tak postąpiłyby jej pozostałe przyjaciółki. Eliza uważała się za osobę o umiarkowanych poglądach, ale jej bardziej demokratycznie nastawione koleżanki traktowały to jako oddawanie czci diabłu. Akcja afirmatywna? Chciały tego, oczywiście, bo było słuszne, a jednak, jeśli miejsce któregoś z ich dzieci w Świętym Piotrze zostało zajęte przez dziecko czarne albo latynoskie, pierwsze ustawiały się w kolejce do biura, by złożyć zażalenie (a potem nakłonić dziesięciu członków rady do napisania listów z groźbami). Eliza często miała wrażenie, że wszyscy w Los Angeles są liberalni odruchowo, ale w najbardziej wyolbrzymiony, zakłamany i pedantyczny sposób. „Liberałowie są najbardziej nietolerancyjni", mawiał Declan, i miał rację.

Samo to, że mogła dyskutować z Claudią o polityce, było luksusem. Eliza chodziła do George Town, zrobiła dyplom z nauk politycznych i odbyła nawet staż w biurze senatora Simona, a jednak w Los Angeles nigdy nie rozmawiała o polityce. Jasne, istniała mała grupka kobiet pracujących dla Narodowej Rady Ochrony Zasobów Naturalnych i one z przyjemnością opowiadały, jak to oczyszczają środowisko, dlaczego samochody hybrydowe są najlepsze (i dlaczego prowadzenie ich równoważy fakt, że korzystają z prywatnych odrzutowców) oraz o tym, jak TY możesz pomóc. Jednak zasadniczo ludzie chcieli tylko plotkować. Plotki o sławach, plotki lokalne, może tak jest wszędzie, chociaż Eliza nie pamiętała, by jej rodzice siedzieli i plotkowali.

Jednak bardziej niż z faktu, że ma z kim podyskutować o polityce i bieżących wydarzeniach, Eliza cieszyła się z tego, że przy Claudii może się odprężyć. Może być niemądrą sobą. Claudia i Morgan niedawno się pobrali i nie mieli jeszcze dzieci (Claudia przez sto godzin w tygodniu pracowała w swojej firmie prawniczej), więc cierpliwie znosiła to, jak Eliza popisuje się Donovanem i Bridget, która była jej chrzestną córką. Spokojnie słuchała nowin o ostatnich osiągnięciach dzieciaków. One z kolei uwielbiały ciocię Claudię, którą nazywały ciocią Bum Bum z powodu jej szczerego, głośnego śmiechu. Wszystko w niej było duże, co składała na karb swojego porządnego niemieckiego pochodzenia. Mierzyła dobre metr siedemdziesiąt, miała długie nogi, duży biust i gęste, długie, kasztanowe włosy oraz ogromne zielone oczy. Była szczera i naprawdę otwarta na wszystkie kwestie, odświeżająco wolna od uprzedzeń. Z dziecięcą ekscytacją przyjęła fakt, że zostali w restauracji posadzeni obok Larry'ego Davida, a w czasie poprzedniej wizyty w Los Angeles nie mogła przestać się entuzjazmować, jak to jest super zobaczyć gwiazdy na Hollywood Boulevard. Elizę bawiło, że przyjaciółka jest znana jako prawdziwy rekin na sali sądowej. Nie umiała sobie tego wyobrazić i obiecała polecieć pewnego dnia do Chicago tylko po to, by zobaczyć Claudię w akcji.

W poranek Święta Dziękczynienia Declan i Morgan zostali wyprawieni na partyjkę golfa (żony oceniły ich jako bezużytecznych w sprawach kulinarnych), a Eliza, Claudia i Helen rozłożyły się w kuchni, by przygotować ucztę. Eliza nie była łakomczuchem i przy różnych okazjach towarzyskich zwykle polegała na książkach kucharskich Iny Garten, ale lata spędzone z dala od rodziców zmusiły ją do nauczenia się komponowania obiadu na Święto Dziękczynienia. Helen siedziała na krześle, obierając ziemniaki nad koszem na śmieci ustawionym między nogami. Claudia przygotowywała brukselkę z parmezanem i śmietanką, co wchodziło w skład jej ukochanego świątecznego dania. Obiecała, że będzie dobre i nawet ci, którzy nie lubią brukselki, zostaną dziś wieczorem nawróceni. Eliza już rano umieściła w piekarniku indyka wypełnionego ulubionym nadzieniem z kukurydzą, a teraz karmelizowała małe cebulki, jednocześnie doglądając groszku i grzybów, które dusiły się obok.

– Dobrze, mam obsesję, więc, proszę, mów dalej – poleciła Claudia. Miała na sobie ciemnoczerwony sweter z golfem, który pasował do jej kasztanowych włosów. Nie mogła już bardziej kontrastować z drobnokościstą Helen siedzącą naprzeciwko.

– Jesteś bardzo zabawna. Co jeszcze mam ci powiedzieć? – zapytała Helen, odrzucając głowę na bok, by odgarnąć nieposłuszny kosmyk włosów, który wchodził jej do oczu.

– Nie wiem, chyba... Wszystko – powiedziała Claudia.

– Stworzyłaś potwora – odezwała się Eliza znad kuchni.

– Jest prawnikiem, pamiętasz? Będzie chciała poznać każdy szczegół.

Dziesięć minut po tym, jak się poznały, Helen powiedziała Claudii, że spała z kobietą. Elizie zmalały źrenice i wyglądała na zaniepokojoną, ale Helen obdarzyła ją uspokajającym spojrzeniem, jakby chciała powiedzieć: „Twój sekret jest u mnie bezpieczny". I Eliza jej wierzyła. Wiedziała, że Helen nie zdradziłaby jej przed nikim i nie miała nic przeciwko temu, by omawiała własną przygodę, oczywiście dopóki nie wspominała o pakcie. Eliza myślała, czy może zwierzyć się Claudii i ledwo mogła uwierzyć, że tego nie zrobiła, bo znały się, odkąd skończyły siedem lat, i mówiła jej wszystko. Claudia jednak uwielbiała Declana i nigdy by nie zaaprobowała postępowania Elizy. Jeśli chodzi o innych, w porządku, ale nie w przypadku ludzi, których uważała za rodzinę.

– Dobrze, po pierwsze, chcę wiedzieć, jak to jest z kobietą? Myślisz, że jesteś lesbijką? Czy masz teraz ochotę na trójkąt? – dociekała Claudia, wlewając mleko do żaroodpornego naczynia.

– Coś takiego! Wszystkie te pytania... – Helen uśmiechnęła się, zupełnie niewzruszona. – No dobrze, nie, wcale nie chcę trójkąta. Zaproś kogoś dodatkowego do własnej sypialni i już masz kłopoty.

– Kto chce zorganizować trójkąt? – odwróciły się. Victoria. Nie słyszały, jak weszła.

– Hej, Victorio! – wykrzyknęła Claudia, wstała i otoczyła Victorię ramionami w potężnym uścisku, co przyprawiło panią Rand o lekki dreszcz niechęci.

– Cześć, Claudio. Witaj z powrotem w mieście – powiedziała Victoria, podchodząc energicznie do stojaka z winem na kuchennym blacie. Wyjęła butelkę pinot noir i przestudiowała etykietę.

– Mogę to otworzyć? – zapytała.

– Jasne. – Eliza odsunęła szufladę i wręczyła jej korkociąg.

– Nie jest trochę za wcześnie? – odezwała się Helen.

– Gdy moi teściowie są w mieście, nigdy nie jest za wcześnie – mruknęła Victoria, obracając rączką i wyciągając korek. Wyjęła kieliszek. – Ktoś jeszcze?

– No cóż, mam wakacje, więc czemu nie? – Claudia udawała, że czuje się winna.

– Jeżeli się teraz napiję, to odlecę – ostrzegła Eliza.

– Helen? – zapytała Victoria.

– Jasne.

Victoria nalała wino i podała dziewczynom.

– A co jest nie tak z twoimi teściami? – chciała wiedzieć Claudia.

– Nie prowokuj mnie. – Victoria zdjęła z szyi wełniany szal, który pełnił funkcję głównie dekoracyjną (na zewnątrz było osiemnaście stopni Celsjusza), a potem wysunęła dwa krzesła. Na jednym usiadła, na drugim położyła stopy. – Po pierwsze, mój teść. Facet sprzedaje aluminiowy siding. Czy można być w większym stopniu białym śmieciem? Do tego ma akcent jak jakiś mafioso. Farbuje włosy na kruczą czerń, ale taką z niebieskim przebłyskiem, a wszystkie ciuchy ma z klapami wielkości hangarów na lotnisku. Justin chciał ich zabrać na kolację do Mr Chow, ale stwierdziłam, że nie ma mowy, nie pójdę z nimi nigdzie, gdzie moglibyśmy spotkać kogoś znajomego. Więc zabraliśmy ich do Peppone, to najciemniejsza restauracja w mieście. Oczywiście teściowa przez cały czas narzekała. To najbardziej pasywno-agresywna osoba, jaką znam. Zawsze powie coś w rodzaju: „Wszystko jedno, dokąd pójdziemy, dokąd chcecie", a potem, gdy będziemy na miejscu, zacznie się: „Oczywiście wiecie, że wczoraj jadłam włoską kolację, ale to bez znaczenia". Nie mogę tego znieść.

Claudię bawiły tyrady Victorii. Była taka piękna, a jednak wydawało się, że zawsze zieje jadem i robi uszczypliwe uwagi. Claudia nie potrafiła sobie wyobrazić, co może ją tak złościć.

– Koszmar – odezwała się Eliza znad kuchni. Narzekanie na teściów było tak popularnym sportem, że czasem zdawało jej się, że ludzie robią to raczej w imię tradycji niż dlatego, że mają po temu powody. Na szczęście, jeśli chodzi o rodziców Declana, są naprawdę uroczy, mili dla dzieci i nie wtrącają się. Mają także ośmioro innych wnucząt i mieszkają w Baltimore, co tylko pomaga. Oczywiście, gdyby spróbowała, mogłaby znaleźć w nich wady, ale po co? Nie da się ich zmienić. Niektóre z jej przyjaciółek przechodziły do ofensywy, uzbrojone i gotowe do walki z teściami w chwili, gdy wychodziły za swoich mężów. Katalogowały każdą przykrość i drobne wykroczenie. Dajcie spokój.

– Moi teściowie są potworni, ale na szczęście mieszkają w Anglii. – Helen przerwała obieranie ziemniaka i upiła solidny łyk wina.

– No dobra, oczywiście chętnie o tym porozmawiam, ale czy zanim wrócą faceci, możesz dokończyć uwagi na temat swojej dziewczyny? – poprosiła Claudia, opierając brodę na dłoni i pochylając się konfidencjonalnie.

– Opowiadasz o Danieli? – Victoria uniosła brwi.

– Tak – odparła Helen.

Victoria spojrzała na Elizę, a ta uspokoiła ją wzrokiem.

– Sama nie wiem, co jeszcze można powiedzieć. Było ciekawie, ale nie poczułam się spełniona, tak jak to sobie wyobrażałam – podsumowała Helen.

– Po prostu nie potrafię sobie wyobrazić, jak to jest – stwierdziła Claudia z naiwnością typową dla Środkowego Zachodu. – Robiłyście wszystko?

– Eee, właściwie nie. W sumie to było trochę nudne. Myślałam, że będzie podniecające i pikantne, ale tak naprawdę to głównie myśl o tym była podniecająca. Nie wiem... Nie zmieniło to mojego życia.

– I powiedziałaś mężowi? – dopytywała się Claudia.

– O Boże, nie – prychnęła Helen wzgardliwie. – To nasz mały sekret.

– Kto ma sekret? – zainteresowała się Lauren, wchodząc do kuchni ze świtą złożoną z Donovana i Bridget. Lauren była pięknym dzieckiem, a dziś wyglądała szczególnie uroczo, ubrana w jedną z wymyślnych sukienek przysłanych przez rodziców Wesleya, z jedwabną kokardą we włosach.

– Nikt – zbyła Helen małą.

– Ja chcę sekret. – Donovan podszedł do Elizy i objął ją. Był niezwykle czułym dzieckiem i miał największe na świecie orzechowe oczy.

– No dobrze, proszę. – Eliza wyszeptała mu do ucha: – Kocham cię.

– To nie sekret! – Donovan zachichotał.

– Oczywiście, że sekret. – Eliza znów wyszeptała, łaskocząc go w brzuszek: – Kocham cię jak stąd aż do nieba.

– Ja chcę sekret! – Bridget podskakiwała w miejscu. Eliza nachyliła się nad nią i jej też wyszeptała do ucha: – Kocham cię jak stąd do księżyca.

Bridget się rozchichotała.

Lauren, zwykle cicha i wycofana, była wystarczająco odprężona, by uśmiechnąć się i podejść do Elizy.

– Czy ja też mogę dostać sekret? – zapytała grzecznie.

Eliza pochyliła się i wyszeptała jej do ucha: – Kocham cię jak stąd do Jowisza!

Lauren też zaczęła się śmiać. Helen przyglądała się, jak jej córka podeszła za Elizą, Donovanem i Bridget do kuchennej szafki i odczekała, aż Eliza wyjmie i rozdzieli między dzieci miniaturowe torebki krakersów. Potem Lauren zarządziła:

– Idziemy, chłopaki!

Dwójka mniejszych dzieci poszła za nią do salonu, gdzie bawili się w przyjęcie. Eliza jest taka swobodna z dziećmi, pomyślała Helen, dławiąc się z zazdrości. Ona nigdy się tak nie zachowuje, nigdy nie żartuje ani się nie wygłupia z Lauren. Jednak w oczywisty sposób tego właśnie dziewczynka potrzebuje, bo ilekroć Eliza jest w pobliżu, przywiera do niej jak pijawka.

– Lauren uroczo zajmuje się maluchami – powiedziała Eliza.

– Wrodzony talent – stwierdziła Claudia, kiwając głową.

– Ma ile... siedem lat? A już jest z niej dobra niania.

– Tak to jest z dziewczynkami. – Victoria wyciągnęła się na krześle. – Od urodzenia mają instynkt macierzyński. Aż trudno mi uwierzyć, ilu moich przyjaciół, którzy mają dziewczynki, może je zostawiać, by godzinami bawiły się razem bez żadnych problemów. Moi chłopcy urządziliby jeden wielki śmietnik i się pozagryzali. Jeżeli poproszę jednego, by sprawdził, gdzie jest drugi, słyszę łup, trzask, huk, a potem wycie, po czym dzieciak wraca bez słowa. Ale kiedy byłam w domu u przyjaciółki, która ma dziewczynki, i zapytała czterolatkę, gdzie jest dwulatka, ta wróciła, trzymając młodszą siostrę za rękę, i poinformowała, że mała bawiła się czymś, co mogłaby połknąć, więc powinny zająć się czymś innym! Szaleństwo!

Przyjaciółki roześmiały się i pokiwały głowami.

Później tego wieczoru, gdy zjawili się panowie, wszyscy odświeżeni i elegancko ubrani, w pełnej gotowości do koktajlu przed kolacją, Claudia spędziła chwilę sam na sam z Elizą.

– Niesamowite są te twoje przyjaciółki – stwierdziła.

– Wiem.

– Weź Helen. Zdradzać męża? – Ostatnie zdanie wygłosiła szeptem, gorączkowo spoglądając na drzwi, chcąc mieć pewność, że nikt ich nie podsłucha. – To czyste szaleństwo. Rozumiesz, dopiero co go poznałam, ale wydaje się, że to uroczy facet.

– No tak – mruknęła Eliza, kończąc ugniatanie ziemniaków. Boże, gdyby tylko Claudia wiedziała!

– I smutne, jak nie potrafi poradzić sobie z dzieckiem. Patrzy na nią, jakby miała do czynienia z kosmitą. – Klaudia podała Elizie rękawicę, żeby mogła wyjąć indyka.

– Masz rację – przyznała Eliza.

– Myślę sobie, że gdyby spędzała z nią więcej czasu, poczułaby satysfakcję, którą próbuje znaleźć gdzie indziej. Ale co ja tam wiem

– Nie, masz rację – powtórzyła Eliza. Czy ona sama może zyskać większą satysfakcję, spędzając z dziećmi jeszcze więcej czasu? Nie, w jej przypadku nie o to chodzi. Uważała, że ma świetne relacje z Donovanem i Bridget, podobnie z Declanem. Chciała tylko poczuć się wyjątkowa. Tak naprawdę to było głupie.

– A Victoria? Też niezły numer! – Claudia się roześmiała. – Ilekroć ją widzę, cały czas jest potwornie wkurzona. Jeśli ktokolwiek, to ona powinna rozważyć rozwód.

- Tak, jej mąż to palant.

- Ale co ja tam wiem? To na pewno niesamowici ludzie, przecież to twoi przyjaciele. - Claudia wzięła półmisek z serem i krakersami i zaniosła go do salonu.

Eliza stała przez chwilę w rękawicach na rękach, para owiewała jej twarz. Starała się obiektywnie spojrzeć na swoje przyjaciółki, ale to było za trudne. Czasami potrzeba kogoś z zewnątrz, żeby pokazał człowiekowi, co się dzieje.

W tym czasie w domu Leelee Święto Dziękczynienia upływało w napięciu, podobnie jak w poprzednich latach. Matka Leelee, z wiekiem coraz bardziej małostkowa i zniechęcona życiem, jak zwykle miała kwaśną minę, gdy krytycznie przyglądała się kolacji.

- Powiedz mi jeszcze raz, dlaczego nie macie jadalni? - Pytała o to kilka razy, najwyraźniej nie podobała się jej odpowiedź, że rzadko miewają gości, więc lepiej było wykorzystać miejsce na pokój zabaw dla dziewczynek. - A kiedy zamierzacie się przeprowadzić? - Naciskała uporczywie, jakby nieświadoma faktu, że Brad nie zarabia dodatkowych pieniędzy, które umożliwiałoby zmianę domu. Jej życiowe rozczarowanie było głębsze niż w przypadku córki, jednak co do jednego się zgadzały: gdyby Leelee zgodnie z planem wyszła za Jacka, życie byłoby lepsze. Cóż, wciąż jeszcze istnieje taka szansa.

·· ROZDZIAŁ 32 ··

Święto Dziękczynienia skończyło się równie szybko, jak się zaczęło, ludzie zjedli więcej niż powinni i ślubowali, że spalą to wszystko po świętach. Oczywiście w poniedziałek sale gimnastyczne były pełne, a ścieżki rowerowe i do biegania wzdłuż oceanu zapchane fanatykami agresywnego treningu, rozgorączkowanymi w wysiłku pozbycia się dokładki słodkich ziemniaków, na którą niestety się skusili. Wszystkie dziewczyny wróciły do stałego rozkładu zajęć, odwożąc dzieci do szkoły, zabierając je na dodatkowe zajęcia i zajmując się pozamałżeńskimi romansami.

– Mogę skorzystać z twojego telefonu? – zapytała Leelee, kiedy Victoria otworzyła jej drzwi.

– Oczywiście. Ja również życzę ci miłego dnia – powiedziała Victoria, wpuszczając ją do środka.

Leelee starannie wytarła buty w drugą wycieraczkę, wiedząc, że Victoria jest pedantyczna, jeśli chodzi o tropienie brudu we własnym domu.

– Przepraszam, po prostu Brad się mnie czepia, odkąd znalazł e-maila od Jacka, i nie chcę, żeby się teraz dowiedział – tłumaczyła Leelee.

– Prędzej czy później się dowie – ostrzegła Victoria.

– Cóż, chcę, żeby to było później. Gdzie jest najbardziej ustronne miejsce? – zapytała Leelee, rozglądając się. Nie chciała prosić Victorii o przysługę, ale Helen nie zastała w domu, a z Elizą nie czuła się wystarczająco komfortowo. Mimo że Eliza należała do klubu, robiła wrażenie nieco zbyt negatywnie nastawionej do całej sprawy.

– Możesz skorzystać z mojego pokoju albo z pokoju bliźniaków. – Victoria wskazała piętro.

– Dzięki. – Leelee pognała na górę.

– Chcesz coś do picia?! – zapytała Victoria.

– Nie, dzięki! – wrzasnęła Leelee, która już zniknęła za rogiem.

Victoria westchnęła i wróciła do gabinetu, gdzie otwierała pocztę. Leelee jest świetną przyjaciółką na wyjście, żeby się pośmiać, poplotkować i pogadać o dzieciach, ale całkowicie nieodpowiednią do takiego przedsięwzięcia. Victoria w życiu nie włączyłaby jej do klubu, gdyby nie fakt, że była blisko związana z Helen. Musiała też szczerze przyznać, że nie wierzyła, by ta krępa blondynka kiedykolwiek znalazła kogoś, z kim mogłaby zdradzić męża, ale w oczywisty sposób się pomyliła. I teraz Leelee zmieniła się w potwora. Była tak głęboko przekonana, że poślubi Jacka Portera i stanie się postacią z najwyższych społecznych sfer, że zaczęła zachowywać się z przesadną pewnością siebie. Zawsze miała skłonność do przedstawiania się jako „szlachetnie urodzona", bo jest Swift z domu i wymieniono ją w przewodniku towarzyskim, ale teraz, gdy spodziewała się dodać do własnego kolejne szpanerskie nazwisko i trochę kasy do kompletu, stała się po prostu nieznośna. Victoria jednak nie była wcale pewna, że wszystko skończy się zgodnie z planem Leelee. Podejrzewała, że to jednostronne zainteresowanie i Leelee może w rzeczywistości blefować.

Otworzyła list zaadresowany, ku jej szczerej irytacji, do państwa Colemanów. Kto, do cholery, nie pamięta, że zachowała panieńskie nazwisko? Było to strasznie irytujące. Zerknęła na zdjęcie przedstawiające dwóch uśmiechniętych blondasów w identycznych niebieskich sweterkach od Ralpha Laurena, ściskających wielkiego brązowego labradora. Ktoś zaczął już wysyłać bożonarodzeniowe kartki? Otworzyła życzenia i przeczytała: *Wesołych świąt, ucałowania, Dave, Nicole, Matty, Jasper, Duchess i Dunder (nie na zdjęciu).* Doprowadzało ją do szału, kiedy ludzie włączali swoje zwierzęta do świątecznych życzeń. To tylko zwierzaki! Szczyt bezguścia. A szczególnie nie znosiła tych, którzy przysyłali kartki przedstawiające tylko psa czy kota, bez dzieci. Absurdalne, pomyślała Victoria, wyrzucając kartkę do śmietnika. Powinni być bardziej zaangażowani emocjonalnie. Przyjaciółki Victorii szokował fakt, że wyrzuca kartki, gdy tylko je obejrzy, zamiast zrobić to, co wszyscy, i ustawić życzenia na kominku. A po cholerę miałaby to robić? Połowy dzieciaków z pocztówek w ogóle nie zna, a poza tym masa z tych dzieci jest zwyczajnie brzydka. Nie chciała zaśmiecać domu.

Victoria przejrzała kolejne rachunki i już miała zadzwonić do Verizon z pytaniem, dlaczego, do cholery, jej rachunek jest taki wysoki, gdy przypomniała sobie, że Leelee wisi na telefonie. Boże, dosyć długo już tam siedzi. Vic miała chęć skorzystać z dodatkowego aparatu i podsłuchać rozmowę, ale z pewnością byłoby to słychać. Nagle wpadła na pewien pomysł. Okropny, ale, do licha, to jej dom, więc czemu nie? Wstała i poszła do kuchni po elektroniczną nianię, po czym wróciła z nią do biura. Pozostałe odbiorniki były na górze i jak zwykle włączone, powinna więc słyszeć rozmowę Leelee.

Po przekręceniu gałki w odbiorniku rozległ się niski trzask, ale Victoria poprawiła urządzenie na biurku i wreszcie mogła słyszeć to, co mówi Leelee. Skupiła się.

– Nie mogę w to uwierzyć Porty, biedaku – usłyszała Leelee mówiącą do swojego rozmówcy.

Nastąpiła pauza, podczas której Jack najwyraźniej relacjonował jej, co się stało.

– Słuchaj, zachowałeś się jak idiota, biorąc ślub bez intercyzy. Niegrzeczny z ciebie chłopiec! Jestem pewna, że sędzia zrozumie, że byłeś młody i pijany. Nie zostawisz jej wszystkiego. Spłacisz ją kilkoma milionami – tłumaczyła Leelee apodyktycznym tonem.

Więc Jack się wykręca, orzekła Victoria. Dokładnie to podejrzewała.

– Co za suka! Nie, zgadzam się, zaczekam, aż będzie po świętach, chociaż to dziwny powód, bo przecież nie macie dzieci. Nikogo nie obchodzi, czy tatuś będzie w domu, kiedy przyjdzie Mikołaj – stwierdziła Leelee i zamilkła.

– No dobrze, cóż, ale jej rodzice będą równie rozczarowani po świętach, szczególnie jeśli spędzisz z nimi tyle czasu w Antigua... – podjęła po chwili.

Ten facet nie ma zamiaru opuścić Tierney, pomyślała Victoria.

– Dobrze, robaczku, nie chcę ci zrzędzić! Po prostu za tobą tęsknię. Strasznie cię kocham – westchnęła Leelee do telefonu.

Victoria usłyszała dźwięk odkładanej słuchawki i błyskawicznie podskoczyła do biurka, by wyłączyć odbiornik. Kilka chwil później Leelee weszła z szerokim uśmiechem.

– Wszystko ustalone – oznajmiła radośnie. – Ale kazałam mu poczekać, aż będzie po świętach, a potem możemy ruszać.

Leelee przenigdy nie zwierzyłaby się z Victorii z czegoś, co choćby w najmniejszym stopniu mogło rzucić cień na nią samą albo na jej związek. Miała wrażenie, że Victoria patrzy na nią z góry, jak na dziecko, i strasznie ją to wkurzało.

– Podniecające. – Victoria okręciła się na obrotowym krześle. – Gdzie zamierzacie mieszkać?

– W Nowym Jorku. Najpierw jedziemy na Hawaje, potem zadzwonimy do naszych małżonków, a w drodze do domu zabiorę dzieciaki i ruszamy na wschód – wyjaśniła Leelee.

– Czy ty w ogóle myślisz o Bradzie? – zapytała Victoria.

– Brad... – zaczęła Leelee, ale zamilkła – znajdzie sobie kogoś innego.

– Oczywiście – mruknęła Victoria.

– W każdym razie dzięki, że pozwoliłaś mi skorzystać z telefonu.

Gdy Leelee opuściła dom Victorii, było jeszcze jasno, trwał jeden z tych białych grudniowych dni, gdy chmury sadowiły się wokół miasta, jakby chciały ochronić je przed śniegiem i deszczem. Leelee nie mogła opanować podniecenia. Tak właśnie czuje się człowiek, który wygrał na loterii. Tak właśnie czuje się człowiek, którego wybrano prezydentem. To jest prawdziwe szczęście. Czuła się kiepsko z tym, że po drodze musi zranić parę osób, ale szczerze wierzyła, że ostatecznie wszyscy będą szczęśliwsi.

Później tego wieczoru Victoria wybrała się na spotkanie z Waynem. To był moment, na który czekała. Zamierzała pokazać mu kopię taśmy, na której uprawia seks z Shelly. A potem zmusić go, by błagał o litość. Rozkoszowała się tą myślą od tygodni. Wayne wydzwaniał i nagabywał, wrzeszczał i dręczył Victorię przez dwa tygodnie – był szczególnie wkurzony z powodu odwołanego trójkąta – ale przetrzymała to, by doprowadzić go do szału. Chciała nim wstrząsnąć, wymusić uległość, zaskoczyć go ciosem.

Gdy wsiadła do samochodu, usłyszała pukanie w okno. Podniosła wzrok. Anson Larrabee. Czego on chce, do cholery? Opuściła szybę.

– Cześć, Ansonie – powiedziała bez uśmiechu.

– Wyjeżdżasz? – zainteresował się.

– Chyba na to wygląda, prawda? – prychnęła.

Anson skrzywił się nagle i porzucił pozory grzeczności.

– Mam dość tego, że wszystkie mnie w ten sposób spławiacie. Wiem wszystko o waszym Klubie Niewiernych Żon. Wiem o tobie i Waynie – powiedział.

– I co z tego? – Victoria wzruszyła ramionami. Nie zamierzała pokazywać, że ją to obeszło, bo dokładnie tego chciał.

Rozwścieczyła tym Ansona.

– Zamierzam powiedzieć Justinowi. Zamierzam powiedzieć wszystkim. – Złościł się jak rozpuszczone dziecko, któremu czegoś zabroniono.

– Ależ proszę. On już wie.

Anson obrzucił ją wściekłym spojrzeniem i zastanowił się, czy mówi prawdę. Możliwe. Justin nie bywa w domu i wygląda na to, że każde ma swoje życie. Wieki minęły, odkąd słyszał, by uprawiali seks.

– Ach, tak? A co z twoimi przyjaciółkami? – zagadnął.

– Co z nimi?

– Wiedzą o tobie i Waynie?

Victoria wpatrywała się w niego spokojnie, nie chcąc niczego wyznać czy potwierdzić.

Larrabee uśmiechnął się szerzej. Ma ją i to jest bardzo smakowite uczucie!

– Czy wiedzą, że mieliście z Waynem gorący romans całe miesiące przedtem, zanim skłoniłaś je do zawarcia paktu?

Victoria wciąż wpatrywała się w niego z pozornym spokojem, ale zobaczył, że drgnęła. To powiedziało mu wszystko.

– Czy wiedzą, że wymyśliłaś całą tę intrygę, cały ten Klub Niewiernych Żon – użył palców obu rąk, by pokazać w powietrzu cudzysłów – by ubrudziły się tak samo jak ty, a potem nie mogły cię osądzać, gdy poprosisz o pomoc w wygrzebaniu się z tego bałaganu?

Teraz, gdy powiedział to głośno, wszystko układało się w całość. Zastanawiał się, dlaczego w ogóle zaproponowała utworzenie tego całego klubu. Z całą pewnością nie należy do kobiet, które potrzebują towarzystwa przyjaciółek. I po co przedłużać romans z Waynem, skoro ten najwyraźniej ją terroryzuje? Całymi tygodniami słuchał błagań Victorii, by kochanek dał jej spokój. Ale teraz zrozumiał. Potrzebowała pomocy i aby skłonić przyjaciółki, by jej pomogły, musiała postawić je w takim samym położeniu.

– Oszalałeś – stwierdziła obojętnie Victoria. A jednak głos jej zadrżał. Skąd Anson o tym wszystkim wie? Nikt nie zna tego szczegółu. A jednak jest prawdziwy. Zaczęła sypiać z Waynem dwa miesiące przed tym, nim zaproponowała przyjaciółkom, by zdradziły swoich mężów. A potem, gdy facet zaczął świrować, skorzystała z pomocy dziewczyn, by się z tego wygrzebać. Utkwiła w bagnie po uszy, ale duma nie pozwoliła jej po prostu wyznać wszystkiego dziewczynom i poprosić o pomoc, bo, do cholery, Victoria Rand nie należy do kobiet, które proszą o pomoc. Teraz jednak stanowią zespół i wspierają się nawzajem, razem biorą w tym udział, więc prośba o pomoc jest zupełnie na miejscu. Eliza sprzedała już duszę diabłu, romansując z Tylerem Traskiem. Nie mogłaby popatrzeć na Victorię z przyganą. Nie, żadna z jej przyjaciółek nie może jej nic zarzucić. A ponieważ Victoria jest dumna, tak, do tego może się przyznać – tylko tak potrafi to załatwić. Ale one nie mogą się o tym dowiedzieć.

– Nie sądzę – odparł Anson, odchodząc od samochodu. – I nie sądzę, żeby one tak pomyślały, kiedy im powiem.

– Czego ty od nas chcesz, Ansonie? – zapytała z irytacją Victoria. – Czy dla ciebie to gra? Chcesz, żebyśmy się ciebie bały? A może to dlatego, że jesteś nikim i chcesz być naszym najlepszym przyjacielem? Nie, Ansonie. Nie będziesz naszym najlepszym przyjacielem. Nigdy w życiu nie wkręcisz się do naszego towarzystwa, bo jesteś tylko małym plotkarzem i nieudacznikiem!

Victoria odwróciła się i wycofała auto z podjazdu, zostawiając Ansona z otwartymi ustami. Pieprzyć go, pomyślała, zerkając na niego we wstecznym lusterku. Po czym nagle zamrugała. Co jest? Cholera. Justin właśnie wjeżdża na podjazd i macha do Ansona. *„Czy powinnam zawrócić?",* pomyślała. Nie. Byle do przodu.

· · ROZDZIAŁ 33 · ·

– Czytałem Lauren książkę o pandach. Fascynujące stworzenia. Wiesz o nich cokolwiek? – zapytał Wesley.

– Nie – mruknęła Helen, nawijając spaghetti na widelec. Jedli przyjemną kolację w Cafe Delfini, Wesley to zaproponował. Była to przytulna knajpka ze stolikami stojącymi tak blisko, że można było sięgnąć do talerza osoby przy stoliku obok i ukraść trochę gnocchi. Miejsce z rodzaju tych, gdzie słychać wszystko, co ludzie mówią. Idealne, by poprosić o rozwód, bo zaskoczony małżonek nie urządzi sceny. Helen była pewna, że to musiał być powód zaproszenia. Od wieków nie robili nic razem, byli, praktycznie rzecz biorąc, obcymi ludźmi, i nagle on zaprasza ją na kolację? Bez sensu. Helen była przerażona. Nie chce rozwodu. To, że zostanie rzucona w pustkę, napełniało ją lękiem. Kiedy zawierały pakt, myślała, że może znajdzie kogoś, z kim będzie dzieliła życie, przekonana, że wszystkie jej problemy mają źródło w postawie Wesleya. Teraz jednak nie była tego taka pewna. Ona też ponosi część winy. Wycofała się równie daleko, jak on.

– Pandy to prawdziwi samotnicy. Wolą być same i trzeba je zmuszać do łączenia się w pary. Dziwaczne, prawda? – mówił Wesley. – Jedzą tylko bambus. Pożerają w ciągu roku całe tony, a wiesz, jak trudno jest zdobyć bambus? Tak naprawdę powinny już wyginąć.

– Interesujące – stwierdziła Helen, patrząc w talerz.

– I nawet matka może zaatakować własne dzieci, podobnie jak ojciec. Te cholerne stworzenia łączą się w pary, a potem następuje okres opóźnionego zapłodnienia, sperma może pływać sobie w żeńskiej macicy przez całe miesiące i nie wiadomo, czy samica została zapłodniona. A kiedy panda się rodzi, waży tylko cztery uncje. Wyobrażasz to sobie?

Wesley był autentycznie zdumiony. Cały on: potrafi skupić się na czymś i prowadzić badania do utraty tchu, dopóki nie dowie się wszystkiego. Zawsze znajdował coś nowego, co go fascynowało. Helen uznawała to za czarujące lub irytujące, w zależności od uczuć do męża w danym momencie, ale teraz się bała i miała złe przeczucia. Czy tym opowiadaniem o pandach chce jej coś przekazać?

– Dziwne – bąknęła.

– Czy coś jest nie w porządku z twoim makaronem? – zapytał Wesley.

Helen podniosła wzrok.

– Nie, przepraszam. Po prostu nie jestem specjalnie głodna.

Wesley nawet tego nie skomentował. Przywykł do dziwnych zwyczajów żywieniowych Helen. Przez lata był poddawany oczyszczaniu, przeżył tygodnie soków i każdą nową popularną dietę, od Atkinsa poczynając, na Zone kończąc, łącznie z tą dziwaczną, gdy człowiekowi wolno jeść tylko to, co jadali jego przodkowie. Jedzenie nie miało dla niego takiego znaczenia, jak dla innych, ale doceniał smaczny posiłek i kieliszek dobrego wina.

– Wesleyu? – zapytała nagle Helen.

– Tak?

– Dlaczego mnie kochasz? – Poczuła, że się czerwieni, gdy o to pytała. Nigdy nie zadała mu tego pytania, nie była to rozmowa z gatunku tych, w które Wesley z radością by się zaangażował, ale musiała wiedzieć.

– Co masz na myśli? Nie bądź niemądra. – Wyglądał na zbitego z tropu.

– Nie... to znaczy, muszę wiedzieć. – Nie odpuściła. Normalnie porzuciłaby temat, gdyby Wesley go nie podchwycił, ale tym razem nie zamierzała tego robić.

– Nie wiem. Co za dziwne pytanie. Znowu chodzisz na te szalone wykłady?

– Nie, Wesleyu. Po prostu chcę wiedzieć. Czy ty mnie kochasz? Czy byłam po prostu zdobyczą? Co nas trzyma razem?

– Oczywiście, że cię kocham. Naprawdę, to wszystko jest strasznie niemądre – powiedział skrępowany. Helen zauważyła, że tacy są Brytyjczycy albo przynajmniej wszyscy brytyjscy przyjaciele Wesleya. Nie znoszą rozmów o emocjach. Nie chcą analizować uczuć ani wyrażać opinii o sprawach sercowych. Uważają to jednocześnie za banalne i frywolne.

– Muszę wiedzieć, dlaczego – nalegała.

Wesley spojrzał na nią i westchnął.

– Helen, nie wiem dlaczego. Po prostu.

– Dlaczego się we mnie zakochałeś?

– Nie rozumiem cię Helen. Nie rozumiem – powiedział Wesley z uśmiechem. Często to mówił. Kręcił głową i wypowiadał się nie tyle w tonie krytycznym, ale stwierdzając fakt, jakby mówił o filmie czy skomplikowanym eksperymencie naukowym. Helen go zdumiewała i tak po prostu wyglądała ich rzeczywistość. Wydawało się, że zupełnie mu to nie przeszkadza. I, prawdę mówiąc, Helen też właściwie nie rozumiała męża. Istniała między nimi przepaść. Zdarzało się to też innym parom. Niektórzy uważali to za podniecające, przekonani, że w tym tkwi istota relacji. Tak wyglądała dynamika tych związków: lubili żyć z tajemnicą, cieszyła i podniecała ich jej złożoność. Ale byli też inni, jak Eliza i Declan, którzy nie mieli podobnych dylematów, wiedzieli o sobie absolutnie wszystko: jak zareagują na sytuację czy informację, co zrobi druga strona. Nie miewali niespodzianek, bo mówili sobie o wszystkim. Cóż, oprócz tego fragmentu z Taylerem Traskiem, ale poza tym byli jak otwarta księga. Pewnie dlatego Eliza chciała spróbować czegoś odmiennego. I prawdopodobnie tak samo było z Helen. Chciała, żeby ktoś ją rozumiał.

– Nie, mówię poważnie, Wesley. Nie odpowiadaj wymijająco. Czemu się zakochałeś?

Wesley się uśmiechnął.

– Tak się po prostu stało – odparł tonem przesądzającym o końcu rozmowy. Koniec tematu. A potem skinął na kelnera, żeby podał mu wodę mineralną.

Tak się po prostu stało. Więc to tyle. Gdy miała trzynaście lat, znalazła w szafie przybranego ojca czasopismo pornograficzne z kopulującymi młodymi Azjatkami. Tak się po prostu stało. A potem, gdy wybiegła na dwór, żeby powiedzieć starszemu bratu, on przebiegał przez ulicę, chcąc się dowiedzieć, co się stało i wpadł pod samochód, który go zabił. Tak się po prostu stało. A potem uciekła z domu i przez trzy dni mieszkała na ulicy, dopóki ojciec najlepszej przyjaciółki nie przywiózł jej z powrotem do Orange County, żeby z nimi zamieszkała. Tak się po prostu stało. Dirk umarł. Tak się po prostu stało. Wyszła za Wesleya. Tak się po prostu stało. Urodziła Lauren. Tak się po prostu stało. Teraz jest niewierna. Tak się po prostu stało. Kiedy wreszcie weźmie odpowiedzialność za własne życie?

·· ROZDZIAŁ 34 ··

Święta i Nowy Rok nadeszły i minęły. Chociaż mieszkańcy Los Angeles muszą sobie radzić z wiecznym słońcem bez śladu śniegu, podejmują wysiłki, by stworzyć coś na kształt świątecznej atmosfery. Miasto usiane jest choinkami, co krok odbywają się przyjęcia, a okna wystawowe w sklepach są udekorowane w pogodnych barwach czerwieni i zieleni. Niektórzy znajdują przyjemność w świętowaniu, inni opuszczają miasto.

Eliza i Declan pojechali do Chicago dzień po Bożym Narodzeniu i wrócili dzień po Nowym Roku. Victoria i Justin zabrali chłopców do Cabo San Lucas na dziesięć dni, w tym także na święta i Nowy Rok. Helen i Wesley spędzili święta na Hawajach, ale wrócili na Nowy Rok. Leelee i Brad przez cały czas siedzieli w Los Angeles.

Eliza była zachwycona, że wyjeżdża z miasta. Wszystko dobre, co może oderwać ją od myśli o Taylerze Trasku. Wyjechał, ale wszędzie zostawił swoje ślady, a jego nowy film miał premierę w dzień Bożego Narodzenia i stał się hitem kasowym. Była pewna, że znowu pojawi się w mieście, by rozmawiać z prasą, i chociaż przez miesiąc nie słyszała od niego ani słowa, bała się, że spróbuje nawiązać z nią kontakt. Chciała po prostu, by na dobre opuścił jej życie. Nie ma w nim dla niego miejsca. Już nie. Zwykle urządzała świąteczne przyjęcie w grudniu, ale w tym roku jakoś nie mogła zebrać się na czas. Wszystko wydawało się takie stresujące, a ostatnie, na co miała ochotę, to zamartwiać się o przystawki. Kiedy jednak wróciła do miasta, stwierdziła, że zabawnie będzie urządzić imprezę. Koktajl, coś, co przełamie monotonię i ponurość stycznia. Zaplanowała to wydarzenie na piętnastego.

Victoria czuła, że zasłużyła na wakacje. Przez ostatni miesiąc była bardzo zajęta – tak, doprawdy wyjątkowo zajęta torturowaniem Wayne'a Mercera. Zemsta była słodka. Gdy pokazała mu, że ma taśmę, wpadł w desperację. W końcu pojął, że musi zdać się na jej litość i to był moment jej euforii i jego upokorzenia. Victoria chciała dopiec mu tak, żeby zabolało jak najbardziej, więc zmusiła go, by zrobił coś, czego absolutnie zrobić nie chciał: rozstał się z klientem. Justin od dawna chciał reprezentować Natalie Maddox, młodą hollywoodzką świeżynkę i był wściekły, że to Wayne podpisał z nią kontrakt. Ponieważ Victoria czuła odrobinę skruchy wobec Justina, postanowiła dać mu Natalie. Cóż, dokładniej mówiąc, postanowiła, że zmusi Wayne'a, by dał mu Natalie. Odmawiał przez całe tygodnie, ale kiedy któregoś dnia zobaczył ją wchodzącą do biura jego szefa, by się przywitać, poddał się. Powiedział Natalie, że Justin lepiej spełni jej oczekiwania. Justin był zachwycony, ale nie miał pojęcia, że zawdzięcza swą zdobycz żonie. Tak jest w porządku, uznała Victoria. Na razie.

Helen po raz pierwszy od wieków spędziła prawdziwe rodzinne wakacje. Jasne, bywała już na rodzinnych wakacjach, ale nie robiła nic, by zachowywali się jak rodzina.

Zwykle zapisywała córkę na jakiś obóz dla dzieci, pozwalała Wesleyowi grać w golfa, a sama kładła się przy basenie i czytała najnowszego Deepaka Choprę. Ale nie tym razem. To była prawdziwa metamorfoza. Całą trójką pływali kajakami, grali w tenisa, nurkowali z rurką i robili wszystko, co robiłaby normalna rodzina. I było to przyjemne uczucie. Łączące. Tak wygląda normalna rodzina. Tego właśnie dla nich chciała, zamierzała stworzyć z nimi zwykłą rodzinę.

Leelee po raz pierwszy od lat została w mieście, ponieważ traktowała to w pewien sposób jako „ostatnią wieczerzę". Nie było sensu spotykać się z rodziną na Wschodnim Wybrzeżu, bo za niespełna trzy tygodnie zamierzała przenieść się na Wschodnie Wybrzeże na stałe. Musiała tyle pozałatwiać: spakować się, nie pakując, pożegnać z przyjaciółmi, właściwie się nie żegnając i wycofać się z dotychczasowego życia tak, by nikt się nie zorientował. Nie było to łatwe i wymagało zręczności, ale Leelee była dumna z własnego powściągliwego zachowania. Jej życie do tego stopnia składało się z kłamstw, że nie potrafiła na nic patrzeć normalnie. Niedługo miało to stracić wszelkie znaczenie.

W czasie świąt w „Palisades Press" pojawił się kolejny tekst.

Pewien energiczny, młody potomek sławnej rodziny polityków nawiązał romans z jedną z naszych własnych pań. Problem w tym, że oboje są w związkach małżeńskich z innymi partnerami. Na ile zależy im na utrzymaniu sekretu? Miejmy nadzieję, że dostatecznie, by zebrać pieniądze na scenariusz nowego utalentowanego scenarzysty. Zostańcie przy odbiornikach.

·· ROZDZIAŁ 35 ··

Imelda czuła się wspaniale. Spędziła poranek na grze w tenisa, poczyniła wielkie postępy, poprawiając swój backhand i zwracając na siebie uwagę nowego przystojnego trenera. Na popołudnie miała w nagrodę zaplanowane zabiegi kosmetyczne. Przed powrotem do samochodu postanowiła nieco ochłonąć, spacerując przy placu zabaw. Pomyślała, że usiądzie na chwilę i złapie oddech. Tam właśnie zobaczyła Leelee Adams pogrążoną w lekturze najnowszego numeru „Us Weekly". Imelda obserwowała ją przez chwilę, wspominając, jak strasznie nienawidzi jej Anson. Właściwie nienawidzi wszystkich tych kobiet. Czuje do nich odrazę. Anson był miły dla Imeldy, okazał się dobrym przyjacielem i dlatego zamierzała być wobec niego lojalna. Ale zaczynał ją też męczyć swoją małostkowością, częstymi zmianami nastrojów i infantylnym zachowaniem. Wiedziała, że ich związek niedługo zostanie zakończony, znalazła już jego następcę, pana Sebastiana Falka, który pracuje w dziale handlowym HBO. Nie jest specjalnie efektowny, ale przynajmniej ma sensowną pracę i jest, jak zdążyła się zorientować, heteroseksualny. Imelda weszła na plac zabaw, wciąż nie spuszczając oka z Leelee, która jeszcze jej nie zauważyła. Zamierzała usiąść w drugim końcu skweru, gdy zobaczyła córkę Leelee podbiegającą do matki i szepczącą jej coś do ucha. Leelee uśmiechnęła się i pogłaskała małą po głowie, a dziecko pobiegło z powrotem, by zająć miejsce w ogromnym wozie strażackim, który górował nad placem zabaw. Coś w tym matczynym zachowaniu sprawiło, że Leelee stała się w oczach Imeldy bardziej sympatyczna. Postanowiła do niej podejść.

– Cześć – rzuciła pogodnie Imelda.

Leelee podniosła wzrok.

– O, cześć Imeldo.

– Co masz? – zapytała Imelda, wyjmując czasopismo z rąk Leelee i przyglądając się okładce. Leelee poczuła niewspółmierny do sytuacji gniew, że Imelda zbytnio się spoufala.

– No, wiesz, narkotyk dla dorosłych – zażartowała. – Oddawaj.

– To takie głupie. Naprawdę obchodzi cię Jessica Simpson? – ze śmiechem zapytała Imelda.

– Naprawdę – odparła Leelee poważnie.

Imelda uznała, że to zabawne, po czym oddała czasopismo, a następnie, ku irytacji Leelee, przysiadła się do niej.

– Piękny dzień.

– Tak – zgodziła się Leelee. Uch, nie może mieć kwadransa dla siebie?

– To bardzo przyjemny park – powiedziała Imelda.

– Tak.

– Masz jakieś fajne plany?

– Niespecjalnie. – O co tu chodzi?

– Słuchaj, Leelee, nie znam cię zbyt dobrze i szczycę się tym, że nie angażuję się w sprawy innych ludzi – zaczęła

Imelda z powagą. Czekała, aż Leelee się z nią zgodzi, ale gdy ta milczała, podjęła: – Wiesz, że uwielbiam Ansona, jesteśmy przyjaciółmi, ale obawiam się, że w waszej kwestii stracił wyczucie proporcji.

Jej przemowa zabrzmiała w uszach Leelee jak coś, co zostało przećwiczone. Kto tak mówi? Słyszała, że Imelda ogląda opery mydlane, by poprawnie mówić po angielsku. To było słychać.

– Cóż, nie kochamy się z Ansonem.

– Wiem. Nie znosi cię. – Imelda westchnęła, jakby było jej z tego powodu szalenie przykro.

– Fatalnie.

– Fakty są takie, że obie wiemy, iż ma obciążające informacje na temat twój i twoich przyjaciółek, i obawiam się, że gotów jest pójść z tym do waszych mężów. Pomyślałam sobie po prostu, że powinnam cię ostrzec.

Leelee poczuła przypływ adrenaliny, ale nie chciała, by Imelda się zorientowała.

– Naprawdę nie wiem, co może mieć na mnie i moje przyjaciółki. To jakiś absurd.

Imelda uśmiechnęła się niewyraźnie. Leelee nie potrafiła się zorientować, czy zachowywała się protekcjonalnie, czy próbuje być miła. A może nie potrafi zdobyć się na głębszą refleksję? W każdym razie zachowała obojętną minę.

– Cóż, radzę, abyście ty i twoje przyjaciółki potraktowały go wyrozumiale. Bądźcie miłe. Żadnej z was nie ubędzie, jeśli pomożecie Ansonowi w karierze. Ma ten genialny scenariusz.

- Czytałaś? - zapytała Leelee.

- Nie - przyznała Imelda. - Ale jest taki inteligentny, że to na pewno fantastyczny tekst.

- Oczywiście.

Imelda spojrzała na nią wyczekująco.

- Więc?

- Co „więc"?

- Pomożesz mu z tym scenariuszem?

- Imeldo, nie mam żadnych znajomości w Hollywood.

- Tarara. - Imelda wstała i ruchem ręki uciszyła Leelee. - Jestem pewna, że taka mądra dziewczyna jak ty zdoła coś wymyślić. Musisz. Naprawdę musisz, zanim to wszystko wymknie się spod kontroli.

- To niemożliwe.

Imelda zatrzymała się i spojrzała na Leelee.

- On was nagrywa, Leelee - powiedziała, szeroko otwierając oczy. - Podsłuchuje was przez elektroniczną nianię Victorii. Wie o wszystkim. Bądź ostrożna.

Leelee obserwowała Imeldę idącą w stronę bramy w niestosownie krótkiej spódniczce do tenisa, która odsłaniała grube nogi. Czy powinna jej zaufać? Czy to może być prawda? To by wyjaśniało, skąd Anson tyle wie. I co teraz? Leelee wyjęła komórkę i zaczęła wybierać numer Elizy. Musi jej powiedzieć, że Anson wie o wszystkim, że znalazły się w niebezpieczeństwie, ale nagle się zatrzymała. Kogo to obchodzi? Za tydzień już jej tu nie będzie. I co z tego, jeśli on o wszystkim wie? Po co dramatyzować? Nie, musi ostrzec pozostałe dziewczyny. Nie może postąpić inaczej.

Zostawiła na sekretarce Elizy wiadomość, by ta oddzwoniła do niej jak najszybciej, a potem wysłała SMS-a do Victorii, że Anson ma taśmy, które może wykorzystać do szantażowania ich. Victoria odpowiedziała od razu, a jej odpowiedź pocieszyła Leelee: *I co z tego?* Uznała, że Helen nie warto o tym wspominać, bo będzie się tylko niepotrzebnie martwiła.

·· ROZDZIAŁ 36 ··

Dwa dni przed przyjęciem u Elizy Helen przywiozła Lauren z lekcji baletu i zastała Wesleya wyciągniętego na szezlongu w gabinecie, przerzucającego scenariusz. Helen podjęła noworoczne postanowienie, że będzie się bardziej starała w kontaktach z córką i mężem, a szczególnie okazywała zainteresowanie sprawami, które oni uważają za ciekawe.

– Co czytasz? – Helen klapnęła na fotelu naprzeciwko i podwinęła nogi.

Wesley zgiął okładkę i zerknął na Helen.

– Ten scenariusz, o którym chciałaś ze mną porozmawiać.

– Co?

– No wiesz, ten napisany przez Ansona Larrabee'go.

– Ansona Larrabee'ego?

– Tak, wpadłem na niego i mówił, że wszystko ci o nim opowiedział, a ty uznałaś, że będzie idealny do mojego następnego filmu. Był zaskoczony, że mi o tym nie wspomniałaś.

Helen poczuła, jak zaciska się jej gardło.

– Eee... chyba nie miałam okazji.

– Miło, że zainteresowałaś się moją pracą, kochanie.

– Tak, oczywiście. – Helen nerwowo obracała obrączkę na palcu. – I co sądzisz?

– Cóż, żałosny z niego pisarz i założenia są kiepskie jak cholera, ale gdyby odrzucić śmieci, są tam przebłyski prawdy, które byłyby interesujące w rękach lepszego pisarza – stwierdził.

– Naprawdę? – Helen myślała gorączkowo. Myśleć! Co robić? Czy Wesley wie?

– Tak, chociaż nie wyobrażam sobie, żeby Anson myślał o tym na poważnie. To zaledwie trzydzieści stron. Chociaż może chce to dać do telewizji...

– Jaki ma tytuł? – zapytała Helen.

Wesley przerzucił kartki do strony tytułowej.

– *Pakt*.

Helen wpatrywała się w męża, który wciąż siedział z nosem w scenariuszu.

– Czy chcesz mi coś powiedzieć? – zagadnęła miękko.

Wesley odłożył scenariusz.

– Przepraszam, po prostu obiecałem, że się tym zajmę i skontaktuję z nim jutro. Chcę to załatwić, a potem jestem do twojej dyspozycji.

– Nie, nie irytuję się, że czytasz. Ja tylko... – przerwała. On nie ma pojęcia. – O czym jest ten scenariusz?

– Cztery kobiety uzgadniają, że zdradzą mężów. Absurd – prychnął.

Helen wstała.

– Zostawiam cię zatem.

– Dziękuję, kochanie.

– Muszę skoczyć do sklepu. Zaraz wracam.

Pojechała szybko do Victorii, po drodze dzwoniąc do Elizy oraz Leelee i nakazując im, by się tam z nią spotkały.

– Trzeba to przerwać, trzeba go powstrzymać – mówiła z wściekłością, mijając w drzwiach Victorię i wchodząc do domu.

Victoria miała na sobie strój do ćwiczeń i jadła jogurt.

– Ansona?

– Tak, Ansona! Dał Wesleyowi swój scenariusz.

– Proszę cię. To przegrany facet.

Helen stanęła nieruchomo i wbiła wzrok w Victorię.

– Jak możesz być taka obojętna? Może nas zniszczyć.

– Nie, nie może.

Helen rozwścieczyło lekceważenie Victorii. Co to za poza?

– Owszem, Victorio, może. Jego scenariusz opowiada o czterech kobietach, które zdradzają mężów.

Victoria usiadła na sofie i nadal jadła jogurt. Helen była wściekła. Już chciała się na nią rzucić, gdy rozległ się dzwonek i weszły Eliza oraz Leelee.

Helen wyjaśniła im, co się wydarzyło.

– Uważam, że Victoria ma rację. I co z tego? – stwierdziła obojętnie Leelee.

Helen osłupiała.

– Elizo?

– Uważam, że musimy z nim porozmawiać. To się robi zbyt niebezpieczne.

– Zgadzam się. – Helen pokiwała głową. – Więc jaki mamy plan?

Victoria i Leelee milczały. Tylko Eliza wydawała się nad czymś zastanawiać.

– Pomóżcie mi, dziewczyny. Victorio? To ty nas w to wpakowałaś – przypomniała Helen.

– Ja was w to wpakowałam? Daj spokój!

– Jak śmiesz? Dlaczego uchylasz się od odpowiedzialności? Myślałam, że miałyśmy się wspierać. To, że nie dbasz o swoje małżeństwo, nie oznacza, że ja nie dbam o moje.

– Proszę cię – westchnęła Victoria.

– Helen, doprawdy, uspokój się. – Leelee choć raz była zadowolona, że jest po tej samej stronie, co Victoria.

– Nigdy nie powinnam się była na to zgodzić. Jesteście takie samolubne. Was to już nie obchodzi, więc nie pomożecie mnie i Elizie. – Helen zaczęła płakać.

Victoria westchnęła głęboko i zdała sobie sprawę, że jeśli nawet nie dba o to, czy jej małżeństwo się zakończyło, nie jest jej obojętne, czy zakończy się przyjaźń z Helen.

– Masz rację, Helen. Poradzimy sobie. Prawda, Leelee?

Leelee milczała przez chwilę, przesuwając złoty łańcuszek od Tiffany'ego, który nosiła na szyi. Naprawdę zupełnie jej to nie obchodziło. Wszystko to minie, a ona zamieszka w Nowym Jorku. Nie potrafiła myśleć o niczym, oprócz Jacka, a to pachniało kłopotami. Ale musiała to zrobić.

– Dobrze,

– Więc jaką mamy strategię? – zapytała Eliza.

Konferowały przez ponad godzinę i opracowały plan. Zaproszą Ansona na przyjęcie do Elizy i tam stawią mu czoła. Udobruchają go, by wydobyć taśmy nagrane za pomocą elektronicznej niani i wszystko zostanie zapomniane. W każdym razie taki był plan.

· · ROZDZIAŁ 37 · ·

Następnego dnia Leelee miała mnóstwo zajęć. Chciała przed wyjazdem z Jackiem jak najwięcej czasu spędzić z dziewczynkami, ale też pożegnać się z przyjaciółmi i zostawić dom uporządkowany. Plan przewidywał, że spotka się z Jackiem na lotnisku w Santa Monica o drugiej nad ranem, kiedy on wyląduje prywatnym odrzutowcem, a potem śmigną na Hawaje, gdzie się przyczają, dopóki wszystko się nie uspokoi. Omawiali ten plan wiele razy, ale Leelee była tak podniecona, że mogłaby dyskutować o nim codziennie. Ostatnio Jack był trochę humorzasty i niezbyt chętnie analizował każdy szczegół, Leelee to jednak nie przeszkadzało, bo nie chciała go stresować. Przepełniała ją euforia, więc gdy będą już razem, on zarazi się jej entuzjazmem.

Gdy utuliła dziewczynki do snu, po raz pierwszy poczuła w sercu ukłucie, które jednak szybko zlekceważyła. Nie, nie,

nie, tak będzie dla nich lepiej. Dla nas wszystkich. Dla mnie. Zeszła na dół i zastała Brada oglądającego telewizję w salonie, więc usiadła na sofie naprzeciwko. Gdy usadowiła się pomiędzy ozdobionymi monogramem poduszkami, dotarło do niej, że będzie musiała znowu kupić wszystkie poduszki, ręczniki i papeterie, żeby dopasować inicjały, gdy wyjdzie za Jacka. Tym razem wybierze droższe. Do widzenia, Horchow, witaj, Leontine Linens. Zerknęła na Brada pochłoniętego programem. Oglądał jeden z odcinków *Prawa i porządku*. Nie wiedziała, który, od dawna przestała interesować się tym serialem, ale Brad wciąż go uwielbiał. To potwierdzało, jaki jest prowincjonalny. Wszystkie epizody były jednakowe, zawsze mieli faceta i narzędzie zbrodni, oczywiście to narzędzie zdobywali w niewłaściwy sposób i musieli szukać innych wskazówek, by odnaleźć mordercę. Zastanawiała się nad głupotą filmów typu *Prawo i porządek*, i innych podobnych o gliniarzach, co później uznała za prorocze.

– Wystarczy, jestem skonany. – Brad wstał i wręczył jej pilota. – Idziesz do łóżka?

– Nie, chyba obejrzę Johna Stewarta. – Zmieniła kanał.

– Dobra – mruknął i ruszył do drzwi. Nagle zatrzymał się i odwrócił.

– Kocham cię – powiedział tak cicho, że ledwo go usłyszała.

Spojrzała na niego.

– Ja też cię kocham – odpowiedziała, ale wiedziała, że zabrzmiało to nieszczerze.

Wyglądał, jakby chciał dodać coś jeszcze, ale zmienił zdanie. Parę chwil później usłyszała, że wchodzi po schodach. Po programie Leelee usiadła przy biurku i zaczęła pisać list do męża. Zamierzała zostawić go na komodzie w głównym korytarzu, żeby rano wpadł mu w oczy. Zwykle Brad wychodził wcześnie – w pracy musiał działać według czasu Wschodniego Wybrzeża, więc zamykał za sobą drzwi najpóźniej za piętnaście szósta.

Brad, cóż mogę powiedzieć? Nie oszukujmy się.
Wiedzieliśmy, że to się stanie. Wreszcie Cię
opuszczam. Jestem i zawsze byłam zakochana
w Jacku Porterze i uważam, że wiąże mnie z nim
przeznaczenie. Dziękuję Ci za nasze dwie piękne
córki. Byłeś dobrym mężem, lojalnym i oddanym,
ale oboje wiemy, że rozpoczęliśmy to małżeństwo,
sądząc, że nasze życie będzie wyglądać w pewien
określony sposób, a potem wszystko wyszło
inaczej. Nic nie mogę na to poradzić, ale winię o to
Ciebie. Przykro mi, że nie jestem silniejsza, żeby
się z tym uporać, ale zawsze sobie obiecywałam,
że nie popełnię takiego błędu, jak moja matka, gdy
wyszła za ojca, a jednak powtarzam ich historię
i prowadzę życie, przed którym tak się
wzbraniałam. Tego nie potrafię Ci wybaczyć.
Nie utrudniajmy spraw. Zostawiam Ci dom
i samochody, członkostwo w klubie i połowę konta.
W przyszłym tygodniu przyślę po dziewczynki

i przeprowadzimy się do Nowego Jorku, żeby być
z Jackiem. Proszę, nie utrudniaj tego. Myślmy
o Charoltte i Violet. Z Bogiem, Brad.

Leelee.

Starannie złożyła list i umieściła w kopercie, na której
napisała „Brad". W czasie następnej godziny usunęła e-maile,
uporządkowała biurko i upewniła się, że w podręcznej torbie ma odpowiedni zapas lektur („Us Weekly", „Star",
„People", „In Touch" i nową powieść Mary Higgins Clark).
Gdy nadszedł czas, zadzwoniła i zamówiła taksówkę, zale-
cając, by kierowca nie trąbił ani nie telefonował, by za-
wiadomić o swoim przybyciu, a tylko czekał przy kra-
wężniku. Wyjęła torbę z szafy w korytarzu i położyła list na
komodzie, a potem otworzyła drzwi, gdy tylko zobaczyła
światła taksówki. Powiew wiatru przemknął przez dom
i przestraszył Leelee, ale się nie zatrzymała. Obiecała sobie,
że gdy otworzy drzwi, nie będzie oglądała się za siebie.

Gdy dotarła na lotnisko, prawie wychodziła ze skóry
z podniecenia. Porozglądała się i wreszcie znalazła pocze-
kalnię, po której chodziła nerwowo tam i z powrotem. Nadeszła i minęła druga, druga piętnaście i druga trzydzieści,
wreszcie druga czterdzieści pięć. Spróbowała zadzwonić na
komórkę Jacka, ale włączyła się poczta głosowa, a recepcja
była pusta, nie licząc faceta z wąsami w informacji, który
rozmawiał przez telefon. Gdy wreszcie zwróciła na siebie
jego uwagę, powiedział, że pilot samolotu Jacka zgłosił się
przez radio i zapowiedział lądowanie o trzeciej trzydzieści.

Późno wystartowali z Teterboro. Późny start? Leelee poczuła skurcz żołądka, ale potem przypomniała sobie, że jest styczeń i na Wschodnim Wybrzeżu zdarzają się mgły oraz burze śnieżne. Wreszcie o trzeciej trzydzieści trzy zobaczyła samolot, który delikatnie usiadł na płycie lotniska.

– Mogę już wyjść? – zapytała mężczyznę.

– Proszę poczekać, aż podjadą schody – powiedział.

Leelee przycisnęła twarz do szyby, a potem wyszła na dwór, żeby lepiej się przyjrzeć. W powietrzu czuło się świeżość i to ją rozbudziło. Nareszcie! Oto zakończenie bajki. Otwarto luk i podjechały schody, więc Leelee bez namysłu rzuciła się biegiem do samolotu. Stewardessa stała w drzwiach, rozmawiając z kimś, i zanim Leelee cokolwiek zobaczyła, wiedziała, że to Jack! Jack! Jej Jack! Wyglądał wspaniale. Najprzystojniejszy mężczyzna na świecie. Miał na sobie jasnoniebieską marynarkę i dżinsy, włosy trochę dłuższe, dokładnie tak, jak lubiła. Odwrócił się do niej i zauważył jej wzrok. Pomachała do niego.

Ale się nie uśmiechnął.

Z początku Leelee myślała, że musi być zajęty czymś innym: wydawaniem poleceń załodze, pytaniem o to, ile potrzebują czasu na uzupełnienie paliwa przed lotem na Hawaje. Krzyknęła: „Jack!" i znowu odwrócił się w jej stronę, jednak nadal się nie uśmiechał. Zobaczyła, że wykonuje ruch w stronę kogoś znajdującego się w samolocie i zanim zdążyła się zorientować, Jack odsunął się elegancko, by przepuścić wysiadającą kobietę.

Tierney.

Co ona tu robi, do cholery? Leelee chciała wrzasnąć, ale Jack miał spuszczony wzrok, jakby schodzenie po schodach wymagało wielkiej koncentracji. Tierney za to spojrzała na nią i pomachała, a Leelee poczuła mdłości. Co się dzieje? Jack chce, żeby razem stawili czoła Tierney? Tierney jest tak upokorzona, że postanowiła przeprowadzić się do Kalifornii, by umknąć przyjaciołom i prasie?

– Cześć! – Tierney podeszła do Leelee i obdarzyła ją przelotnym pocałunkiem. – Strasznie jesteś kochana, że wyszłaś po nas w środku nocy! Jack mówił, że może to zrobisz, ale powiedziałam mu, żeby nie wariował, że zobaczymy się z tobą rano, ale twierdził, że nie możesz się doczekać spotkania i będziesz na lotnisku!

Leelee ominęła Tierney wzrokiem i wpatrywała się w Jacka, który unikał jej wzroku. Zatkało ją. Dosłownie. Nareszcie wiedziała, co to określenie oznacza. Co się dzieje?

– Jest samochód – stwierdził Jack, a Leelee odwróciła się i spojrzała w stronę, w którą wskazywał. Przy bramie czekała czarna limuzyna z włączonym silnikiem, z rury wydechowej unosiła się strużka pary.

– Więc chodźmy, zamarzam! – Tierney ruszyła do samochodu. – Nie powiedziałeś, że tu też robi się zimno! To Kalifornia! Czy nie powinno być jakieś dwadzieścia sześć stopni?

– Nie w zimie – mruknął Jack, idąc za nią.

Leelee nie drgnęła. Patrzyła, jak Tierney biegnie i chowa się w samochodzie. Jack był w połowie drogi, gdy zauważył, że Leelee stoi jak wryta. Wrócił do niej.

– Co... się dzieje, Jack? – zapytała, podnosząc na niego wzrok. – Proszę, powiedz, że wyjątkowo źle to zniosła i nadal jedziemy na Hawaje. Proszę, powiedz, że mnie kochasz.

– Nie mogłem tego zrobić, Swifty – wyznał z westchnieniem.

– Co chcesz mi powiedzieć? – Głos jej się załamał.

– Nie mogę jej zostawić. Przepraszam.

– Nie rozumiem. – Nie zamierzała mu odpuścić, musiała wiedzieć.

Jack nabrał powietrza. Zwykle wszystko uchodziło mu na sucho, nie przywykł, żeby brać odpowiedzialność za swoje działania i sprawiał wrażenie ogłuszonego.

– Po prostu... Słuchaj, Swifty, zawsze będziesz moją najlepszą przyjaciółką, ale nie mogę zostawić Tierney.

– To nie wystarczy – stwierdziła z gniewem Leelee. – Nie kochasz mnie?

– Kocham, ale... – Włożył rękę do kieszeni. – Chcę w pewnym momencie startować w wyborach, rozwód nie wyglądałby dobrze...

Leelee poczuła, że krew napływa jej do twarzy. Poczuła pulsowanie żyły na szyi.

– Co? Co! Nie wierzę, Jacku Porterze. Nie masz wstydu! Z tego powodu nie zostawisz żony? Ty cipo!

– Swifty, wiem, że...

Przerwała mu:

– Nie mów do mnie Swifty! Jesteś obrzydliwy. Jeśli wiedziałeś, to dlaczego tak mnie podpuściłeś?! Dlaczego zorganizowałeś to spotkanie w Bostonie, a potem kusiłeś mnie i obiecywałeś wspólne życie?! Dlaczego wyciągnąłeś mnie tu w środku nocy, skoro wiedziałeś, że nie potrafisz tego zrobić? Nie jesteś mężczyzną!

Była zbyt oszołomiona i wściekła, by płakać. Nie mogła w to uwierzyć! Nie tak miało się to zakończyć. Poczuła się zdradzona. Chora. Pozwoliła zrobić z siebie idiotkę.

– Wiem, wiem. Jestem do niczego. – Kręcił głową. – Ale teraz chodźmy, podwieziemy cię do domu. Tierney uzna za dziwne, że tak tu stoimy.

– Tierney? Więc teraz obchodzi cię, co myśli Tierney? Mówiłeś mi, że to idiotka, która myśli tylko o zakupach, a teraz troszczysz się o jej uczucia?

– Słuchaj, Swifty, wystarczy. Wiem, zraniłem cię i jest mi przykro. Ale załatwmy to czysto. Brad nie wie, Tierney nie wie, nikt nie wie. Zakończmy to cicho i możemy żyć jak dawniej.

Leelee nagle o czymś pomyślała. Jack najbardziej przejmuje się tym, że ktoś może coś na niego mieć. Zawsze chciał przewagi nad innymi i strzegł swoich sekretów.

– Inni wiedzą, Jack.

– Kto? – rzucił ostro.

– Taki facet z Palisades. Anson Larrabee. Pisuje do kolumny towarzyskiej. Wie i mnie nienawidzi, więc coś z tym zrobi.

– Jak może cokolwiek udowodnić?

– Ma taśmy. Nagrywał nasze rozmowy. Używał elektronicznej niani. Ma tam wszystko, Jack. Nic nie mogę na to poradzić – powiedziała z uśmiechem. Niech się wije.

– Gdzie mieszka?

– Dlaczego pytasz, Jack? Co zamierzasz zrobić? – Spojrzała na niego wyzywająco. – Cipa z ciebie i nic mu nie zrobisz.

– Słuchaj, wiem, że jesteś zraniona, ale po prostu to załatwmy. Gdzie mieszka ten Anson?

Widziała, że jest zdenerwowany.

– W Palisades. Poszukaj sobie! – Podeszła do czekającej limuzyny. Lotnisko było puste i trwałoby wieki, zanim zamówiłaby taksówkę. Nie ma wyboru, musi zaakceptować podwiezienie do domu.

Słyszała, że Jack idzie za nią. Podeszła do bramy i wzięła walizkę. Kierowca włożył ją do bagażnika i Leelee wsiadła.

– Rany, co tak długo? – Tierney ziewnęła. – Jestem taka zmęczona.

Jack zajął miejsce naprzeciwko kobiet. Wyglądał na zdenerwowanego, co sprawiło, że Leelee nie zdołała powstrzymać uśmiechu.

– Podrzucimy Leelee, a potem pojedziemy do hotelu, kochanie – powiedział Jack.

– Gdzie się zatrzymaliście? – zapytała Leelee.

– W Shutters – odpowiedziała Tierney.

– Miło. Romantycznie. – Leelee zerknęła na Jacka. – Nie tak romantycznie jak w Ritzu w Bostonie, ale nieźle.

– Tak, mają basen. – Tierney oparła głowę o siedzenie i zamknęła oczy.

– Może to ja was podrzucę? – zaproponowała Leelee. – Wasz hotel jest pierwszy.

– Nie, w porządku... – zaczął Jack.

– Świetnie – powiedziała Tierney. – Jestem wykończona. Zostajemy tu tylko na jeden dzień przed odlotem na Hawaje i chcę mieć czas, żeby wstąpić do Freda Segala.

Leelee obdarzyła Jacka gniewnym spojrzeniem. Odwrócił wzrok.

Gdy wysiedli przed hotelem, Jack nachylił się, by pocałować ją na do widzenia, ale odwróciła głowę. Zaspana Tierney uścisnęła Leelee.

– Chyba tym razem nie mam czasu na lunch – powiedziała przepraszająco.

– Nie przejmuj się.

– Mieszka tu jedna z moich najlepszych przyjaciółek i obiecałam... – ciągnęła.

Leelee ruchem ręki pokazała jej, by zamilkła.

– Rozumiem. – Zaczęła zamykać drzwi. – Dlatego tak mi zależało, żeby przywitać was w środku nocy! Wiedziałam, że nie będzie czasu!

– Jesteś słodka. – Tierney już patrzyła w inną stronę. Przyglądała się, jak portier ląduje jej bagaż na wózek. Leelee skupiła wzrok na ogromnym złotym monogramie „T.H.P.".

Suka.

– Hej, Leelee – Tierney ściągnęła brwi – dlaczego przywiozłaś walizkę?

Leelee uśmiechnęła się i nachyliła do kierowcy.

– Proszę ruszać.

Odjechali i Leelee nawet się nie obejrzała.

Gdy zatrzymali się przed domem, spojrzała na zegarek: czwarta czterdzieści siedem. Do licha, tak późno. A raczej tak wcześnie. Kierowca postawił jej torbę przy drzwiach i cicho weszła do środka. Podeszła do szafy w korytarzu i wepchnęła torbę na tył, za długie płaszcze. Zamknęła drzwi. Weszła na górę do łazienki w korytarzu i przebrała się w dres, który miała na sobie przed wyjściem. Myślała, że nigdy już tego dresu nie zobaczy, a przynajmniej nieprędko. Spódnicę, bluzkę i seksowną bieliznę, nad której wyborem głowiła się przez całe tygodnie (strój na odchodne, jak go nazwała) zwinęła w kłąb na podłodze, ochlapała twarz zimną wodą i przyjrzała się swojemu odbiciu. Życie nie jest takie, jakiego się spodziewasz. Wiedziała, że powinna być wdzięczna za to, co ma, i była, ale w tym momencie przede wszystkim współczuła sama sobie. Chciała zwinąć się w kłębek i umrzeć. Upokorzona, ze złamanym sercem i odtrącona.

Zgasiła światło i powlokła się do pokoju, nie chcąc budzić Brada. Gdy jednak zerknęła na łóżko, zdała sobie sprawę, że go tam nie ma.

– Brad? – zapytała.

Brak odpowiedzi. Leelee weszła do łazienki przy sypialni.

– Brad?

Cisza.

Nagle ogarnęła ją fala paniki. Pobiegła do pokoju dziewczynek, ale Brada nie było. O Boże, list. Zbiegła na dół i spojrzała na komodę. List zniknął. Rzuciła okiem na podłogę, nie było teczki Brada. Pobiegła do salonu, potem do kuchni i nawet wyjrzała na dwór, ale Brada nie było.

Gdy otworzyła drzwi do garażu zauważyła, że zniknął jego samochód. Brada nie było. Musiał przeczytać list. Jej życie zostało zrujnowane.

·· ROZDZIAŁ 38 ··

W dniu przyjęcia u Elizy Victoria obudziła się wcześnie rano i od razu poczuła, że coś jest nie tak. Spojrzała na stronę łóżka, po której sypiał Justin, i zobaczyła, że go nie ma. A więc tak. Justin nie wrócił ostatniego wieczoru do domu, zanim poszła spać, i najwyraźniej nie pojawił się także później. Victoria zerwała się, narzuciła kaszmirowy szlafrok i zeszła na dół. Ani śladu Justina. A to gnojek.

Przyszła Marguerita i podała chłopcom śniadanie, Victoria tymczasem wzięła prysznic. Odkręciła wodę tak gorącą, że niemal nie do wytrzymania. Czuła, że jej skóra krzyczy pod naporem kropel. Łazienka wypełniła się parą. Victoria zamknęła oczy i znosiła uderzenia wody jak mogła najdłużej, ale w końcu musiała wyjść. Justin stał przed dużym lustrem, poprawiając krawat.

– Gdzie byłeś wczoraj w nocy? – zapytała Victoria.

Justin uśmiechnął się.

– Poza domem.

Victoria przewróciła oczami i odrzuciła mokry ręcznik, którym wycierała włosy.

– Poza domem? Z pewnością stać cię na coś lepszego – prychnęła szydercze.

– Myślisz, że byłem z jakąś dziwką? Wybacz, pracowałem. Bo wiesz, robię to wszystko, żebyś mogła brać masaże i chodzić na pedicure. To ja zarabiam na życie, nie śpiąc po nocach i do szóstej nad ranem uspokajając Tada po kokainowej imprezie.

– O rany, musiało być koszmarnie. – Uśmiechnęła się złośliwie.

Okręcił się na pięcie i zmierzył ją złym spojrzeniem.

– Było. I wolałbym wsparcie oraz wdzięczność, gdy haruję przez całą noc. Nie chcę wracać do domu do czegoś takiego!

– Mogłeś zadzwonić – rzuciła ostro.

– Jasne, jasne. To ja zrobiłem coś złego. Ty znikasz przez cały czas, Bóg wie gdzie, a ja jestem winny. Słuchaj, mam cię na własność. Żywię cię. Nie zadzieraj ze mną. Nie chcę słyszeć narzekań ani jęków, ani nic innego oprócz „dziękuję". Kiedy wracam do domu, oczekuję masażu stóp i lizania po jajach.

– Nie masz mnie na własność. To ja cię stworzyłam. Beze mnie byłbyś nikim. To ja załagodziłam sprawę z żoną twojego szefa, kiedy zachowałeś się wobec niej jak kutas. To ja wysłałam dzieci do odpowiedniej szkoły, żebyś mógł przyssać się do wszystkich właściwych ludzi. I właśnie załatwiłam ci nowiutką klientkę.

– Kogo? – Justin rozgniewany podszedł do Victorii. Stała z rękami na biodrach i aż się gotowała. – O kim, do cholery, mówisz, Victorio?

– O Natalie Maddox.

Justin zaczął się śmiać.

– Dobry dowcip. Przyszła do mnie i błagała, żebym ją reprezentował. Wiedziała, gdzie będzie jej najlepiej.

– Przyszła do ciebie, bo zmusiłam Wayne'a Mercera, żeby ci ją dał.

Justin zmrużył oczy.

– A czemu miałby to zrobić?

– Bo zmęczyło mnie pieprzenie się z nim i miałam dość jego sadystycznych gierek. Więc odesłałam go i zmusiłam, żeby dał nam prezent na pożegnanie. Tobie nową klientkę, mnie nowego jaguara. Jesteśmy kwita.

Nie mogła uwierzyć, że powiedziała mu to w taki sposób, ale w sumie nie było żadnego innego momentu, w którym mogłaby poruszyć ten temat. Żadnych więcej spokojnych kolacji, kiedy mogliby czynić wyznania. Ich życie stało się wymianą pełnych jadu i wściekłości ciosów, więc musiało się to odbyć właśnie tak.

Justin tylko na nią spojrzał i wiedział, że nie kłamie. Skrzywił się lekko, ale zanim zdążył się rozzłościć, wybuchnął śmiechem. Śmiał się głośniej i głośniej. Odwrócił się i znowu stanął przed lustrem, zapinając marynarkę.

– Wayne kiepsko na tym wyszedł. Jesteś beznadziejna w łóżku – stwierdził rozbawiony.

– Kiedyś tak nie uważałeś.

– Twoja własna siostra jest lepsza. – Patrzył na nią w lustrze. – Tak, twoja tłusta głupia siostra. Przeleciałem ją któregoś wieczoru, gdy pojechaliśmy do Nantucket na wesele twojego kuzyna. Nudziłem się, a ona była pod ręką.

Victorię ogarnął gniew.

– To kiepsko na tym wyszedłeś.

– Chciałabyś – mruknął Justin. Podczas kłótni często zachowywał się jak dzieciak. – Codziennie mam świeżą cipę, moją asystentkę, moją fryzjerkę, wszystkie te głupie laski, które chcą zostać gwiazdami. Pieprzę je wszędzie, cały czas i nic mnie nie obchodzi.

Victoria wiedziała, że mówi prawdę. Zawsze wiedziała, że to prawda, ale poczuła w sercu ukłucie.

– W takim razie rozwiedźmy się – zaproponowała.

– Świetnie. Najwyższy czas.

Powiedział to tak chłodno i tak zwyczajnie, że Victoria dostała szału. Podbiegła do niego i zaczęła go bić, uderzać w głowę i pchać, zanim zdążył się zorientować, co się szykuje. Próbował złapać ją za ręce, ale się wykręciła. Jej mokre włosy uderzyły go w twarz, a on zrewanżował się policzkiem. Próbował wykręcić jej ramię, ale wbiła mu paznokcie w pierś. Poczuła, jak wszystkie pękają, jeden po drugim.

– Ty dupku! – wrzasnęła.

– Suka! – krzyknął w odpowiedzi.

Nie odpuszczała, waliła i kopała, aż w końcu przewrócił ją na łóżko. Zanim się zorientowała, już się namiętnie całowali, a potem on rozpiął spodnie i znalazł się w niej. Nigdy wcześniej nie zdarzył im się taki seks, dziki i szalony. Bolesny, ale to, co czuła, raniło bardziej niż jakakolwiek fizyczna przemoc, której doświadczyła. To był ból świadomości, że nigdy nic dla tego człowieka nie znaczyła. Odebrała go innej kobiecie – jego żonie – tylko dlatego, że stanowiło to wyzwanie, a on zawsze czuł się tym urażony i traktował ją jak zdobycz. Nie obchodziło go nic z tego, co było w niej specjalne czy wyjątkowe. Nie chciał mieć żony z mózgiem, wolał mieć żonę z wielkimi cyckami. I co z tego, że ma MBA, wolałby raczej teścia, który szefuje Warner Brothers.

Gdy oboje doszli, Victoria odwróciła się na brzuch i zaczęła płakać. Szlochała coraz mocniej i gwałtowniej. Pomyślała, że płacze jak dziecko albo zwierzę w dżungli. Jęczała i szlochała, jakby wychowała się wśród wilków. Żałowała samej siebie. Litowała się nad sobą, bo zdradził ją ojciec i wyszła za człowieka, który jej nie kochał. Nigdy nie kochał jej żaden mężczyzna. Gdy wreszcie się uspokoiła, zauważyła, że Justin ubrał się i wychodzi. Spojrzała na niego przez łzy.

– Więc to załatwione – powiedziała.

– Victorio, nie chcę już dłużej grać w twoim życiu roli złego faceta. Musisz dorosnąć, nie jestem twoim ojcem, jestem twoim mężem. Nie mogę usuwać ci z drogi wszystkich przeszkód.

Victoria usiadła. Od płaczu kręciło jej się w głowie.

– Ale nigdy o mnie nie walczyłeś. Nigdy nie walczysz dla mnie. Chciałam, żebyś mnie wybrał, żebyś walczył, i nigdy tego nie zrobiłeś.

– Mówisz jak dziecko! Wybrałem cię na żonę. Wybrałem ciebie spośród innych kobiet. Czego jeszcze chcesz? – zapytał niecierpliwie.

Victoria myślała. Chciała, żeby dowiódł, że ją kocha.

– Chcę mieć dowód. Idź i pobij Wayne'a Mercera. Idź i wydobądź taśmę Ansona Larrabee'ego! Idź i powiedz wszystkim tym dziwkom, które próbują się z tobą przespać, że tego nie zrobisz, bo jesteś żonaty.

– Co Larrabee ma z tym wspólnego? – zainteresował się Justin.

Victoria położyła się w łóżku na plecach. Nie rozumiał. Z nim wszystko sprowadzało się do kto, co, gdzie, kiedy, jak. Brakowało mu uczuć.

– Nagrywał moje rozmowy z Waynem przez telefon. Podsłuchiwał nas przez elektroniczną nianię. Najwyraźniej przez te odbiorniki całe miasto usłyszy wszystko, co się tu dzieje.

– Co to ma znaczyć? – Justin był zaszokowany.

– Nie wiem. Najwyraźniej za każdym razem, kiedy rozmawiamy przez bezprzewodowy telefon na górze, elektroniczna niania Ansona to odbiera. Wszystko słyszy. Nagrał to.

– A to cwany dupek! – Justin ściągnął brwi. – Nie mogę uwierzyć, że ten facet...

– To bez znaczenia. To nieważne, jest skończony. My jesteśmy skończeni. Pójdziemy dziś wieczorem na przyjęcie do Elizy i wszystkim powiemy.

Justin odepchnął pełne złości myśli i przyjrzał jej się uważnie.

– Jeśli tego chcesz.

– Tak. – Victoria zamknęła oczy i naciągnęła kołdrę na głowę. Gdy odpływała w sen, zastanawiała się, czego tak naprawdę chce.

· · ROZDZIAŁ 39 · ·

Leelee ogarnęła panika. Nie miała pojęcia, jak zawiozła dziewczynki do szkoły (czy w ogóle zawiozła je do szkoły? W ogóle tego nie pamiętała). W każdym razie, gdy już ich nie było, pojechała prosto do Elizy. Eliza wypakowywała zakupy z samochodu i nie kryła zdumienia na widok Leelee.

– Co się stało? – zapytała.

– Wycofał się – oznajmiła Leelee. – Kocha Tierney. Nigdy jej nie zostawi, chce kandydować... – Głos jej się załamał i łzy napłynęły do oczu. Wiedziała, że wygląda okropnie. Jej jasna piegowata skóra nabierała pod wpływem zdenerwowania wyjątkowo nieatrakcyjnego różowego koloru, a Bóg jeden wie, co się stało z makijażem. Zresztą, wszystko jedno.

– Och, Leelee. – Eliza podeszła i objęła przyjaciółkę. – Tak mi przykro.

Leelee zaczęła szlochać.

– Moje życie jest skończone.

– A może tak będzie lepiej? Może nie było wam sądzone być razem? Może to Brad jest miłością twojego życia? – mówiła Eliza, gładząc ją po plecach.

– Nie, to właśnie jest najgorsze. Brad odszedł. Zniknął. Próbowałam dzwonić na jego komórkę, do biura, nie odbiera... Znalazł list, zostawił mnie. – Drżała od płaczu.

Eliza zaprowadziła Leelee do domu i przygotowała herbatę. Wysłuchała szlochów i pełnych furii wyznań na temat kochanka i męża. Oderwała się tylko po to, aby zadzwonić do Helen i Victorii, i poprosić, by przyjechały. Helen powiedziała, że jest w drodze. Victoria oddzwoniła po jakimś czasie.

Dziewczyny rozsiadły się w salonie na sofach i fotelach, wszystkie oszołomione.

– I co? W sumie, czy było warto? – zapytała wreszcie Helen. – Nie sądzę.

– Moje drogie, ten pakt od początku był skazany na niepowodzenie. I muszę wam coś wyznać. Nie wiem, dlaczego tego nie powiedziałam, ale mogę zrobić to teraz. Nie przespałam się z Tylerem. Zamierzałam, ale nie mogłam... – Eliza zamilkła.

– Nie mogę tego zrobić – powiedziała Eliza, gdy posadził ją sobie na kolanach.

Tyler spojrzał na nią, a potem przełknął ślinę.

– Jesteś pewna?

– Nie mogę tego zrobić. Myślałam, że będę mogła, ale nie mogę. – Wywinęła się z jego objęć.

Wiedziała, że będzie płakała, bo to się nigdy nie spełni, ale nie mogło się spełnić. Kiedyś była osobą lekkomyślną, potrafiła przespać się ze swoim nauczycielem, robić rzeczy gwałtowne i niespodziewane, ale teraz wszystko się zmieniło. Jest mężatką. Ma dzieci.

– Mogę do ciebie zadzwonić? – zapytał.

– Halo, ziemia do Elizy! – z uśmiechem zagadnęła Helen.

Eliza natychmiast wróciła do rzeczywistości. Wspominała moment, gdy prawie to zrobiła.

– No tak, przepraszam, dziewczyny. Nie doszło do tego.

– Co chcesz przez to powiedzieć? – zapytała Leelee.

– Nigdy nie mówiłam wam nic innego niż to, że poszłam się z nim spotkać. To wy coś założyłyście – powiedziała Eliza obronnym tonem.

Victoria roześmiała się nagle wysokim, sztucznym śmiechem.

– Powinnam była wiedzieć. Nie mogłabyś.

– Dlaczego nie? – zapytała Eliza. Nagle Helen, Leelee i Victoria zaczęły chichotać. Po chwili śmiały się głośno i jeszcze głośniej, a Eliza przyglądała im się zdumiona.

– Dlaczego nie? – powtórzyła. – Jak możecie być takie pewne?

– Ten typ tak ma – stwierdziła Helen.

– Co to ma znaczyć? – Eliza chciała odpowiedzi: jakim sposobem mogły wiedzieć coś takiego? Nawet ona tego o sobie nie wiedziała. Czy powinna czuć się urażona, że przyjaciółki uważają ją za tak prostoduszną? Pewnie nie, bo taka jest prawda. Nigdy wcześniej nie zdawała sobie z tego sprawy. Podczas minionego roku dużo się nauczyła.

– Dlaczego skłamałaś? – zapytała Victoria, ignorując jej pytanie.

– Właściwie nie skłamałam, tylko nie powiedziałam prawdy.

– Nie przejmuj się – rzuciła Helen.

– Ja też muszę coś wyznać. Powiedziałam Bradowi, że Victoria ma romans – spokojnie włączyła się Leelee. – Ale to bez znaczenia. Brad to pieśń przeszłości, więc nigdy więcej go nie zobaczycie.

– To bez znaczenia, bo Justin to też pieśń przeszłości – oznajmiła Victoria, a potem zaczęła się histerycznie śmiać, a Leelee poszła w jej ślady.

– Jeszcze jakieś wyznania? – zapytała Eliza.

– Nie – westchnęła Helen.

Victoria na ułamek sekundy odwróciła wzrok i Eliza ją przyłapała.

– Victorio? Masz coś do powiedzenia?

– Tak, muszę wam coś wyznać – rzekła Victoria. Przyjrzała się przyjaciółkom: są takie różne, a jednocześnie takie zgrane. Helen w przejrzystym topie, z rękami obwieszonymi bransoletkami, robiąca wrażenie zupełnie niepoważnej, idealnie w stylu Los Angeles. Leelee, konserwatywna jak to tylko możliwe, w mamusiowatych spodniach z wysokim stanem i w prążkowanym, zielonym, kaszmirowym swetrze. Eliza w biodrówkach i koszuli z długimi rękawami. To są jej przyjaciółki. Zrozumieją.

– Sypiałam z Waynem kilka miesięcy przed naszym paktem. Wciągnęłam was w to, żebyście pomogły mi się wyplątać. Nie chciałam, żebyście mnie osądzały.

Nastąpiła pauza, zupełnie jakby z pokoju wyssano całe powietrze, gdy kobiety przetwarzały tę nową informację. Wreszcie ciszę przerwała Helen.

– Ty dziwko! – syknęła. Była wstrząśnięta, ale nie do końca. W sumie nie miało dla niej znaczenia, że Victoria wprowadziła je w błąd. W jej przypadku zdrada Wesleya była tylko kwestią czasu.

Leelee odrzuciła głowę do tyłu i roześmiała się gorzko.

– Rozumiem. Ale z ciebie spryciara!

Leelee była uszczęśliwiona, że potwierdziła się jej negatywna (najczęściej) opinia o Victorii. Zawsze będzie kochała Vic, ale jednocześnie będzie ją nienawidziła. To dokładnie w jej stylu, próbować manipulować całą grupą, ale powinna być jej wdzięczna. Przez chwilę miała Jacka. I to była niesamowita chwila.

Eliza była zdziwiona. Victoria uknuła prawdziwy spisek, nabrała je. Dlaczego po prostu nie wyznała prawdy i nie poprosiła o pomoc? Dlaczego musiała je oszukać? Jednak podczas ostatnich ośmiu miesięcy Eliza sporo się nauczyła. Wszyscy są skomplikowani, wszyscy są nieprzewidywalni. Ona sama prawie zdradziła, ale gdy nadeszła chwila próby, postanowiła tego nie robić i była zadowolona, że zdobyła się na konfrontację z własną duszą i rozpoznała, jaką wybrać drogę. Dzięki temu bardziej kocha Declana. Uświadomiła sobie, że te drobne wątpliwości, które miała na jego temat, na ich temat, były tylko drobiazgami. Jest mężczyzną właśnie dla niej. Nie potrafi rozerwać tej więzi.

Czuły się beztroskie i emocjonalnie wyczerpane, więc chociaż wściekały się teraz jedna na drugą z różnych powodów, zaczęły się śmiać. Śmiały się i śmiały.

– O rany, za parę godzin urządzam przyjęcie i muszę się przygotować – oznajmiła wreszcie Eliza.

– A co zrobimy z Ansonem? – spytała Helen. – Co będzie, jeśli wciąż coś knuje? Czy to nie ryzykowne zapraszać go na przyjęcie?

– No właśnie, a jeśli wystąpi z jakimś oświadczeniem? – zaniepokoiła się Leelee.

– Postępujmy zgodnie z planem. Może Imelda nie ma o niczym pojęcia, może rozmawiała z nim wcześniej – zastanawiała się Eliza.

– Zgadzam się. Zaczekajmy, aż przyjdzie, potem z nim pogadamy i jakoś to załatwimy.

Victoria wstała.

– Chyba mnie to nie obchodzi – stwierdziła Leelee. – Brad odszedł. – Znowu zaczęła płakać. Dlaczego jest taka smutna z powodu Brada? A może po prostu zawstydzona, że została porzucona i wyjdzie na idiotkę? A może chodzi o to, że Jack ją zdradził? Pewnie wszystko razem. Litowała się nad sobą, więc płakała. Najgorsze w tym wszystkim było jednak przeświadczenie, że będzie musiała się zmienić. Jeśli chce zostać z Bradem, a chce, musi mu wybaczyć i pójść do przodu. To jedyny sposób.

– Będzie dobrze – Eliza położyła dłonie na ramionach Leelee. – Zaufaj mi. Brad wróci, a Anson zamilknie. Albo zostanie uciszony.

Dziewczyny ruszyły do wyjścia i uzgodniły, że spotkają się za parę godzin.

· · ROZDZIAŁ 40 · ·

Kilka godzin wcześniej, gdy Anson już był martwy albo o krok od śmierci, Eliza wciąż jeszcze szykowała się na przyjęcie. Wróciła do domu po wizytach u kosmetyczki i fryzjera, i zastała tam Declana zakładającego marynarkę i krawat.

– Wcześnie wróciłeś.

– Tak, miałem coś do zrobienia, więc potem wróciłem do domu – odpowiedział z uśmiechem.

A potem zrobił coś, czego zwykle nie robił. Podszedł do niej i pocałował ją, a potem wziął w ramiona i mocno uścisnął. Nie chodzi o to, że w ogóle się już nie całowali czy nie obejmowali, ale zwykle nie było to tak nieoczekiwane, tak spontaniczne. Eliza oddała uścisk. Mocno.

– Muszę ci coś powiedzieć. – Odsunęła się. Declan przyjrzał jej się uważnie, ale jego twarz była spokojna.

Zaczęła nerwowo krążyć po pokoju. A potem mu powiedziała. Opowiedziała o pakcie, o wszystkich popełnionych zdradach i o tym, w co pozwoliła wierzyć swoim przyjaciółkom.

– Ale prawda jest taka, że nie miałam romansu z Tylerem Traskiem – zakończyła. – Musisz mi uwierzyć. Żałuję, że pozwoliłam ludziom w to wierzyć. Nie wiem, dlaczego... – Poczuła wzbierające łzy, ale nie chciała zniszczyć sobie makijażu, więc je powstrzymała.

– Wiem, że nie, Elizo – odparł Declan z uśmiechem.

– Skąd?

– Nie jesteś typem kobiety, która ma romanse. Jesteś grzeczną dziewczynką.

– Naprawdę tak uważasz? – zapytała z nadzieją.

– Tak.

– Ale skąd wiesz? Bo chcę powiedzieć, że przez chwilę...

– Nie może się przyznać, że naszła ją przelotna myśl, że go zdradzi. Nie może tego powiedzieć mężowi. – Myślałam przez chwilę, że nie jestem grzeczną dziewczynką.

Declan podszedł do niej i stanowczo ujął ją za ramiona.

– Jesteś grzeczną dziewczynką. Musisz się z tym pogodzić. Jesteś inna niż twoje przyjaciółki. Nie zaryzykowałabyś wszystkiego. Rozumiem, że może pragniesz podniety, więcej dramatyzmu, namiętności i fajerwerków, ale, daj spokój... Tworzymy zespół. Nie szukaj kłopotów.

– Masz rację.

– Więc zapomnijmy o tym wszystkim, dobrze?

– Dobrze. – A potem ogarnął ją przelotny lęk. – Jedyny problem jest taki, że Anson wie. Nagrywał nas.

– Nim bym się nie przejmował.

– Masz rację – zgodziła się. – Nie będę się już przejmowała Ansonem.

Declan ucałował kolejno obie jej powieki.

Helen wiedziała, że musi powiedzieć Wesleyowi. Nie potrafi dłużej tego znosić. I jak ma mu wyjaśnić, że muszą po drodze do Elizy zabrać Ansona? Wesley wie, że go nienawidzi. Jak mogła ciągnąć tę farsę? Nawet gdyby Anson milczał, nie potrafiłaby żyć z taką groźbą. Nie. Musi powiedzieć Wesleyowi.

Nawet Victoria się z nią zgodziła.

– Błagaj go o litość – poradziła. – To dobry facet. Nie odrąci cię.

Więc taki był plan. Błagać go o litość.

Helen weszła do sali projekcyjnej i zastała męża oglądającego *Zawrót głowy* z czarno-białego projektora. Znikające światło dnia wpadające przez szczeliny w żaluzjach słabo oświetlało pokój, a postaci Hitchcocka tańczyły na ekranie.

– Zdradziłam cię – powiedziała Helen, opierając się o framugę.

Wesley odwrócił się i spojrzał na żonę.

– Co?

– Zdradziłam cię – powtórzyła spokojnie. – Spałam z różnymi ludźmi, myślałam, że zdołam się w ten sposób ocalić, ale byłam w błędzie. Skończyłam z tym i chcę być z tobą.

Zapadła ogłuszająca cisza. Helen zobaczyła, że żyły na skroniach Wesleya lekko nabrzmiały. Jego mózg potrzebował więcej krwi, by przeanalizować jej oszustwo.

– Skąd wiesz, że chcesz być ze mną? – zapytał, gdy wreszcie się odezwał.

– Ja... po prostu wiem. Z kim innym mogłabym być?

– To nie jest dobra odpowiedź.

– Nie wiem. Myślę, że może wszystkie te poszukiwania... Nie wiem, całe to poszukiwanie spełnienia... może nie znajdę tego z nikim innym. Jesteśmy szczęśliwi, prawda? Myślę tylko, że musimy więcej rozmawiać. – Zastanawiała się, czy faktycznie o to chodzi. Musi przestać uciekać i zacząć stawiać życiu czoła. Musi stworzyć więź. Musi nad tym pracować, podobnie jak on.

Wesley zdjął okulary i wytarł je w koszulę.

– Żałujesz? – zapytał, nie patrząc na nią.

– Tak – odparła. – Z całego serca. – Podeszła do męża i uklękła przed nim.

– Kocham cię. Zdradziłam cię. Wybacz mi.

Wesley wciąż nie patrzył jej w oczy.

– Czy wszyscy wiedzą? Czy jestem pośmiewiskiem, rogaczem, który dowiaduje się ostatni?

– Nikt nie wie... – odparła bez przekonania. – Victoria, Eliza i Leelee, ale nikt więcej.

Wesley zaczął się sarkastycznie śmiać.

– Ach, nikt więcej. Tylko wszystkie twoje przyjaciółki.

– One nikomu nie powiedzą.

– Jasne. Więc twoje przyjaciółki nikomu nie powiedzą, a zatem możemy zapomnieć o sprawie.

– Anson Larrabee wie i nas szantażuje. Dlatego musimy zabrać go dziś w drodze na przyjęcie do Elizy. Chce, żebyśmy się z nim przyjaźniły, a wtedy nikomu nie powie.

– Anson wie... Teraz to wszystko ma sens... Ten scenariusz, oczywiście. Głupiec ze mnie. – Potarł oczy.

– Nie jesteś głupcem. – Helen przysunęła się do niego. Mówiła spokojnie, ale czuła, że w środku rozsypuje się na kawałki. – Kocham cię. Popełniłam błędy, wielkie błędy. Zapomniałam o tym, co ważne. Proszę, wybacz mi.

– Nie mogę już tego znieść, Helen – wyznał Wesley.

– Wesleyu, proszę... – Wybuchnęła płaczem. – Zapomnijmy o tym, co się stało. Zróbmy coś, żeby to wszystko przestało istnieć.

– Oczywiście, do tego właśnie zawsze jestem ci potrzebny, żeby wszystko usunąć. Posprzątać po tobie.

– Wcale nie oczekuję, że będziesz po mnie sprzątał! Sama mogę zająć się Ansonem. Jakoś zdobędę te taśmy i sama się nim zajmę.

– Jasne, tak samo jak Dirkiem?

Helen padła na krzesło.

– Racja. Chyba nie zdawałam sobie sprawy, jak bardzo cię potrzebuję. Teraz już wiem. Zapomniałam...

– Cóż, tym razem jest inaczej. – Wstał spokojnie i podszedł do drzwi.

– Ale co z Lauren? – zapytała. Zwinęła się w kłębek i objęła rękami kolana.

Wesely zatrzymał się w drzwiach i zobaczyła, że się zgarbił. Wyglądało na to, że chce coś powiedzieć, ale zmienił zdanie. Opuścił pokój, a potem nagle wrócił.

– Zawsze będę się troszczył o Lauren – powiedział i wyszedł.

·· ROZDZIAŁ 41 ··

Leelee nadal nieprzerwanie dzwoniła na komórkę Brada
i do jego biura, ale nie odbierał. Czuła się okropnie. A co,
jeśli Brad ją zostawił? Nie będzie miała dokąd pójść. Uch,
jak mógł wpakować ją w taką sytuację? Oczywiście, nie powinna była napisać listu pożegnalnego, ale, mój Boże! Nie
chciała iść na przyjęcie do Elizy, wiedziała jednak, że musi,
z powodu Ansona. Taka jest umowa. Wszystkie będą mu
włazily w tyłek, pochlebiały i całowały po pedalskiej dupie,
bo ma taśmy, które może zaprezentować światu! Gdyby
tylko mogła odjechać z Jackiem wprost w zachodzące
słońce. Był kiedyś jej bohaterem. Co za dupek. Teraz nie ma
nikogo, kto by ją uratował. Musi się wystroić, przywołać
fałszywy uśmiech i spróbować ratować swoje życie.

   – Spóźniłeś się – powiedziała Victoria, kiedy Justin
wszedł do domu.
   Nawet nie stanął, żeby z nią porozmawiać, tylko poszedł
prosto na górę i usłyszała, jak zamyka za sobą drzwi
łazienki. Boże, co za dupa. Można by pomyśleć, że przynajmniej z okazji ostatniego wspólnego wyjścia zjawi się na
czas. Musi tylko pójść na to przyjęcie, a potem ma sprawę
z głowy. Victoria odczekała pełnych piętnaście minut, zanim Justin zszedł na dół, a w tym czasie obgryzła wszystkie
paznokcie. Na jednej ręce połamała je wcześniej, kiedy się

pobili, a ponieważ nie miała czasu pójść do manicurzystki, uznała, że po prostu obgryzie drugą i sprawa załatwiona. Wiedziała, że Justin tego nienawidzi, nie znosi połamanych damskich paznokci. Przede wszystkim patrzy na kobiece ręce, zawsze to powtarza.

– No to dobrze się przypatrz tym maleństwom – głośno powiedziała Victoria, wyciągając przed siebie ręce. Nie mogła sobie wyobrazić, co zajmuje mu tyle czasu. Oczywiście zawsze był panem modnym i panem starannym, ale nie potrzebował aż tyle czasu na przygotowania. Szczególnie, gdy wychodzili dokądś z jej przyjaciółmi. Prawdopodobnie robi to, żeby ją wkurzyć. Gdy wreszcie zszedł na dół wolnym krokiem, chciała wybuchnąć gniewem, ale się powstrzymała. To już nie jej problem. Justin nie jest już problemem.

– Chodźmy – rzucił, wychodząc na dwór.

– Przebrałeś się – zauważyła, patrząc na jego strój. Rano miał ciemny garnitur od Zegny, a teraz był w prążkowanym Armanim.

– Rozlałem coś – wyjaśnił. – Idziemy czy jedziemy?

– To tylko dwie przecznice. Chyba możemy się przejść.

– Dobra.

Szli razem w milczeniu, Victoria wolniej niż zwykle z powodu wysokich obcasów.

– Będzie tam ktoś sensowny? – zapytał wreszcie Justin.

– Sensowny? To znaczy, chcesz powiedzieć „sławny"? Albo „z branży"? Wątpię.

– Nie musisz być taką suką. Przecież idę, prawda?

– Tak, dziękuję bardzo. DZIĘKUJĘ BARDZO! – krzyknęła. Prawdziwy męczennik.

– Zamknij się – rzucił ostro, bo właśnie dotarli do frontowych drzwi domu Elizy. – W ogóle nie musisz się już do mnie odzywać. Powinienem być w Koi z Tadem, ale robię to dla ciebie. Po raz ostatni.

– Fantastyczny z ciebie gość – mruknęła, naciskając dzwonek.

– Witajcie! – Eliza otworzyła drzwi.

– Cześć – mruknęła Victoria.

– Wchodźcie. – Eliza wzięła od nich płaszcze i zaprowadziła ich do salonu.

Dziewczyny były zestresowane i z niecierpliwością oczekiwały przybycia Ansona. Leelee wypatrywała też Brada, od którego wciąż nie miała żadnych wiadomości. Czy przyjdzie? Czy w ogóle pamięta o dzisiejszym przyjęciu? Proszę, niech przyjdzie. Proszę, niech przyjdzie, modliła się.

Nagle zauważyła, jak wchodzi. Prowadziła błahą rozmowę z barmanem, gdy dostrzegła Brada witającego się z Elizą, Victorią i Pam. Przyszedł! Miała wrażenie, że minął milion lat, zanim wyplątał się z objęć jej przyjaciółek i dotarł do niej. Uśmiechnęła się radośnie na jego widok.

– Przyszedłeś! – powiedziała.

Brad wydawał się zdziwiony.

– Oczywiście, że przyszedłem. Jestem tylko zaskoczony, że wyszłaś beze mnie.

– Dzwoniłam przez cały dzień! Nie było cię w biurze, nie widziałam cię rano, zanim wyszedłeś do pracy...

– Mówiłem ci, że muszę być w Irvine na konferencji przez cały dzień. I wysiadła mi komórka, dlatego się nie odzywałem. Ale gdzie byłaś, kiedy wychodziłem rano?

– Strasznie to dziwne, ale tak się wciągnęłam w oglądanie telewizji, że nie chciałam cię budzić i spałam na sofie.

– Aha. Chyba cię nie zauważyłem, kiedy wychodziłem tak wcześnie.

– No tak – odparła szybko. – Ale jestem zachwycona, że przyszedłeś!

Uściskała go, co przyjął z zaskoczeniem. A potem zjawiła się Helen i odwołała przyjaciółki do spiżarni, by poinformować je, że Anson nie żyje. Plan przewidywał, że po przyjęciu spotkają się przed domem Ansona i zorientują w sytuacji. Nie powinny nic mówić. Powinny zachowywać się naturalnie.

Kiedy Leelee i Brad wrócili po przyjęciu do domu, a zanim wyszła spotkać się z przyjaciółkami, odczekała, aż mąż wejdzie na górę, żeby się przebrać, i przeszukała korytarz w poszukiwaniu listu. Spojrzała na podłogę, zajrzała pod sizalowy chodnik, ale dopiero gdy odsunęła komodę, znalazła list. Ten przeciąg, gdy wychodziła! Musiał strącić list. Szybko poszła do kuchni i zapaliła zapałkę. Pozwoliła, by spalone kawałki wpadły do zlewu, po czym włączyła młynek do odpadków. Puściła wodę i spłukała resztki, na zawsze usuwając je ze swojego życia.

·· ROZDZIAŁ 42 ··

Od śmierci Ansona minęły trzy dni. Ceremonia pogrzebowa została podobno zaplanowana na następny tydzień, ale z powodu braku bliskich krewnych nie dało się tego w żaden sposób potwierdzić. Nikt nie wiedział, czy umarł z przyczyn naturalnych, czy został zamordowany, ale ludzie skłaniali się ku bardziej smakowitej koncepcji. Pozostawało tylko pytanie, kto i pojawiły się liczne teorie na ten temat. Eliza, Victoria, Helen i Leelee wstrzymywały oddech, żeby nikt ich w nic nie wciągnął, a przede wszystkim z obawy, że ktoś, kogo znały, popełnił zbrodnię. Nic nie mogły na to poradzić, ale podejrzewały jedna drugą, co zaowocowało nieufnością w ich wzajemnych kontaktach.

Wesley ostatecznie wrócił. Helen zeszła na dół wcześnie rano i zastała go siedzącego w ciemnej kuchni. Przestraszył ją tak bardzo, że nie zdołała powstrzymać krzyku.

– Wesley!

Odwrócił się i spojrzał na nią, ale nic nie powiedział. Miał stare i smutne oczy, jakby kilka ostatnich dni dużo go kosztowało. Poczuła się fatalnie.

– Dobrze się czujesz? – zapytała. Zimne kafle podłogi ziębiły jej stopy i pożałowała, że nie założyła kapci. Właściwie w całym domu wiało chłodem. Będzie musiała włączyć ogrzewanie.

– Chcę, żebyśmy byli rodziną – powiedział cicho.

– To genialnie! – wykrzyknęła i podbiegła do niego. Wyciągnął rękę, by ją powstrzymać.

– Ale teraz zrobimy to na moich warunkach. Żadnych więcej kłamstw, oszukiwania i żadnych samotnych wyjazdów, by się odnaleźć. Chcę, żebyś się odnalazła tutaj. Nie chcę, żebyś oddalała się od rodziny emocjonalnie, seksualnie czy fizycznie i podejmowała wyprawy, by odkryć samą siebie. Jeśli ma nam się udać, musimy być partnerami. Zgodzę się tylko na takie warunki.

Po raz pierwszy w życiu Helen poczuła, że zalewa ją fala miłości do męża. Jest mężczyzną. Zajął się wszystkim. Jest tym, którego szukała od tak dawna. Jest domem.

– Kocham cię, Wesleyu. – Podbiegła i objęła go.

– Ja też cię kocham.

Tego samego dnia zebrały się w domu Victorii, by pomóc jej pakować rzeczy Justina. Widok Austina i Huntera oraz świadomość, że ich życie za chwilę się zmieni, była rozdzierająca, jednak miała to być zmiana na lepsze. Atmosfera między ich rodzicami stała się zbyt toksyczna, by to znosić.

– Gdzie chcesz, żebyśmy ustawiły te pudła? – zapytała Eliza.

– Rany, straszny elegant. Ma większą szafę niż ty! – stwierdziła Helen.

– Wiem. Straszna z niego baba. – Victoria, klęcząc, wyciągała z tyłu szafy wymyślne mokasyny i zamszowe kowbojskie buty.

W milczeniu kontynuowały pakowanie. Mimo że w noc, gdy Anson został znaleziony, wszystkie zadeklarowały niewinność, każda zastanawiała się, czy przyjaciółki są czyste. To było zbyt dogodne, zbyt łatwe, że Anson umarł. Skończyły się wszystkie ich problemy, zniknęły, jakby ich nigdy nie było. Żadna z nich nie wierzyła tak naprawdę, że pozostałe są zdolne popełnić morderstwo, ale... Zgodziły się wszystkie, że Victoria nie przyjęłaby dobrze wytykania jej palcami przez sąsiadów z powodu niestosownego zachowania. Gdyby znalazła się w sytuacji, która groziłaby wystawieniem na pośmiewisko, mogła wpaść w niepohamowaną wściekłość.

– O rany, zaprosiłam was, żeby nie było tu tak ponuro. Dajcie spokój, dziewczyny, co to za cisza? – zaniepokoiła się Victoria. Spojrzała na twarze przyjaciółek i odniosła bardzo dziwne wrażenie, że nie patrzą jej w oczy. O co chodzi?

– Myślicie, ofermy, że to ja zabiłam Ansona?

Milczały o sekundę za długo.

– Oczywiście, że nie... – zaczęły Eliza i Helen jednocześnie. Jednak nie były tego takie pewne. Przedyskutowały tę kwestię pobieżnie, zanim zaczęły czuć się zbyt winne, że tak myślą, i zmieniły temat. Nie zabiłaby przecież nikogo z powodu afrontu. Głupotą byłoby tak myśleć. A teraz pytanie wyszło na wierzch.

– Kłamczuchy – syknęła Victoria, wstając i opierając ręce na biodrach. – Nie mogę uwierzyć.

– Victorio, myśmy nic nie powiedziały – zaprotestowała Eliza.

– Ale tak pomyślałyście – stwierdziła z gniewem. – Więc dla waszej informacji: nie zabiłam Ansona. Przypominam, że to mnie było wszystko jedno, co na nas ma. Zastanówcie się, czy naprawdę przejmowałam się tym, że nagrał moje zdrady? Oczywiście, to nic przyjemnego i mogłoby zagrozić mojej ugodzie rozwodowej, ale nic mnie to już nie obchodzi.

Uwierzyły jej.

– To głupie. Po prostu wszystkie jesteśmy wykończone – powiedziała Leelee.

– Masz rację – pospiesznie potwierdziła Helen. – Gdzie mamy wstawić te pudła?

– Zanieśmy je do garażu.

Wyniosły kartony do garażu i zaczęły układać je w środku, gdy Leelee kogoś zauważyła.

– Imelda nadchodzi – uprzedziła.

Odwróciły się i zobaczyły zbliżającą się do nich Pannę Wypacykowaną w dresie. Była wyraźnie zdenerwowana.

– Nie obchodzi mnie, co mówią! To wy! Zabiłyście Ansona! – wrzasnęła.

– Wszystko jedno – mruknęła Victoria.

– Uspokój się – poprosiła Helen.

– Odpuść sobie. – Leelee się roześmiała. I wszystkie zaczęły chichotać, co jeszcze bardziej rozwścieczyło Imeldę.

– Wy! – Zaczęła grozić im palcem. – To wy go zabiłyście. Nie powinnam wam była mówić o tych taśmach. Nigdy.

– Imeldo, wiemy że jesteś zdenerwowana... – zaczęła Eliza, próbując ją objąć. Mimo że nie znosiła Ansona, szczerze współczuła Imeldzie. To musiało być trudne, stracić w taki sposób bliskiego przyjaciela.

Imelda się wyrwała.

– Policja się myli! To nie był wypadek.

Dziewczyny przestały się śmiać.

– Policja ustaliła, że to był wypadek? – zapytała Eliza.

– To kłamstwo! – zapewniła ją Imelda.

Eliza, Victoria, Helen i Leelee spojrzały po sobie. A potem pobiegły do domu, gdzie Victoria zadzwoniła na posterunek. Przełączyła telefon na tryb głośnomówiący, tak żeby wszystkie mogły słyszeć.

– Tak, raport koronera stwierdza, że poziom alkoholu i leków w jego krwi był tak wysoki, że powodem śmierci był albo wypadek, albo samobójstwo. Najprawdopodobniej potknął się na schodach i uderzył w porcelanową donicę, o którą rozbił sobie głowę – powiedział policjant.

– Więc to tyle, tak? – upewniła się Victoria.

– Sprawa została zamknięta – poinformował jej rozmówca.

– Dziękujemy panu! – zawołały wszystkie jednogłośnie.

Zaczęły podskakiwać, ściskać się i krzyczeć. Victoria przyniosła butelkę szampana, rozlała go wszędzie przy otwieraniu, ale się tym nie przejęły. Były zachwycone. To koniec! Nareszcie koniec!

– I pomyśleć, cały ten stres był niepotrzebny! – westchnęła z ulgą Leelee.

– Jestem zachwycona, naprawdę zachwycona – wyznała Helen.

– On nie żyje, a my jesteśmy wolne – dodała Eliza.

– No cóż, pomijając pytania bez odpowiedzi w rodzaju, gdzie są taśmy, co z notatkami na nasz temat i tak dalej, bo wszystko to może się pojawić w jutrzejszym wydaniu „Palisades Press". Jeśli to naprawdę on pisał do kolumny towarzyskiej, jak twierdziła Imelda – przypomniała im Victoria. Spoważniały.

– Musiałaś nas tak zgasić? – zapytała Helen.

– Wiecie co? Możemy się tak martwić do końca życia. Ja nie zmierzam. Uważam, że wszystkie nie powinnyśmy – powiedziała Leelee.

– Zdrówko – wzniosła toast Eliza i stuknęły się kieliszkami.

· · ROZDZIAŁ 43 · ·

Poszły na pogrzeb. Imelda rzucała im pełne złości spojrzenia i szeptała coś na ucho anorektyczce po liftingu, która siedziała obok niej, a ta odwróciła się i zmierzyła je, siedzące w czwartym rzędzie od końca, surowym spojrzeniem, ale nic sobie z tego nie robiły. Przyszły złożyć wyrazy szacunku. (Chociaż Leelee ze śmiechem stwierdziła, że tak naprawdę chciały się upewnić, czy Anson naprawdę nie żyje). Po nabożeństwie o piątej Eliza, Victoria, Helen i Leelee wzięły się pod ręce i poszły razem do Vittoria, ustaliwszy wcześniej, że darują sobie stypę, która odbywała się w sali spotkań w kościele. Złożyły wyrazy szacunku, ale nie było ich zbyt wiele. Poza tym, musiały się napić. Nadszedł czas, by ruszyć do przodu.

– Więc co decydujemy? – zapytała Eliza, gdy usiadły na patio, a kelner otworzył dla nich butelkę chianti. – Uznajemy, że było warto?

– Zapytaj mnie później – powiedziała Leelee.

– Nie! – wykrzyknęła Helen.

– Gdybyśmy to inaczej rozegrały... – zaczęła Victoria i nagle umilkła. – Nie, chyba nie.

Pogrążyły się w myślach, sącząc wino.

– Wiecie – odezwała się Helen – ten artykuł, który zapowiadała Imelda, nigdy się nie ukazał.

– Och, zapomniałam wam powiedzieć! Wycofali jego kolumnę, kiedy zmarł. Wpadłam na Susan, która pisze do działu „wydarzenia", i powiedziała, że byłoby zbyt ponuro drukować coś pośmiertnie – wyjaśniła Victoria.

– Mogłaś nam powiedzieć! – zezłościła się Helen. – Ostatnie, czego chcę, to dać się w to wciągnąć od początku. Wesley wreszcie zaczął się do mnie odzywać.

– Boże, tak się cieszę, że to już koniec! – westchnęła Eliza, wyciągając się w fotelu i poprawiając włosy, które związała w zwykły koński ogon.

– Zamknij się! Ty nic nie zrobiłaś – syknęła Leelee.

– Wiem... Zrobiłam i nie zrobiłam. Bawiłam się tą myślą i na szczęście jej nie wprowadziłam w życie.

– Nie jestem nieszczęśliwa, że to zrobiłyśmy – wyznała Leelee. – To było jak swędzące miejsce, które musiałam podrapać. Nie zakończyło się happy endem, na który miałam nadzieję, ale przynajmniej wyrzuciłam z serca Jacka Portera.

– I co teraz zrobisz? – chciała wiedzieć Helen.

– Nie wiem – westchnęła Leelee. – Pewnie zostanę z Bradem. Chyba powinnam się nauczyć trochę bardziej go cenić.

– Zrozumienie to pierwszy krok – rzekła Victoria. – Widzisz, kilka miesięcy temu nigdy w życiu byś nie przyznała, że coś jest nie w porządku.

– Masz rację – zgodziła się Leelee. – Chyba chciałam bohatera, a dostał mi się przeciętniak.

– Hej, nie mów nic o przeciętnych facetach – odezwała się Eliza. – Prawda jest taka, że tacy są najlepsi.

– Dobrze, więc podsumujmy. Ja chyba się rozwodzę... – zaczęła Victoria.

– Jesteś pewna? – zapytała Helen.

Victoria skinęła głową i zakręciła winem w kieliszku.

– Wydaje mi się, że chociaż czasami mam obsesję na punkcie mojego męża, na przykład teraz, bo się wyprowadził, ten związek jest zbyt chory, by go ciągnąć. Szczególnie, gdy chłopcy będą starsi.

– Cóż, nie podejmuj decyzji w tej chwili – poradziła Helen. – Nigdy nie wiadomo.

– Och, wiadomo. Ale wszystko w porządku. Wiem, że mogę już otwarcie rozglądać się za innymi facetami i czuję taką lekkość. Tym razem mogę wybierać.

– Ktoś ci wpadł w oko? – zainteresowała się Helen.

– Wszyscy. Chłopcy oglądają na przykład taki program, *Wiggles*, i pomyślałam, że ten prowadzący w niebieskim jest całkiem niezły... – wyznała Victoria.

– A zauważyłaś, że nic nie robi? Nie gra na żadnym instrumencie, nie śpiewa, nawet nie śpi, jak Jeff... Co on tam robi? – dociekała Leelee.

– No właśnie – Victoria przechyliła głowę. – Może jest autorem?

– Dziewczyny, odeszłyśmy od tematu – przypomniała im Helen.

– Racja. Ale przez chwilę było miło. – Victoria starała się skupić. Przyjaciółki wyczuły jednak, że nie jest już tak spięta, jak kiedyś. Może odejście od Justina dobrze wpłynęło na jej osobowość. – W każdym razie, ja się rozwodzę. Helen i Wesley pracują nad swoim małżeństwem, Leelee i Brad zachowują status quo, a Eliza jest szczęśliwa z Declanem i nie przyznaje się, że ma jakieś problemy.

– Hej – przerwała jej Eliza – czasami naprawdę lepiej zachować pewne rzeczy dla siebie. W bolesny sposób dowiedziałyśmy się, co się dzieje, gdy ludzie dzielą się najgłębszymi tajemnicami.

– Cóż, w sumie jednak nadal nie wiemy, co się stało z taśmami Ansona – zauważyła Leelee z chytrym uśmieszkiem.

– Dobrze, udało ci się popsuć nam humor – syknęła Eliza.

– Zestresowałaś mnie, dziękuję bardzo, Leelee – mruknęła Helen.

– Nie przejmujmy się tym – poprosiła Victoria. – Stwórzmy nowy klub, Klub Szczęśliwych Kobiet.

– Nigdy więcej nie wspominajmy o Ansonie – zaproponowała Eliza.

– Zgoda, zgoda! – wykrzyknęły, po czym stuknęły się kieliszkami.

Leelee wróciła do domu na czas, by wykąpać dziewczynki i położyć je do łóżek. Brad oglądał na dole telewizję. Ostatnio czytanie dziewczynkom przed snem trwało bardzo długo, bo pozwolili Charlotcie oglądać *Potwory i spółkę*, ulegając namowom jej koleżanki z klasy, i teraz twierdziła, że w szafie mieszkają potwory. Fakt, że w filmie były to przyjazne potwory, w ogóle uszedł jej uwagi. Wystarczyło, że zobaczyła jednookiego Mike'a, któremu głosu użyczył Billy Cristal, i tonęła we łzach. A to oznaczało więcej czytania przed snem i Leelee zmogła trzy części *Ciekawskiego George'a*, zanim Charlotte była półprzytomna z wyczerpania i wreszcie można było ją zostawić.

Gdy zgasiła światła („tylko nie w szafie, mamusiu!"), zignorowała potrzebę włączenia komputera w gabinecie. Dziwnie było nie wymieniać się już e-mailami z Jackiem. Leelee włożyła piżamę i umyła twarz, a potem zapatrzyła się w swoje odbicie w lustrze i pomyślała, że życie nie układa się tak, jak byśmy chcieli, ale może tak jest lepiej. Może życie z Jackiem wcale nie byłoby takie różowe? Jest zabawny i podniecający, ale czy odpowiednio silny emocjonalnie, by podołać odpowiedzialności za rodzinę? Czy byłby szczęśliwy? A może ona miałaby wrażenie, że Jack stale szuka czegoś innego? Prawdopodobnie dlatego kocha

Tierney, że ona nigdy nie przysparza mu kłopotów. Nigdy nie jest niezadowolona, nigdy nie chce czegoś więcej. Prawdopodobnie czuje się z tym komfortowo. Leelee jednak taka nie jest. I nigdy by taka być nie mogła.

– Ja to zrobiłem – powiedział Brad. Stał w drzwiach i przypatrywał się jej odbiciu w lustrze. Miała na twarzy mydliny, więc pochyliła się i je spłukała, po czym wzięła ręcznik, by wytrzeć twarz.

– Co zrobiłeś? – zapytała, mijając go w drzwiach łazienki i ścieląc łóżko.

– Zabiłem Ansona – wyjaśnił.

– Jasne. – Nadal na niego nie patrzyła.

– To prawda – powiedział poważnie.

Leelee odwróciła się, by spojrzeć na męża. Przyjrzała się uważnie jego twarzy. Malowała się na niej spokojna pewność siebie i determinacja. Brad zabił Ansona?

– Ale policja twierdzi, że to był wypadek... Wypił za dużo i spadł ze schodów.

Brad skinął głową.

– Upozorowałem ten wypadek.

Leelee była jak ogłuszona.

– Ale dlaczego?

Brad ruszył w jej stronę i zatrzymał się dokładnie na wprost łóżka.

– Daj spokój, Leelee. Nie jestem idiotą. Wiedziałem, że Cooldude to Jack. To wyjaśnienie, że Victoria ma romans... no, później się przekonałem, że to prawda, ale miałem przeczucie. Znalazłem ten e-mail, a potem natknąłem się na Ansona... – Umilkł, niepewny, czy mówić dalej.

– No, mów – ponagliła go.

– Wiedziałem, że zawsze kochałaś Jacka. Wiedziałem, że wolałabyś wyjść za niego, a nie za mnie. Wiedziałem, że zamierzałaś mnie dla niego opuścić. Znalazłem ten list, Leelee...

– Nie, wpadł za komodę – zaprzeczyła, siadając ciężko na łóżku. – Wpadł za komodę i go nie znalazłeś. I byłam z tego powodu szczęśliwa, zgadza się?

– Ja go tam wrzuciłem. Przeczytałem, rozzłościłem się i wyszedłem, a potem poczułem jeszcze większą złość, pojechałem do Irvine, siedziałem w tej sali konferencyjnej i przez cały dzień miałem złe myśli. A kiedy wróciłem, poszedłem prosto do Ansona. Myślałem, że odeszłaś. I myślałem, że Jack też zniknł. Anson był jedyną osobą, która miała z tym coś wspólnego. Więc poszedłem tam i go zabiłem. Kiedy wróciłem, zobaczyłem światła w domu i ciebie przez okno, więc odczekałem, aż wyjdziesz na przyjęcie, i położyłem list na komodzie.

– O mój Boże...

– Zrobiłem to dla ciebie. By bronić twojego honoru. Być mężczyzną, jakiego pragnęłaś. Nigdy nie chciałem niczego innego.

Z początku Leelee czuła się oszołomiona. To było takie nierealne. Brad zabił Ansona? Nigdy by na to nie wpadła. Czuła, że powinna czuć niesmak albo lęk, ale nie doświadczała takich uczuć. Nie umiała rozpoznać tego, co czuje.

Złość? Niepokój? Nie... Powoli zdała sobie sprawę, co to jest: podniecenie. Jej mężczyzna, mężczyzna, którego tak długo uważała za żałosnego słabeusza, mężczyzna, którego oskarżyła o to, że nie jest mężczyzną, zabił jej dręczyciela. Bronił jej honoru. Nigdy nie kochała go bardziej niż w tej chwili. Podeszła do Brada i pocałowała go namiętnie. Pragnęła go. Ucałowała jego ręce i wyobraziła sobie, jak spycha Ansona, jak go uderza, sprawia, że tamten cierpi. Jakie seksowne ręce. Spojrzała na jego usta i ucałowała je. To były usta, które przeklęły jej wroga. Brad oddał pocałunek i zaczęli się kochać. Leelee była w euforii. Brad okazał się mężczyzną i nie mogła się nim nasycić. Wreszcie stał się jej bohaterem.

· · ROZDZIAŁ 44 · ·

Widział przez okno, jak Anson nalał sobie wódki do dużej szklanki. Przez małe szybki zobaczył go krążącego między pokojami. Ten cholerny pies szczekał i podgryzał odziane w kapcie stopy swojego pana.

Spojrzał na zegarek. Była już prawie pora przyjęcia. Powinien się zbierać. Naprawdę powinien się zbierać. Czy ten facet w ogóle pójdzie na górę, żeby wziąć prysznic? Obserwował go przez kilka kolejnych wieczorów i wiedział, że taki ma zwyczaj, wiedział też, że za godzinę powinien być na przyjęciu. Czas wykonać ruch, stary. W ogóle się nie denerwował. Można by się tego spodziewać biorąc pod uwagę to, co zaplanował, ale z jakiegoś powodu nie miał wrażenia, że robi coś złego. Przepełniała go radość. Pewnie dlatego, że miał pewność: to, co zamierza zrobić, musi się stać. I nie przejmował się sąsiadami czy czymś takim. Znał wszystkich i wiedział, że jeśli wyjaśni, iż odprowadza Ansonowi psa, którego znalazł wałęsającego się po ulicy, nikt nie będzie tego kwestionował. Tego nauczył się o ludziach, dzięki temu odniósł sukces w biznesie: jeśli powie się coś z przekonaniem, ludzie nie mają powodu, by nie wierzyć. Percepcja to siła.

Anson wreszcie poszedł na górę.

– Najwyższy czas. – Westchnął, a potem zakradł się od tyłu i ukradkiem otworzył boczne drzwi. Usłyszał szczekanie i zbieganie psa po schodach, ale Anson go zawołał i pies wrócił na górę. Na szczęście noc była wietrzna, wszystko dookoła postukiwało, więc Ansona nie mógł zaskoczyć nieoczekiwany hałas.

Czekał dopóki nie usłyszał szumu wody w rurach. Wiedział, że prysznic został odkręcony. Wszedł do salonu i znalazł pokrytą kroplami wody wysoką szklankę odstawioną na chińską szafkę. Pewnie powinien czuć się dziwnie, będąc w domu tego faceta, który siedzi na górze, nie mając o niczym pojęcia, ale pozostał niewzruszony. Wyjął z kieszeni tabletki. To była najtrudniejsza część zadania. Ani on, ani żona nie zażywali pigułek, więc musiał odczekać, aż pójdą na jedno z gwiazdkowych przyjęć, by zakraść się do szafki z lekami gospodarzy (na szczęście wszyscy wiedzieli, że to straszni lekomani). Ukradł tabletki na receptę. Nigdy się nie zorientują, że ich nie ma. Nie mógł uwierzyć, że potrafi być taki przebiegły – kraść, włamywać się i zakradać, ale wydawało mu się to wszystko naturalnym ciągiem wydarzeń, a nie działaniem przestępczym. Ostrożnie otworzył plastikowe opakowanie i wrzucił do drinka cztery pastylki. To powinno wystarczyć. Nie chciał faceta zabić, tylko ogłuszyć, tak by wrócić później i znaleźć te cholerne taśmy. Wyszedł bocznymi drzwiami i wiedział, że nikt się nie zorientuje, że w ogóle tam był.

Taki miał plan. Zamierzał się upewnić, że Anson spokojnie śpi, wrócić po przyjęciu i, dysponując nieograniczonym czasem, przeszukać dom od góry do dołu bez obawy, że zostanie przyłapany. Najwyższy czas z tym skończyć. Facet jest durniem pierwszej klasy. Kto szantażuje kobiety? Mniejsza z tym, czy były wierne, czy nie, to kwestia do dyskusji między nimi i ich mężami. Uważał, że zdrada jest czymś wstrętnym, ale to, co ludzie robią, jest ich prywatną sprawą. Dlaczego, do cholery, Anson uważa, że ma prawo być sędzią moralności, świętym Piotrem, strażnikiem bram nieba? Facet nie jest święty. A teraz należy to zakończyć. Nie chciał, by Anson dłużej szantażował żonę i jej przyjaciółki. Jeśli to oznacza, że musi ukraść taśmy, trudno.

Czuł, że dokonuje czegoś szlachetnego, broni honoru żony. Zabawne było to, że Eliza nie umiałaby go zdradzić. Od dnia ślubu, od chwili, gdy się spotkali, był pewien, że to grzeczna dziewczynka. Czasami lubiła się przedstawiać jako czarny charakter, ale zdrada nie leży w jej naturze. Jest dobrą żoną. Declan zrobiłby dla niej wszystko.

·· ROZDZIAŁ 45 ··

Nie mógł uwierzyć, kiedy Helen wyznała, że go zdradziła. Jak mógł być taki głupi? Zupełnie się tego nie spodziewał. Już to było okropne, ale gdy wyjawiła, że Anson ją szantażuje... Wiedział, dlaczego mu o tym powiedziała. Nie w tym rzecz, że się bała, chciała po prostu, by znowu rozwiązał jej problemy. Jak z Dirkiem. Usunął wszystkie ślady. Zdobył te taśmy. Tak brzmiały niewypowiedziane słowa. Albo jest najprzebieglejszą suką na świecie, albo pozostaje beznadziejnie nieświadoma i nie zdaje sobie sprawy z tego, co sugeruje. Tak naprawdę nie był pewien.

Z jednej strony, nie chciał tego robić. Niech cierpi. Niech się wije. Niech sama poskłada do kupy swoje zmarnowane życie. Ale jest też Lauren. Jego ubóstwiana, ukochana Lauren. Nigdy by jej nie zranił. Nigdy. Chce ją chronić. A chroniąc ją, musi chronić żonę. To trudne, ale prawda pozostaje prawdą: mimo wszystko kocha Helen. Przypuszczał, że tak naprawdę uwielbia to, że go potrzebuje. Urodził się, mając pieniądze, status, nawet tytuł szlachecki, ale dopóki nie uratował Helen, nie czuł, że cokolwiek osiągnął samodzielnie. I wiedział, że ją uratował. Ona też to wiedziała. Właściwie uratowali siebie nawzajem. To musi mieć znaczenie.

– Przepraszam, że zawracam ci głowę, Ansonie. Uznałem, że musimy zamienić słówko – powiedział Wesley, stojąc w progu. Mimo że widział Ansona przez firanki w salonie, strasznie długo trwało, zanim ten otworzył drzwi, i Wesley musiał dwukrotnie naciskać dzwonek. Gdy drzwi wreszcie zostały otwarte, gwałtownie się zakołysały, a potem uderzyły o ścianę, jakby Anson chciał wyrwać je z zawiasów.

Larrabee zmrużył oczy, a potem się odezwał:

– Wesley, stary – wybełkotał. Wesley zauważył, że Anson lekko się chwieje i mocno ściska szklankę. Musiał sporo wypić.

– Zastanawiałem się, czy moglibyśmy porozmawiać – powtórzył Wesley i, nie czekając na zaproszenie, minął Ansona, wchodząc do korytarza.

– Wejdź – bąknął gospodarz.

Wesley zerknął na skamlącego psa, który skubał stopy pana i przyglądał mu się podejrzliwie. Pies jest tu teraz zbyteczny, szczególnie, gdyby okazał się zbyt opiekuńczy.

– Ee, możesz zamknąć tego psa? Mam alergię.

– Samantę? Nie – burknął Anson nadąsany.

– Tylko na chwilę. Nie będę zabierał ci czasu. – Wesley nachylił się i podniósł oporne zwierzę, które zaczęło się wyrywać. Zauważył za salonem zabudowaną werandę, podszedł do drzwi i zamknął tam psa.

– Nic mu się nie stanie przez te parę sekund – zapewnił.

Anson najwyraźniej zdążył już zapomnieć o psie.

– Mogę ci zaproponować coś do picia? – zapytał, idąc w stronę barku.

– Nie. Albo... tak. – Czy powinien coś pić? Nie chciał zwlekać, zamierzał zażądać oddania dowodów, a potem od razu wyjść i wszystko zniszczyć, gdy wróci do domu. Wyobrazil sobie tę scenę jako nieco nieprzyjemną: Wesley broni honoru żony i upokarza Ansona. Ale może mogło się to odbyć grzecznie.

– Więc o co chodzi? – Anson powoli szedł w stronę stolika z drinkami. – Rozumiem, że chcesz się napić.

– Tak. To samo, co ty.

Anson odkręcił butelkę ze szkocką i zdjął szklankę z półki.

– Siadaj. Odpręż się.

Mimo woli Wesley usiadł na pluszowej kanapie, głęboko zapadając się w poduszki. Od razu tego pożałował, zdając sobie sprawę, że to on, a nie Anson, powinien nadawać ton rozmowie. Wstał więc i podszedł do kominka, udając, że podziwia wiszący nad nim olejny obraz. Czuł śledzące go przez szybę psie oczy.

– Co tam w branży filmowej? Widziałeś nowego Woody Allena? Moim zdaniem facet odbił się od dna – powiedział Anson, wręczając gościowi szklankę.

– Darujmy sobie tę gadkę. – Wesley poczuł, że puls mu przyspiesza. Nie chciał gawędzić z tym dupkiem, udawać, że wszystko jest miło i słodko, podczas gdy obaj wiedzieli, co robił jego żonie.

– Ale co się stało? – zapytał Anson, po czym ciężko opadł na zniszczony fotel, jakby nie miał powodu do zmartwień.

– Chcę te taśmy – stanowczo powiedział Wesley.

Anson zagapił się na niego, twarz miał spuchniętą od nadmiaru alkoholu, oczy załzawione. Z początku nie odpowiedział, ale potem na jego usta powoli wypłynął uśmiech.

– Wybacz, przyjacielu, ale nic z tego.

Wesley poczuł, że ogarnia go złość. Ten facet naprawdę dobrze się bawił: Nareszcie czuje, że ma nad kimś władzę.

– Nie przyjmuję odmowy. – Wesley podszedł bliżej do gospodarza, jakby jego szczupła sylwetka mogła onieśmielić większego mężczyznę.

– Będziesz musiał. – Anson wykonał teatralny gest, po czym upił duży łyk ze szklanki.

– Dlaczego to robisz?

Larrabee odchylił głowę do tyłu i oparł o zagłówek. Zamknął oczy i przez chwilę Wesley myślał, że stracił przytomność. Pewnie minęło zaledwie kilka sekund, ale on miał wrażenie, że całe minuty, zanim Anson otworzył oczy, a kiedy zobaczył Wesleya, chyba się przestraszył.

– Muszę się przygotować na przyjęcie – oznajmił Anson niewyraźnie. Dźwignął swoje wielkie ciało z fotela – wysiłek ten wymagał siły obu jego rąk – po czym przepchnął się obok Wesleya, by wejść na schody. Wesley ruszył za nim.

– Nie skończyliśmy, Ansonie – powiedział szorstko.

Larrabee nie zatrzymał się, ale zaczął wymachiwać ramionami, jakby opędzał się przed komarem.

– A pfu! – prychnął.

– Ansonie – Wesley chwycił mięsiste ramię. Poczuł, jak jego paznokcie zagłębiają się w bladą obwisłą skórę.

– Puść mnie – jęknął Anson, wyrywając się i podążając w stronę schodów.

Jest pijany, pomyślał Wesley. Musi być prawie nieprzytomny.

– Gdzie są taśmy? – zapytał rozkazującym tonem.

Larrabee nie odpowiedział i był już w połowie schodów. Gdy jednak zatrzymał się, by spojrzeć na własne odbicie w lustrze na półpiętrze, korzystając z okazji, by wygładzić brwi, w Wesleyu coś pękło. Zanim zdał sobie sprawę, co robi, rzucił się na Ansona. Ten krzyknął, ale osłabiony alkoholem prawie nie kontrolował własnego ciała i uderzenie Wesleya zupełnie go zaskoczyło. Gdy ten zobaczył lecącą na niego górę mięsa, instynktownie odsunął się na bok, co sprawiło, że Anson spadł jeszcze niżej. Wszystko to trwało kilka sekund i Wesley zdał sobie sprawę, że patrzy na bezwładne ciało gospodarza leżące u podnóża schodów.

– Ansonie? – zapytał łagodnie.

Brak odpowiedzi. Wesley zbiegł po schodach i sprawdził puls. Żyje. Nie może być poważnie ranny, spadł tylko kilka stopni. Pewnie po prostu film mu się urwał, pocieszył się Wesley. Co powinien robić? Próbował podnieść pijanego, ale ten był ogromny i potwornie ciężki. Lepiej go nie ruszać. Będzie twierdził, że wyszedł, a Anson potem spadł ze schodów, zaś cała reszta to pijacka wizja człowieka, który wypił za dużo alkoholu. Nie ma innej możliwości. Ale musi działać szybko. Najpierw pobiegł do salonu, wziął szklankę ze szkocką i zaniósł ją do kuchni. Pod zlewem znalazł gumowe rękawice, założył je, starannie umył szklankę i wytarł rączkę szafki. Nie zdjął rękawic, by nie zostawiać dalszych odcisków palców, po czym przeszedł się po domu. Ostatecznie zlokalizował gabinet i przejrzał biurko, próbując znaleźć taśmy. Nie znalazł, ale w zakurzonej szafce odkrył teczkę zawierającą obciążające informacje na temat żony i jej przyjaciółek. Wsunął zdobycz pod koszulę. Wiedział, że ma niewiele czasu, więc po otwarciu szafek i szaf w całym domu oraz pobieżnym ich przejrzeniu postanowił wyjść. Zrobił swoje. Wiedział, że Ansonowi nic się nie stanie. Pewnie oskarży go o próbę napaści, chociaż był tak pijany, że mógł też o wszystkim zapomnieć. Wesley zamierzał twierdzić, że wyszedł, zanim Anson oddalił się w stronę schodów, i nie ma pojęcia, co się stało później.

Gdy usłyszał że Anson nie żyje, poczuł przelotny strach. Jakby owiał go chłodny wiatr. Był zaskoczony, ale nic więcej. Nie mógł powiedzieć, że jest mu przykro.

·· ROZDZIAŁ 46 ··

Justin poczuł mdłości, kiedy Victoria powiedziała, że Anson ma taśmy, na których nagrywał to, co działo się u nich w domu. Nie obchodziło go, co ludzie wiedzą o jego żonie, wkrótce byłej żonie, niech się pieprzy na boku, ale zmroziła go myśl, że Larrbee mógł nagrać jego rozmowy z dostawcą kokainy Tada Baxtera. Prawda była taka, że Tad którejś nocy poważnie się zaprawił i chociaż trudno nazwać to gwałtem, cóż, właściwie uprawiał seks z nieprzytomną dziewczyną i trochę ją pobił, i gdyby to wyszło na jaw, karierę Tada szlag by trafił. I to byłby dla Justina wielki cios. Tym bardziej, gdyby sprawa wyszła na jaw z jego powodu. Nie mógł sobie na to pozwolić.

Zostawił samochód w Palisades Park, by nikt go nie zobaczył i pieszo poszedł do domu Ansona. Zapukał do drzwi i poczuł zawód, gdy Larrabee nie otworzył. Już chciał odejść, ale pomyślał o jakimś dupku w rodzaju Wayne'a Mercera, który przechwytuje Tada jako klienta, i zawrócił. Odruchowo spróbował otworzyć drzwi, a kiedy mu się udało, uznał, że to zaproszenie, by wejść i poszukać taśm.

– Halo! – zawołał Justin radośnie, na wypadek, gdyby Anson był w kiblu czy coś.

– Anson, kochanie! – zawołał jeszcze raz, wkraczając do korytarza. Nagle zauważył Larrabee'go na podłodze przy schodach. Podbiegł do niego.

– Ansonie? – zapytał, naciskając pierś leżącego, by sprawdzić, czy serce bije. Biło. Pochylił się i uniósł jedną z powiek, która odsłoniła przekrwione oko. A potem, jak niespodziewany policzek, odrzucił go smród alkoholu w oddechu leżącego. Cofnął się ze wstrętem.

– Stary pedał się nachlał – stwierdził ze śmiechem. Idealnie.

Wstał i zaczął chodzić po domu. Strasznie falbaniasty. Zabawne, Anson pracowicie pozorował orientację heteroseksualną, a mieszkał wśród wszystkich tych błyskotek i koronek. Justin pochylił się, by obejrzeć zdjęcie młodego Ansona z jakąś starszą krewną, może matką. Uśmiechnął się. Anson był nastolatkiem, ale miał na sobie marynarskie ubranko. Mamuśka nieźle mu się przysłużyła. Nic dziwnego, że został pedziem.

Gdzie mogą być te kasety? Justin zaczął się zastanawiać. Gdzie sam chowa filmy porno? Poszedł do garderoby i przepchnął się przez rzędy pastelowych spodni i marynarek.

Z tyłu zauważył nieduży sejf, ale jeden z tych beznadziejnych, które można kupić w Target. Wystarczy parę razy szarpnąć i się otworzy. Tak też zrobił. Trafiony-zatopiony. Poczuł w głowie taki sam szum, jak po wciągnięciu dobrej kreski. Stały tam liczne, starannie opisane taśmy, które łapczywie chwycił. Zobaczył siatkę od L.L. Beana z monogramem i wszystko do niej wepchnął. Gdyby ktoś go zapytał, choć wiedział, że tak się nie stanie, są to krótkometrażówki, które Anson chciał mu pokazać.

Usłyszał z dołu szczekanie psa i wiedział, że musi się zwijać. Schodząc po schodach, wpatrywał się w Ansona leżącego na podłodze. Gdy chciał nad nim przejść, Larrabee niespodziewanie złapał go za kostkę. Justin krzyknął przestraszony i szarpnął, usiłując oprzeć się o ścianę, by nie stracić równowagi. Anson pojękiwał cicho. Kiedy Justin przytrzymał się parapetu okna wychodzącego na podwórze, zauważył nieduążą chińską wazę, w której stały kwiaty. Spojrzał na Ansona, znów na kwiaty i wiedział, że musi stąd wyjść. Drobnymi białymi dłońmi delikatnie szturchnął doniczkę, która roztrzaskała się na głowie Ansona. Justin nie był pewien, czy chciał go zabić. Gdyby uczciwie się zastanowił i pogrzebał w swojej duszy, cóż, pewnie tak, pewnie uznałby, że chciał. Ale zawsze mógł się usprawiedliwiać, że zamierzał faceta tylko ponownie wyłączyć. I nie wiedział, z jaką siłą doniczka może wylądować na głowie, powodując pęknięcie czaszki. Ale takie jest życie. Wypadki się zdarzają. Gnojek na to zasługiwał, przekonywał Justin sam siebie. Trzeba korzystać z okazji.

Nie zamierzał powiedzieć o tym Victorii, bo po pierwsze, uznałaby, że zrobił to dla niej i nie chciałaby się odczepić, a po drugie, niech się wije. W końcu go zdradzała. Dlaczego, do cholery, ma jej mówić, że jej tajemnica jest bezpieczna? Więc to tyle. Anson umarł. Sorki, ale to niewielka strata. Nikt nie zaprzeczy, że świat bez Ansona stał się lepszym miejscem. Zasadniczo wyświadczył wszystkim przysługę.

·· ROZDZIAŁ 47 ··

Tamtej nocy w domu Ansona zjawiła się też piąta osoba, jedyna, która naprawdę zamierzała go zabić. Okazało się to niezwykle łatwym zadaniem. Facet był martwy, w dodatku wyglądało to na wypadek. Nie było sensu wyjaśniać tego człowiekowi, który go wynajął. To by tylko wprowadziło zamieszanie. Trzeba brać pieniądze i znikać.

Nie był pewien, kto go wynajął, ale ten sam pośrednik zatrudniał go już wcześniej i zawsze chodziło o jakieś sprawy polityczne. Ofiary były zwykle bardziej znane, wszystko trafiało do gazet. Miał pewne podejrzenia, kto rozdaje karty, i pasowali mu wysoko postawieni urzędnicy rządowi. Wyglądało na to, że najbardziej korzystał na wszystkim pewien senator z Rhode Island. Ale w takiej robocie lepiej wiedzieć mniej niż więcej. Zabawne zlecenie. Plotkarz dziennikarzyna w Kalifornii. Kto by przypuszczał, że takie typki wciąż potrafią kogoś wkurzyć.

Podziękowania

Chcę podziękować mojej redaktorce, Stacy Creamer, za wszystkie znakomite rady. Jennifer Joel i Amandzie Urban za informacje na temat działań agencyjnych. Specjalne podziękowania także dla Laury Swerdloff, Katie Sigelman, Josie Freedman i niesamowitej Joanny Pinsker. Wielkie dzięki dla Christiny Mace Turner za to, że była pierwszą czytelniczką.

Wyrazy wdzięczności dla mojej ciotki, Maureen Egen, za wszystkie jej uwagi i pomoc, gdy panikowałam, i jej entuzjazm.

Miałam prawdziwe szczęście pisać z fantastyczną partnerką. Mimo że tę książkę stworzyłam sama, nigdy by nie powstała bez Jill Kargman (dzięki której codzienne wyjścia do pracy to świetna zabawa). Dzięki za wszystko, a szczególnie za doskonały tytuł!

I w końcu podziękowania dla mojej rodziny: mamy, Dicka, Careyów, Hammamów, Huitzesów i moich chłopaków, Vasa, Jamesa i Petera. *Merci*. Kocham was.

O autorce

Carrie Karasyov jest współautorką (razem z Jill Kargman) powieści *Dobry adres* i *Wolves in Chic Clothing*. Po kilku latach spędzonych w Santa Monica w Kalifornii wróciła do rodzinnego Nowego Jorku, gdzie mieszka z mężem i dwoma synami.

Wydawca poleca

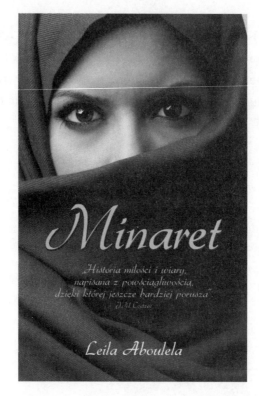

Minaret

„Historia miłości i wiary,
napisana z powściągliwością,
dzięki której jeszcze bardziej porusza".
J. M. Coetzee

Leila Aboulela

„Minaret" to przejmujący portret kobiety, która dostaje nową szansę w życiu, a także niepowtarzalne spojrzenie na życie muzułmanek w Anglii. Napisany z niezwykłą lekkością, przystępnie, a jednocześnie z wielką siłą, jest pasjonującą i poruszającą lekturą.

W swoim muzułmańskim hidżabie, ze spuszczonym wzrokiem, Najwa jest niewidzialna dla większości, szczególnie dla bogaczy, których domy sprząta. Dwadzieścia lat wcześniej Najwa, studiująca na uniwersytecie w Chartumie, nie przypuszcza nawet, że pewnego dnia będzie zmuszona pracować jako służąca. Marzeniem młodej, wychowanej w wyższych sferach Sudanki, było zamążpójście i założenie rodziny. Koniec beztroskich chwil Najwy przyszedł wraz z zamachem stanu, w wyniku którego została skazana wraz z rodziną na polityczne zesłanie do Londynu. Nie spełniły się jej marzenia o miłości, ale przebudzenie w nowej religii, islamie, przyniosło jej inny rodzaj ukojenia. W tym momencie w jej życiu pojawia się Tamer, pełen życia, samotny brat jej pracodawczyni. Obydwoje znajdują wspólną więź w religii i powoli, niezauważalnie, zakochują się w sobie...

„Minaret" to opowieść o odwróconej emigracji: ucieczce ze świata obyczajowej swobody do pokory, dyscypliny i duchowości. Autorka pokazuje islam z niezwykłej, intymnej perspektywy. Paulina Wilk, „Rzeczpospolita"

Oto głos nowoczesnej kobiety... młody, świeży, oryginalny, prowokacyjny, nieskrępowany. R. Cusk

Powieść o dwóch miłościach. Pomaga zrozumieć zarówno islamskie kobiety, jak i to, że wolność pojmować można na różne sposoby. Marta Mizuro – krytyk literacki

„Minaret" to piękna i przejmująca historia o tym, jak przebijając się przez obcą rzeczywistość, nie utracić wiary w ludzi. I zyskać miłość. Ewelina Kustra, „Dziennik"

Wydawca poleca

Satysfakcja

Sztuka kobiecego orgazmu

Kim Cattrall   Mark Levinson

Ilustracje Fritz Drury

Satysfakcja

Sztuka kobiecego orgazmu
Poradnik dla par

Kim Cattrall, Mark Levinson

Przejrzysty tekst i ponad sto pięknych ilustracji pomogą mężczyźnie zostać wspaniałym kochankiem, a kobiecie opowiedzieć mu o swych pragnieniach. Książka przeznaczona jest dla ludzi szukających silniejszych więzi i większego zadowolenia z życia seksualnego dzięki głębszemu uświadomieniu sobie potrzeb partnera, uczciwości i komunikowaniu swoich życzeń. „Satysfakcja" nie jest jedynie książką o technice, mówi także o miłości i bogactwie uczuć, które wynikają z troski o spełnienie seksualne partnerki. Autorką jest Kim Cattrall, znana z roli Samanthy Jones w serialu „Seks w wielkim mieście".

Kobieta na wysokich obrotach
Poradnik dla kobiet

Nora Isaacs

Życie na zbyt wysokich obrotach – w sensie emocjonalnym i fizycznym – to chleb powszedni wielu kobiet na różnych etapach życia prywatnego i zawodowego. Czy to zaraz po studiach, u progu kariery, czy dekadę, dwie później, gdy usiłują pogodzić troskę o rodzinę z pracą... Autorka bierze pod lupę status córek Ewy w kulturze pośpiechu, w której przyszło nam żyć. Pod lupą tą widać, że współczesna kobieta nie ma motywacji, by szalone tempo swego życia nieco zwolnić, odpocząć, znaleźć chwilę dla siebie. Kobietom w każdym wieku Nora Isaacs wskazuje możliwe zjazdy z tej autostrady wiodącej wprost ku wypaleniu, a także opisuje sposoby, jak zachować równowagę w tej podróży przez świat i pozbyć się tego, co w życiu niepotrzebne – aby je choć trochę uprościć.